Le secret des abeilles

Sue
MONK KIDD

Le secret des abeilles

ROMAN

*Traduit de l'américain
par Michèle Garène*

Titre original
THE SECRET LIFE OF BEES

© Sue Monk Kidd Ltd., 2002. Tous droits réservés.

Pour la traduction française
© Éditions Jean-Claude Lattès, 2004

1

> La reine est la force unificatrice de la communauté ; si on la sort de la ruche, les ouvrières sentent très vite son absence. Au bout de quelques heures, voire moins, elles manifestent des signes évidents de privation.
>
> L. H. Newman.

Le soir, allongée dans mon lit, je contemplais le spectacle, les abeilles qui entraient dans ma chambre par les fissures dans le mur et dessinaient des cercles dans la pièce, avec ce bruit d'hélice, ce zzzz haut perché qui me bourdonnait sur la peau. En voyant leurs ailes briller comme des bouts de chrome dans l'obscurité, je sentais l'envie m'envahir. La façon dont elles volaient, sans même chercher une fleur, rien que pour le plaisir, me fendait le cœur en deux.

Pendant la journée je les entendais creuser des tunnels dans les murs de ma chambre, avec un bruit de radio grésillant de parasites, et je les imaginais en train de fabriquer des rayons dont le miel coulerait rien que pour moi.

Les abeilles sont arrivées l'été 1964, l'été de mes quatorze ans, l'été où ma vie s'est placée sur une orbite entièrement nouvelle – et, quand je dis entièrement nouvelle, je n'exagère pas. Avec le recul, je serais tentée de dire que les abeilles m'ont été envoyées. Qu'elles me sont apparues comme l'ange Gabriel à la Vierge Marie, déclenchant une suite d'événements que je n'aurais jamais crue possible. Je sais qu'il est présomptueux de comparer ma petite vie à celle de la Vierge, mais j'ai des raisons de penser qu'elle ne m'en voudrait pas ; j'y reviendrai. Pour l'instant, disons que, malgré tout ce qui s'est passé cet été-là, les abeilles m'inspirent toujours une grande tendresse.

*
* *

Le 1er juillet 1964, dans mon lit, j'attendais que les abeilles se montrent en songeant au commentaire de Rosaleen sur leurs visites nocturnes.

« Les abeilles essaiment avant de mourir. »

Rosaleen travaillait pour nous depuis la mort de ma mère. Mon papa – que j'appelais T. Ray parce que « papa » ne lui allait pas du tout – l'avait sortie du verger, où elle cueillait des pêches. Elle avait un grand visage rond et un corps qui partait en pente, comme une canadienne, à partir de son cou et elle était si noire que la nuit semblait lui suinter de la peau. Elle vivait seule dans une petite maison au fond des bois, non loin de chez nous, et elle venait tous les jours faire la cuisine, le ménage et jouer les mères de substitution avec moi. Comme elle n'avait jamais eu d'enfant, j'étais son cobaye de compagnie depuis dix ans.

Les abeilles essaiment avant de mourir. Elle débordait d'idées dingues que je m'empressais d'oublier, mais celle-là m'a fait réfléchir : les abeilles étaient-elles venues en pensant à ma mort à moi ? Honnêtement, l'idée ne me dérangeait pas vraiment. Chacune de ces abeilles aurait pu me fondre dessus comme un vol d'anges et me piquer à mort, sans que cela soit forcément la fin du monde. Les gens qui pensent qu'il n'y a rien de pire que la mort ne comprennent rien à la vie.

Ma mère est morte quand j'avais quatre ans. C'était une réalité, mais si j'y faisais allusion, les gens s'intéressaient soudain aux petites peaux autour de leurs ongles, ou se perdaient dans la contemplation d'un point lointain dans le ciel, et paraissaient ne pas m'entendre. Mais, de temps à autre, une âme charitable me disait : « Oublie cette histoire, Lily. C'était un accident. Tu ne l'as pas fait exprès. »

Cette nuit-là, allongée dans mon lit, je pensais que j'allais mourir et retrouver ma mère au paradis. Je lui dirais « Mère, pardonne-moi. Je t'en prie, pardonne-moi », et elle me couvrirait de baisers au point que ma peau en serait toute gercée, en m'assurant que je n'étais pas coupable. Elle me le répéterait pendant les dix mille premières années.

Les dix mille suivantes, elle me coifferait. Elle me brosserait les cheveux en une tour de beauté, et tous les gens du paradis lâcheraient leur harpe pour m'admirer. On reconnaît les filles sans mère à l'aspect de leurs cheveux. Les miens n'arrêtaient pas de partir dans vingt-cinq directions différentes et, bien entendu, T. Ray refusait de m'acheter des rouleaux, si bien que, toute l'année, j'étais obligée d'enrouler mes mèches autour de canettes de jus de raisin Welch, ce qui a failli me transformer en insomniaque. Il fallait toujours que je choisisse entre une coiffure sortable et une bonne nuit de sommeil.

J'ai décidé que je prendrais quatre ou cinq siècles pour lui raconter l'horreur de la vie avec T. Ray. Il était méchant toute l'année – et en particulier l'été, quand il travaillait dans ses vergers de pêchers de l'aube au crépuscule. Je l'évitais soigneusement la plupart du temps. Il n'était gentil qu'avec Snout, sa chienne d'arrêt, qui dormait dans son lit et se faisait gratter le ventre chaque fois qu'elle roulait sur son dos musclé. J'ai vu Snout pisser sur la botte de T. Ray sans qu'il pique une crise.

J'avais demandé à plusieurs reprises à Dieu d'intervenir à propos de T. Ray. Cela faisait quarante ans qu'il fréquentait l'église et il ne s'améliorait pas pour autant. Au contraire. Dieu ne pouvait manquer d'en tirer des conclusions.

J'ai repoussé mes draps. Le silence régnait dans la chambre, pas l'ombre d'une abeille nulle part. Toutes les dix secondes, je regardais la pendule sur ma commode en me demandant ce qui les retardait.

Finalement, peu avant minuit, mes paupières avaient presque renoncé à l'effort de rester ouvertes quand un bourdonnement sourd s'est fait entendre dans un coin, un son qu'on aurait presque pu confondre avec le ronronnement d'un chat. Quelques instants plus tard, des ombres ont filé telles des éclaboussures de peinture sur les murs et, comme elles reflétaient la lumière en passant devant la fenêtre, j'ai pu distinguer le contour de leurs ailes. Le bruit a enflé dans l'obscurité jusqu'à ce que toute la chambre palpite, jusqu'à ce que l'air lui-même prenne vie et en paraisse tapissé. Elles voletaient autour de moi, faisant de moi le centre parfait d'une tornade. Je ne m'entendais plus penser au milieu de tous ces bourdonnements.

Je me suis enfoncé les ongles dans les paumes jusqu'à ce que ma peau vire presque au tissu à chevrons. On peut se faire pratiquement piquer à mort dans une pièce pleine d'abeilles.

Pourtant, c'était un vrai spectacle. Soudain, j'ai ressenti le besoin d'en faire profiter quelqu'un, même si la seule personne dans le coin était T. Ray. Et s'il se faisait piquer par deux cents abeilles, eh bien, tant pis.

Je me suis levée et j'ai foncé vers la porte à travers la nuée d'insectes. Je l'ai réveillé en commençant par lui effleurer le bras d'un doigt, puis j'ai appuyé de plus en plus fort au point de l'enfoncer dans sa chair étonnante de dureté.

T. Ray a jailli de son lit, seulement vêtu d'un caleçon. Je l'ai entraîné dans ma chambre ; il me criait qu'il valait mieux que cela en vaille la peine, que la maison avait intérêt à être en feu, tandis que Snout aboyait comme si on chassait la palombe.

— Des abeilles ! j'ai crié. Il y a un essaim d'abeilles dans ma chambre !

Mais quand nous sommes entrés, elles avaient disparu dans le mur comme si elles savaient qu'il arrivait, comme si elles ne voulaient surtout pas s'embêter à lui offrir la vision enchanteresse de leurs acrobaties.

— Nom de Dieu, Lily, ce n'est pas drôle.

J'ai examiné les murs de haut en bas. J'ai passé la tête sous mon lit et j'ai supplié les moutons et les ressorts de mon sommier de produire une abeille.

— Elles étaient là. À voler partout.

— Ouais, avec un foutu troupeau de buffles aussi, hein ?

— Écoute. On les entend bourdonner.

Il a tendu l'oreille vers le mur en faisant mine d'être sérieux.

— Je n'entends rien. (Il a tourné le doigt à la hauteur de sa tempe.) Elles ont dû sortir du coucou que tu prends pour ton cerveau. Tu me réveilles encore, Lily, et je sors les Martha Whites, tu m'entends ?

Les Martha Whites étaient une forme de punition que seul T. Ray aurait pu imaginer. Je me suis aussitôt tue.

Mais je ne pouvais pas en rester là – il était hors de question que T. Ray imagine que j'étais désespérée au point d'inventer une invasion d'abeilles pour obtenir son attention. C'est comme ça que j'ai eu la brillante idée de remplir un bocal de ces abeilles et de le donner à T. Ray en lui disant : « Alors, qui c'est qui invente des trucs ? »

*
* *

Mon premier et seul souvenir de ma mère datait du jour de sa mort. J'ai longtemps essayé de retrouver une image d'elle avant, rien qu'une impression fugitive, en train de me border, de me lire les aventures d'Oncle Wiggly, ou d'accrocher mes dessous près du radiateur les matins de gel. Même si elle avait arraché un rameau du buisson de forsythia pour me frapper les jambes, j'aurais été contente.

Elle est morte le 3 décembre 1954. La chaudière chauffait tellement qu'elle avait retiré son pull et, en manches courtes, elle tirait sur la fenêtre de sa chambre, collée par la peinture.

Elle a fini par laisser tomber.

— Eh bien tant pis, on va être obligées de cuire sur place.

Elle avait d'épais cheveux noirs aux boucles généreuses qui lui encadraient le visage, un visage que je n'arrivais jamais vraiment à reconstituer, malgré la précision de mes autres souvenirs de ce jour-là.

Je lui ai tendu les bras et elle m'a soulevée de terre pour me serrer contre elle, en disant que j'étais trop grande pour ça, mais elle l'a fait tout de même. Et là son parfum m'a enveloppée.

Une odeur de cannelle qui s'est posée sur moi de manière permanente. J'allais régulièrement au bazar de Sylvan pour humer tous leurs flacons de parfum, dans l'espoir de l'identifier. Chaque fois que je débarquais, la dame des parfums jouait les étonnées : « Mon Dieu ! mais regardez qui est là ! » Comme si je n'étais pas venue la semaine précédente pour renifler toute la rangée de flacons, Shalimar, Chanel n° 5, White Shoulders.

Je lui disais : « Vous avez quelque chose de nouveau ? »

Et ce n'était jamais le cas.

Cela a donc été un choc quand j'ai senti cette odeur sur mon institutrice qui m'a expliqué que ce n'était rien d'autre que de la Ponds Cold Cream ordinaire.

L'après-midi de la mort de ma mère, il y avait une valise ouverte par terre, sous la fenêtre coincée. Ma mère n'arrêtait pas d'entrer et de sortir du placard, lâchant ceci ou cela dans la valise, sans prendre la peine de rien plier.

Je l'ai suivie dans le placard, je me suis faufilée sous les ourlets des jupes et entre les jambes des pantalons pour me plonger dans l'obscurité, parmi les chatons de poussière et les mites mortes, là où la boue du verger et l'odeur de moisi des pêches collaient aux bottes de T. Ray. J'ai fourré les mains dans une paire de souliers à talons blancs et je les ai tapés l'un contre l'autre.

Le plancher du placard tremblait quand quelqu'un montait l'escalier en dessous, et c'est comme ça que j'ai su que T. Ray arrivait. Au-dessus de ma tête, j'entendais le bruissement de vêtements, le cliquètement des cintres que ma mère vidait.

Vite, a-t-elle dit.

Lorsqu'il est entré dans la chambre de son pas lourd, elle a soupiré, et son souffle a jailli de sa bouche comme si ses poumons venaient soudain de se contracter. C'est le dernier souvenir précis que je conserve – son souffle flottant vers moi tel un minuscule parachute avant de se poser en douceur entre les piles de chaussures.

Je ne me souviens pas de ce qu'ils ont dit, seulement de la fureur de leurs paroles, et la chambre s'est remplie de zébrures. Plus tard cela me rappellerait des oiseaux pris au piège d'une pièce fermée, se cognant aux fenêtres et aux murs, se heurtant les uns aux autres. J'ai reculé, je me suis enfoncée dans le placard – mes doigts dans ma bouche avaient le goût de chaussures, de pieds.

Quand on m'en a tirée, je n'ai pas su tout de suite quelles mains m'avaient saisie, puis je me suis retrouvée dans les bras de ma mère, à respirer son parfum. Elle me caressait les cheveux en murmurant «Ne t'en fais pas», quand T. Ray m'a arrachée à elle. Il m'a portée à la porte et déposée dans le couloir. «Va dans ta chambre», il a dit.

— Je ne veux pas, ai-je crié, en essayant de rentrer dans la pièce pour la rejoindre.

— File dans ta putain de chambre! a-t-il hurlé et il m'a poussée.

J'ai atterri contre le mur avant de tomber à quatre pattes par terre. En relevant la tête, j'ai vu ma mère traverser la pièce en courant. Se ruer sur lui en hurlant : « Laisse-la tranquille. »

Je me suis blottie par terre près de la porte et j'ai regardé à travers l'air qui paraissait tout égratigné. Il l'a prise par les épaules, l'a secouée, et sa tête a ballotté d'avant en arrière. Il avait les lèvres toutes blanches.

Et puis — bien que tout commence à devenir flou maintenant dans mon esprit —, elle s'est dégagée, a reculé dans le placard, loin de ses griffes, et elle a cherché à tâtons quelque chose sur une étagère.

Quand j'ai vu l'arme dans ses mains, j'ai couru vers elle, maladroite, trébuchante, pour la sauver, pour nous sauver tous.

Et là le temps s'est replié sur lui-même. Ce qui reste gît en morceaux clairs mais disjoints dans ma tête. L'arme luisante comme un jouet dans sa main, lui qui la lui arrache et la jette. L'arme par terre. Moi qui me penche pour la ramasser. Le bruit qui explose autour de nous.

Voilà ce que je sais de moi-même. Elle était tout ce que j'ai jamais voulu au monde. Et je lui ai pris la vie.

*

T. Ray et moi vivions juste à l'orée de Sylvan, Caroline du Sud, 3 100 habitants. Des stands de pêches et des églises baptistes, point barre.

À l'entrée de la ferme, il y avait une grande pancarte en bois avec OWEN-PRODUCTEUR DE PÊCHES peint dessus dans l'orange le plus laid qu'on puisse imaginer. Je détestais cette pancarte. Mais ce n'était rien en comparaison de la pêche géante perchée au sommet d'un poteau de dix-huit mètres de haut à côté de la grille. Tout le monde à l'école l'appelait le Gros Derrière, et je reste polie. Sa couleur chair, sans parler de la fente au milieu, lui donnait l'apparence indéniable d'un arrière-train. Rosaleen disait que c'était pour T. Ray une manière de montrer son cul au monde entier. Voilà comment il était, T. Ray.

Il ne croyait pas aux fêtes entre copines, ni aux soirées dansantes – ce qui ne me gênait pas trop parce que, de toute façon, on ne m'y invitait jamais – mais il refusait de me conduire en ville pour les matchs de football, les réunions de supporters, ou les lavages de voiture au Beta Club, qui avaient lieu le samedi. Il se moquait bien que je sois affublée des vêtements que je fabriquais moi-même en cours d'arts ménagers, des robes chemisiers en coton imprimé avec des fermetures Éclair cousues de traviole et des jupes en dessous du genou, comme seules en portaient les filles de l'église pentecôtiste. J'aurais aussi bien pu sortir avec un écriteau dans le dos : JE NE SUIS PAS POPULAIRE ET JE NE LE SERAI JAMAIS.

J'avais besoin de toute l'aide que la mode pouvait m'apporter puisque personne, pas la moindre âme, ne m'avait jamais dit « Lily, comme tu es jolie », sauf Miss Jennings à l'église, et elle était officiellement aveugle.

Je contemplais mon reflet non seulement dans le miroir, mais dans les vitrines et sur l'écran de la télévision quand elle n'était pas allumée, pour me faire une idée de mon allure. J'avais les cheveux noirs comme ma mère, mais ils se résumaient à un nid de mèches rebelles, et je m'inquiétais de ne pas avoir beaucoup de menton. Je n'arrêtais pas de me dire qu'il pousserait en même temps que mes seins, mais cela ne s'est pas passé comme ça. J'avais de beaux yeux, pourtant, des yeux à la Sophia Loren, mais même les garçons qui avaient les cheveux plaqués en arrière et dégoulinant de Vitalis et qui ne sortaient jamais sans un peigne dans leur poche de poitrine ne semblaient pas attirés par moi, et pourtant on racontait qu'ils manquaient de volontaires.

Les choses en dessous de mon cou avaient pris forme, non que j'aie pu montrer cette partie. La mode était aux twin-sets en cachemire et aux kilts écossais à mi-cuisse, mais T. Ray disait que l'enfer serait transformé en patinoire avant que je sorte comme ça – est-ce que je voulais tomber enceinte comme Bitsy Johnson dont la jupe lui couvrait à peine les fesses ? Comment il savait pour Bitsy reste un mystère, mais pour sa jupe et le bébé, c'était vrai. Une coïncidence malheureuse, rien de plus.

Rosaleen s'y connaissait en mode encore moins que T. Ray et, quand il faisait froid, Dieu lui pardonne, elle m'obligeait à aller à l'école avec des pantalons longs sous mes robes pentecôtistes.

Ce que je détestais par-dessus tout, c'était ces groupes de filles dont les murmures cessaient à mon approche. Je me suis mise à me gratter les croûtes et, quand je n'en avais pas, à me ronger jusqu'au sang la peau autour des ongles. Je me souciais tellement de mon allure et de mon apparence que, la moitié du temps, j'avais l'impression de jouer le rôle d'une fille au lieu d'en être une.

J'avais cru que je tiendrais enfin ma chance en fréquentant les cours de maintien du Club féminin au printemps dernier, les vendredis après-midi pendant six semaines, mais on ne m'a pas acceptée parce que je n'avais pas de mère, ni de grand-mère, ni même une malheureuse tante pour m'offrir une rose blanche à la cérémonie de clôture. Que Rosaleen s'en charge, c'était contre le règlement. J'ai tellement pleuré que j'ai fini par vomir dans l'évier.

— Tes manières sont assez bonnes comme ça, avait dit Rosaleen en nettoyant les dégâts. T'as pas besoin d'aller dans une de leurs écoles snobinardes pour les apprendre.

— Mais si ! On y enseigne tout. Comment marcher et virer sur soi-même, quoi faire de ses chevilles quand on s'assoit, comment monter dans une voiture, servir le thé, retirer ses gants...

— Seigneur, a soufflé Rosaleen.

— Disposer des fleurs dans un vase, parler aux garçons, s'épiler les sourcils, se raser les jambes, se mettre du rouge à lèvres...

— Et vomir dans un évier ? Ils t'enseignent la bonne façon de le faire ?

Il y avait des fois où je la détestais.

*
* *

Le lendemain matin du soir où j'ai réveillé T. Ray, Rosaleen est restée plantée sur le seuil de ma chambre à me regarder courir après une abeille, un bocal à la main. Elle avançait tellement la lèvre que je voyais le petit lever de soleil de rose à l'intérieur de sa bouche.

— Qu'est-ce que tu fiches avec ce bocal ?

— J'attrape des abeilles pour les montrer à T. Ray. Il pense que je les invente.

— Seigneur, donnez-moi de la force !

Elle venait d'écosser des haricots beurre sur le porche et la sueur luisait sur les perles de cheveux qui lui ceignaient le front. Elle a tiré sur le devant de sa robe, pour faire circuler l'air sur sa poitrine, qui était grosse et douce comme des oreillers.

L'abeille a atterri sur la carte de l'État que j'avais punaisée au mur. Elle a longé la côte de Caroline du Sud par la route panoramique 17. J'ai collé le bocal contre le mur, piégeant l'abeille entre Charleston et Georgetown. Quand j'ai vissé le couvercle, elle est partie en vrille, elle n'arrêtait pas de se jeter contre le verre avec de petits claquements, comme ceux de la grêle qui frappait parfois les vitres.

J'avais rendu le bocal le plus confortable possible avec des pétales feutrés, en le remplissant de pollen et j'avais fait plein de trous d'ongles dans le couvercle pour empêcher les abeilles de mourir, parce que je n'étais pas sûre qu'on ne se réincarnait pas dans ce qu'on tuait.

J'ai placé le bocal au niveau de mon nez.

— Viens voir comme elle se débat.

Lorsque Rosaleen est entrée dans la chambre, son parfum a flotté jusqu'à moi, sombre et épicé comme le tabac à chiquer qu'elle se fourrait dans la joue. Elle avait à la main sa petite cruche avec son orifice gros comme une pièce et une anse pour glisser un doigt autour. Elle l'a pressée contre son menton, ses lèvres se sont ouvertes comme une fleur, puis elle a craché une boucle de jus noir dedans.

Elle a fixé l'abeille et secoué la tête.

— Si tu te fais piquer, viens pas pleurer, parce que ça me sera bien égal.

C'était un mensonge.

J'étais la seule à savoir que, malgré sa rudesse, elle avait le cœur plus tendre qu'un pétale et qu'elle m'aimait plus que de raison.

Je ne l'avais su qu'à l'âge de huit ans, quand elle m'avait rapporté pour Pâques un poussin teint du bazar. Je l'ai trouvé tremblant dans un coin de sa boîte, de la couleur des raisins muscat, avec de petits yeux tristes qui cherchaient sa mère. Rosaleen m'a autorisée à le laisser entrer dans la maison, dans le salon, où j'ai vidé une boîte de Quaker Oats par terre pour le faire manger, et elle n'a pas protesté une seule fois.

Le poussin a laissé des petits tas de crottes striées de violet partout, à cause, je suppose, de la teinture qui s'infiltrait dans son système fragile. Nous venions juste de commencer à nettoyer quand T. Ray a surgi, menaçant de rôtir le poussin pour le dîner et de congédier Rosaleen pour s'être conduite comme une imbécile. Il s'apprêtait à fondre sur le poussin avec ses mains noires de graisse de tracteur quand Rosaleen s'est plantée devant lui. « Il y a pire dans la maison que de la merde de poule, a-t-elle déclaré en le toisant. Vous toucherez pas à ce poussin. »

Ses bottes ont chuinté jusqu'au bout du couloir. *Elle m'aime*, ai-je pensé. Et c'était la première fois qu'une idée aussi farfelue me traversait l'esprit.

Son âge restait un mystère, puisqu'elle n'avait pas d'acte de naissance. Elle me racontait qu'elle était née en 1909 ou en 1919, selon qu'elle se sentait plus ou moins vieille à ce moment-là. Elle était sûre de l'endroit : McClellanville, Caroline du Sud, où sa maman tressait des paniers de glycérie qu'elle vendait sur le bord de la route.

— Comme moi je vends des pêches, lui ai-je dit.

— Pas du tout comme toi tu vends des pêches, avait-elle répliqué. Tu n'as pas sept enfants à nourrir avec.

— Tu as six frères et sœurs ?

Je croyais qu'elle n'avait personne au monde à part moi.

— J'avais, mais je ne sais pas où ils sont.

Elle avait fichu son mari dehors au bout de trois ans de mariage, parce qu'il buvait. « Tu greffes sa cervelle sur un oiseau, l'oiseau vole à reculons », aimait-elle à dire. Je me suis souvent demandé ce que ferait cet oiseau avec sa cervelle à elle. J'ai fini par décider que, la moitié du temps, il vous chierait sur la tête et, l'autre moitié, il s'installerait ailes déployées sur des nids abandonnés.

Je rêvais parfois qu'elle était blanche, qu'elle se mariait avec T. Ray et devenait ma vraie mère. D'autres fois, j'étais une orpheline noire qu'elle trouvait dans un champ de maïs et adoptait. De temps en temps, on vivait dans un pays étranger comme New York, où elle pourrait m'adopter sans qu'on ait à changer de couleur.

*
* *

Ma mère s'appelait Deborah. Je trouvais que c'était le plus joli prénom de la terre, même si T. Ray refusait de le prononcer. Si je le disais, il donnait l'impression d'être prêt à foncer dans la cuisine pour poignarder quelque chose. Un jour que je lui demandais quand était son anniversaire et quel glaçage elle préférait pour son gâteau, il m'a ordonné de la fermer et, quand j'ai insisté, il a balancé un pot de confiture de mûres contre le placard de la cuisine. Il reste encore des taches bleues dessus.

J'ai réussi à lui soutirer des bribes de renseignements, tout de même, comme le fait que ma mère était enterrée en Virginie d'où venait sa famille. Mon cœur s'est mis à battre la chamade, j'ai cru que je m'étais découvert une grand-mère. Non, ma mère était une fille unique dont la mère était morte depuis des siècles. Comme de bien entendu. Un jour qu'il écrasait du pied un cafard dans la cuisine, il m'a raconté que ma mère passait des heures à attirer les cafards à l'extérieur avec des pistes de bouts de guimauve et de miettes de crackers, qu'elle était timbrée lorsqu'il s'agissait de sauver des insectes.

Elle me manquait à cause de détails les plus étranges. Comme des soutiens-gorge de sport. À qui je pouvais demander ça ? Et qui sinon ma mère aurait pu comprendre l'importance de me conduire aux auditions des majorettes ? Je peux vous assurer que T. Ray n'a jamais saisi ça. Mais vous savez quand elle m'a le plus manqué ? C'est le jour où, âgée de douze ans, je me suis réveillée avec une tache en pétale de rose au fond de ma culotte. J'étais tellement fière de cette fleur et je n'avais pas une âme à qui la montrer sinon à Rosaleen.

Peu après j'ai trouvé un sac en papier dans le grenier, agrafé en haut. Il contenait les derniers vestiges de ma mère.

Une photo d'une femme avec un sourire suffisant devant une vieille voiture, vêtue d'une robe de couleur claire avec des épaules rembourrées. Son expression disait «Tu n'as pas intérêt à prendre cette photo», mais elle voulait qu'on la prenne, ça se voyait. Vous n'imaginez pas toutes les histoires que j'ai imaginées autour de cette photo – que, par exemple, elle attendait près de l'aile de la voiture que l'amour vienne à elle, et pas trop patiemment.

J'ai posé la photo près de ma photo de classe de cinquième et j'ai cherché toutes les ressemblances possibles. Elle n'avait pas trop de menton non plus mais, malgré tout, elle était plus jolie que la moyenne, ce qui m'a donné un véritable espoir pour mon avenir.

Le sac renfermait une paire de gants en coton blanc tachés par le temps. Quand je les ai sortis, je me suis dit : « Ses mains se sont glissées dedans. » Je trouve ça un peu idiot aujourd'hui, mais un jour, j'ai rempli les gants de coton et je les ai tenus toute la nuit.

Dans ce sac, le mystère par excellence, c'était une petite image sur bois de Marie, la mère de Jésus. Je l'ai reconnue même si elle avait la peau noire, juste un peu plus claire que celle de Rosaleen. J'ai eu l'impression qu'on avait découpé l'image de la Vierge noire dans un livre, qu'on l'avait collée contre un morceau de bois poncé à la paille de fer d'environ cinq centimètres de large et qu'on l'avait vernie. Derrière, une main inconnue avait écrit «Tiburon, CS».

Cela faisait maintenant deux ans que je gardais ces objets à elle dans une boîte en fer-blanc, enterrée dans le verger. J'y avais un endroit spécial, dans le long tunnel d'arbres, que personne ne connaissait, pas même Rosaleen. J'avais commencé à y aller avant même de savoir lacer mes chaussures. Au début c'était juste un coin où échapper à T. Ray et à sa méchanceté ou au souvenir de cet après-midi où le coup était parti, mais ensuite je m'y glissais, parfois après que T. Ray s'était couché, rien que pour m'allonger tranquillement sous les arbres. C'était mon bout de terre, mon havre.

J'avais rangé ces objets dans une boîte en fer-blanc que j'avais enterrée une nuit à la lueur de la torche, trop terrifiée à l'idée de les laisser traîner dans ma chambre, même au fond d'un tiroir. J'avais peur que T. Ray monte au grenier, découvre la disparition de ses affaires et mette ma chambre sens dessus dessous pour les retrouver. Je préférais ne pas penser au sort qu'il me réserverait.

De temps à autre, j'allais déterrer la boîte. Je m'allongeais par terre avec les arbres penchés au-dessus de moi, portant ses gants, souriant à la photo. J'étudiais «Tiburon CS» au dos de l'image de la Vierge noire, la drôle d'inclinaison de l'écriture et je me demandais à quoi ressemblait cet endroit. Je l'avais cherché sur une carte une fois, et c'était à deux heures à peine de la maison. Ma mère y était-elle allée et y avait-elle acheté cette image? Je me promettais toujours qu'un jour, quand je serais assez grande, je me rendrais là-bas en car. Je voulais aller partout où elle était allée.

*
* *

Après ma matinée de capture d'abeilles, j'ai passé l'après-midi derrière l'étal au bord de la route, à vendre les pêches de T. Ray. C'était le job d'été le plus solitaire qu'une fille puisse avoir, coincée dans une hutte avec trois murs et un toit plat en tôle au bord de la route.

Assise sur une caisse de Coca, j'ai regardé les camionnettes filer sous mon nez jusqu'à ce que les gaz d'échappement et l'ennui m'asphyxient à moitié. Les jeudis après-midi étaient généralement une grosse journée de vente, parce que les femmes faisaient leurs courses pour la tarte aux fruits du dimanche, mais personne ne s'est arrêté.

T. Ray m'interdisait d'apporter des livres et, si j'en planquais un, mettons, *Lost Horizon*, sous ma chemise, il y avait toujours quelqu'un, comme Mme Watson de la ferme voisine, pour s'exclamer en le croisant à l'église : « J'ai vu votre fille près de l'étalage, plongée dans un livre. Vous devez être fier. » Et il rentrait avec des envies de meurtre.

Comment peut-on être contre la lecture ? Il devait penser que cela me donnerait des idées d'université, et il estimait que c'était de l'argent jeté par les fenêtres pour les filles, même si, comme moi, elles obtenaient la plus haute note possible à leur test d'aptitude verbale. L'aptitude aux maths est une autre affaire, mais on n'est pas censé exceller partout.

J'étais la seule élève à ne pas grogner quand Mme Henry nous donnait une nouvelle pièce de Shakespeare à étudier. Non, en fait, je faisais mine de grogner, mais intérieurement je vibrais autant que si j'avais été élue Reine de la pêche de Sylvan.

Jusqu'à l'arrivée de Mme Henry, j'avais cru que ma carrière se limiterait à des études d'esthéticienne.

Un jour, en la regardant, je lui ai dit que, si elle était ma cliente, je lui ferais un chignon banane qui lui irait à merveille et elle a répliqué – je cite – «Allons Lily, tu insultes ta belle intelligence. Tu as une idée de son étendue? Tu pourrais être professeur ou écrivain avec de vrais livres à son actif. École d'esthéticienne. Enfin!»

Il m'a fallu un mois pour surmonter le choc: j'avais des perspectives d'avenir! Vous savez combien les adultes adorent demander: «Alors... qu'est-ce que tu veux faire quand tu seras grande?» Vous n'imaginez pas à quel point j'avais détesté cette question, mais tout à coup je passais mon temps à expliquer aux gens – à des gens qui n'avaient même pas envie de le savoir – que je nourrissais le projet d'être professeur et écrivain de vrais livres.

Je conservais une collection de mes écrits. Pendant un temps dans tout ce que je rédigeais, il y avait un cheval. Après avoir lu Ralph Waldo Emerson en classe, j'ai écrit «Ma philosophie de la vie» dont je voulais faire le début d'un livre, mais je n'ai réussi à en tirer que trois pages. Mme Henry a expliqué qu'il fallait attendre d'avoir dépassé quatorze ans pour avoir une philosophie.

Elle a déclaré qu'une bourse était mon seul espoir et elle m'a prêté ses propres livres pour l'été. Chaque fois que j'en ouvrais un, T. Ray s'exclamait: «Pour qui tu te prends? Pour Julius Shakespeare?» Le pauvre croyait sincèrement que c'était le prénom de Shakespeare, et si vous estimez que j'aurais dû rectifier, vous ne connaissez rien à l'art de la survie. Il me surnommait aussi Miss Machin-nez-dans-un-bouquin et de temps à autre Miss Emily grosse tête Diction. Il voulait dire Dickinson, mais il y a des trucs qu'il vaut mieux ne pas relever.

Sans livre, derrière mon étal de fruits, je tuais souvent le temps en écrivant des poèmes, mais en cet après-midi qui s'éternisait, je n'avais pas la patience de faire rimer des mots. Je n'arrêtais pas de me répéter que je détestais les pêches, que je les haïssais.

*
* *

La veille du jour de mon entrée à la grande école, T. Ray m'avait surprise en train d'enfoncer un clou dans une des pêches de l'étalage.

Il est venu vers moi avec les pouces fourrés dans les poches et les yeux plissés à cause du soleil. J'ai regardé son ombre glisser sur la terre et les mauvaises herbes et je me suis dit qu'il venait me punir d'avoir abîmé une pêche. Je ne savais même pas pourquoi je faisais ça.

Au lieu de ça, il m'a déclaré : « Lily, comme tu commences l'école demain, il faut que tu saches certaines choses. À propos de ta mère. »

Un instant tout s'est figé, comme si le vent était tombé et que les oiseaux avaient cessé de voler. Lorsqu'il s'est accroupi devant moi, je me suis sentie piégée dans une obscurité brûlante dont je ne pouvais me libérer.

— Il est temps que tu saches ce qui lui est arrivé et je veux que tu l'apprennes de ma bouche. Pas de celles des gens qui bavardent.

Nous n'avions jamais évoqué ce sujet, et je me suis sentie frissonner. Le souvenir de cette journée me revenait par vagues aux instants les plus étranges. La fenêtre coincée. Son odeur. Le cliquètement des cintres. La valise. Leur dispute, leurs cris. Mais surtout, l'arme par terre, son poids quand je l'avais ramassée.

Je savais que l'explosion que j'avais entendue ce jour-là l'avait tuée. Le bruit venait encore me surprendre de temps en temps en s'infiltrant dans ma tête. Parfois il me semblait que lorsque j'avais pris l'arme, il n'y avait pas eu de bruit, que c'était venu plus tard. D'autres fois, assise seule sur le perron de derrière, cherchant à tromper mon ennui, ou coincée dans ma chambre un jour de pluie, j'avais l'impression d'en avoir été la cause, que lorsque j'avais pris l'arme, le bruit avait déchiré la pièce et nous avait arraché le cœur.

Ce souvenir secret me submergeait parfois et je filais en courant – même sous la pluie – vers mon endroit spécial dans le verger. Il suffisait que je m'allonge par terre pour me calmer.

T. Ray a pris une poignée de terre et l'a fait couler entre ses doigts.

— Le jour de sa mort, elle rangeait le placard.

Je n'arrivais pas à expliquer le ton bizarre de sa voix, un son peu naturel, anormal, presque – mais pas tout à fait – gentil.

Elle rangeait le placard. Je n'avais jamais songé à ce qu'elle faisait pendant ces dernières minutes de sa vie, pourquoi elle était dans le placard, ni la raison de leur dispute.

— Je m'en souviens.

Ma voix m'a paru petite et lointaine, comme si elle sortait d'un trou de fourmi dans le sol.

Il a haussé les sourcils et a approché son visage du mien. Seul son regard trahissait son trouble.

— Tu *quoi*?
— Je me souviens. Vous hurliez.

Son visage s'est figé. «Vraiment?» Ses lèvres avaient commencé à pâlir, ce qui était le signal que je guettais toujours. J'ai reculé d'un pas.

— Nom de Dieu! tu avais quatre ans! a-t-il crié. Comment pourrais-tu te rappeler quoi que ce soit?

Dans le silence qui a suivi, j'ai songé à lui mentir, à lui dire : «Je retire ça, je ne me souviens de rien. Dis-moi ce qui s'est passé», mais j'ai cédé à l'immense besoin en moi, que je réprimais depuis si longtemps, d'en parler, de dire les mots.

J'ai regardé le bout de mes chaussures, le clou que j'avais lâché en le voyant arriver.

— Il y avait une arme.
— Doux Jésus.

Il m'a dévisagée, longtemps, puis il s'est tourné vers les cageots empilés derrière l'éventaire. Il est resté planté là une minute, les poings serrés, puis il est revenu vers moi.

— Quoi d'autre? Dis-moi ce que tu sais.
— L'arme était par terre...
— Et tu l'as ramassée. Tu dois t'en souvenir.

Le son explosif avait commencé à me résonner dans la tête. J'ai regardé vers le verger, prise d'une furieuse envie de prendre mes jambes à mon cou.

— Je me rappelle l'avoir ramassée. Mais c'est tout.

Il s'est penché, m'a prise par les épaules et m'a secouée un peu.

— Tu ne te rappelles rien d'autre? Tu en es sûre? Réfléchis.

Je suis restée coite si longtemps qu'il a penché la tête, en me regardant d'un air soupçonneux.

— Non, c'est tout.

— Écoute-moi, a-t-il repris avec ses doigts qui s'enfonçaient dans mes bras. Nous nous disputions comme tu le disais. Nous ne t'avons pas vue tout de suite. Puis nous nous sommes retournés et tu étais là, avec l'arme à la main. Tu l'avais ramassée par terre. Ensuite le coup est parti.

Il m'a lâchée, a fourré les mains dans ses poches où il a fait cliqueter des clés et des pièces. J'aurais tellement aimé m'accrocher à sa jambe, le sentir se pencher pour me prendre dans ses bras, mais j'étais incapable de bouger, comme lui. Il fixait un point au-dessus de ma tête. Un point qu'il étudiait avec soin.

— La police a posé des tas de questions, mais ce n'était rien d'autre qu'une affreuse tragédie. Tu ne l'as pas fait exprès, a-t-il ajouté doucement. Mais si quelqu'un te pose la question, voilà ce qui s'est passé.

Puis il est reparti vers la maison.

— Et n'enfonce plus de clous dans mes pêches ! m'a-t-il lancé.

*
* *

Il était 18 heures passées quand je suis rentrée, sans avoir rien vendu, pas l'ombre d'une pêche et que j'ai trouvé Rosaleen dans le salon. Elle était généralement partie à cette heure-là, mais elle se débattait avec les oreilles de lapin sur la télé, dans l'espoir de faire disparaître la neige de l'écran. Le président Johnson faisait de brèves apparitions, perdu dans le blizzard. Je n'avais jamais vu Rosaleen s'intéresser à une émission de télé au point d'y consacrer de l'énergie physique.

— Qu'est-ce qui s'est passé ? Ils ont lâché la bombe atomique ?

Depuis que nous avions commencé les exercices d'alerte à la bombe à l'école, je ne pouvais m'empêcher de penser que mes jours étaient comptés. Tous les gens installaient des abris dans leurs jardins, faisaient des réserves d'eau du robinet, se préparaient pour la fin du monde. Treize élèves de ma classe avaient fabriqué des maquettes d'abris pour leur dossier de science, ce qui prouve que je n'étais pas la seule à m'inquiéter. Nous étions obsédés par M. Khrouchtchev et ses missiles.

— Non, la bombe n'a pas explosé. Viens donc essayer de régler la télé.

Elle avait les poings tellement enfoncés dans ses hanches qu'ils y disparaissaient presque.

J'ai drapé l'antenne de papier aluminium. Nous avons fini par distinguer le président Johnson qui s'asseyait à un bureau, avec plein de gens autour de lui. Je n'aimais pas trop le président à cause de sa manie de tenir ses beagles par les oreilles. Mais j'admirais sa femme, lady Bird, qui donnait toujours l'impression d'avoir envie de se faire pousser des ailes pour s'envoler.

Rosaleen a tiré le pouf devant le poste de télé, s'est assise dessus, et le truc a disparu sous elle. Elle s'est penchée vers l'écran, en triturant un bout de sa robe.

— Qu'est-ce qui se passe ?

Elle était tellement captivée qu'elle ne m'a même pas répondu. Sur l'écran, le président a signé une feuille de papier en utilisant au moins dix stylos à plume pour y parvenir.

— Rosaleen...
— Chut ! a-t-elle soufflé en agitant la main.

Il a fallu que j'attende que le présentateur m'apprenne la nouvelle.

« Aujourd'hui, 2 juillet 1964, le président des États-Unis a signé la loi des droits civiques dans le salon Est de la Maison Blanche… »

Rosaleen secouait la tête en marmonnant « Oh ! Seigneur », avec l'air incrédule et heureux des gens à la télé quand ils ont répondu à la question à soixante-quatre mille dollars. Je ne savais pas s'il fallait que je me réjouisse ou que je m'inquiète pour elle. Après l'église, les gens ne parlaient que de ça : des Nègres et s'ils allaient obtenir leurs droits civiques. Qui gagnait ? L'équipe des Blancs ou l'équipe des gens de couleur ? Comme une lutte à la vie, à la mort. Quand ce pasteur de l'Alabama, le révérend Martin Luther King, s'était fait arrêter le mois précédent en Floride pour avoir voulu manger dans un restaurant, les hommes à l'église s'étaient comportés comme si l'équipe des Blancs avait remporté le championnat. Je savais qu'ils n'allaient pas accepter cette nouvelle sans broncher, ça, c'était sûr.

— Alléluia ! Jésus ! répétait Rosaleen sur son pouf.

Elle se rendait pas compte.

*
* *

Rosaleen avait laissé le dîner sur le fourneau, son célèbre poulet cuit à l'étouffée. En servant T. Ray, j'ai réfléchi à la manière d'évoquer le sujet délicat de mon anniversaire. T. Ray n'y avait jamais prêté attention mais, chaque année, comme une gourde, j'espérais que cette année serait la bonne.

Je fêtais mon anniversaire le même jour que le

pays, ce qui le rendait d'autant plus difficile à remarquer. Quand j'étais petite, je croyais que les gens lançaient des fusées et des pétards à cause de moi – hourra! Lily est née! Puis la réalité m'a rattrapée, comme toujours.

Je voulais dire à T. Ray qu'un bracelet à breloques en argent ferait le bonheur de n'importe quelle fille, que l'année d'avant j'avais été la seule de l'école à ne pas en avoir, et que tout l'intérêt du déjeuner était de faire la queue à la cafétéria en agitant le poignet, afin d'offrir une visite guidée de sa collection de breloques.

— À propos, ai-je commencé en posant son assiette devant lui, samedi prochain, c'est mon anniversaire.

Il a dégagé l'os du poulet avec sa fourchette.

— Je pensais que j'adorerais avoir un de ces bracelets à breloques en argent qu'on vend au bazar.

La maison a craqué comme cela lui arrivait parfois. Devant la porte, Snout a lâché un aboiement sourd, puis tout est devenu si silencieux que j'entendais les dents de T. Ray broyer la nourriture dans sa bouche.

Il a mangé son blanc, puis il a attaqué la cuisse, entre deux regards mauvais.

J'ai failli dire, «Alors, et ce bracelet?», mais j'ai bien vu qu'il avait déjà donné sa réponse, et cela a fait naître en moi un chagrin tout neuf qui, en réalité, n'avait rien à voir avec le bracelet. Je pense maintenant qu'il était dû au raclement de sa fourchette sur son assiette, qui s'amplifiait dans la distance entre nous; j'aurais aussi bien pu ne pas être là.

*
* *

Cette nuit-là, couchée dans mon lit, j'ai écouté les petits bruits dans le bocal à abeilles, en attendant qu'il soit assez tard pour filer dans le verger déterrer la boîte en fer-blanc qui contenait les objets de ma mère. Je voulais m'étendre dans le verger, qu'il me prenne dans ses bras.

Une fois que l'obscurité a poussé la lune au sommet du ciel, je suis sortie du lit, j'ai enfilé mon short et un chemisier sans manches, j'ai glissé en silence devant la chambre de T. Ray, en agitant les bras et les jambes comme un patineur sur la glace. Je n'avais pas vu les bottes qu'il avait laissées au beau milieu du couloir. Quand je suis tombée, le fracas a été tel que les ronflements de T. Ray ont changé de rythme. Ils se sont complètement interrompus avant de reprendre après trois grognements de porcelet.

J'ai descendu l'escalier sur la pointe des pieds et traversé la cuisine. Quand la nuit a frappé mon visage, j'ai eu envie de rire. La lune formait un cercle parfait, si lumineux que tout était nimbé d'une ombre ambrée. Les cigales se sont réveillées et j'ai couru pieds nus dans l'herbe.

Pour atteindre mon lieu secret, il fallait aller jusqu'à la huitième rangée à gauche du garage aux tracteurs et la longer en comptant les arbres. J'avais enterré la boîte en fer-blanc dans la terre meuble sous le trente-deuxième, pas trop profond pour pouvoir la récupérer en creusant à la main.

Lorsque j'ai soulevé le couvercle après l'avoir épousseté, j'ai d'abord vu la blancheur de ses gants, puis la photo enveloppée dans du papier paraffiné, exactement comme je l'avais laissée. Et enfin la drôle d'image en bois de la Vierge au visage sombre. J'ai tout sorti et, m'allongeant parmi les pêches tombées de l'arbre, j'ai tout posé sur mon ventre.

Quand j'ai levé les yeux vers l'enchevêtrement des branches, la nuit m'est tombée dessus et, un instant, j'ai perdu mes repères, j'avais l'impression que le ciel était ma peau et la lune, mon cœur qui battait là-haut dans le noir. Des éclairs sont apparus – pas des zébrures, mais de doux coups de langue dorés dans le ciel. J'ai déboutonné mon chemisier et je l'ai ouvert, j'avais envie que la nuit se pose sur ma peau, et c'est comme ça que je me suis endormie, étendue avec les objets de ma mère sur le ventre, l'air formant de l'humidité sur ma poitrine sous un ciel plissé de lumière.

Un pas lourd sous les arbres m'a réveillée. *T. Ray!* Je me suis redressée, paniquée, en refermant mon chemisier. J'ai entendu ses pas, son souffle rapide. En baissant les yeux, j'ai aperçu les gants de ma mère et les deux images. J'ai attrapé les objets, maladroitement, incapable de songer à ce qu'il fallait faire, à un moyen de les cacher. La boîte en fer-blanc gisait dans son trou, hors d'atteinte.

— Liliiii! cria T. Ray, tandis que son ombre fondait sur moi.

J'ai fourré les gants et les images sous la ceinture de mon short, puis j'ai recommencé à boutonner mon chemisier avec des doigts tremblants.

Avant que j'y parvienne complètement, la lumière s'est répandue sur moi, et il était là, torse nu, une torche à la main. Le faisceau me balayait, zigzaguait, m'aveuglait lorsqu'il passait devant mes yeux.

— Avec qui étais-tu ? a-t-il hurlé en éclairant mon chemisier à moitié ouvert.

— Personne, ai-je répondu en serrant mes genoux contre moi, ébahie par sa question.

J'ai dû rapidement détourner les yeux de son visage, large et embrasé, comme celui de Dieu.

Il a braqué sa torche vers l'obscurité qui nous entourait.

— Qui est là ? a-t-il hurlé.
— Je t'en prie, T. Ray. J'étais seule.
— Lève-toi.

Je l'ai suivi jusqu'à la maison. Ses pieds frappaient le sol si fort que j'en étais triste pour la terre noire. Il n'a rien dit jusqu'à ce qu'on atteigne la cuisine et qu'il sorte le gruau de maïs Martha White du cellier.

— Venant des garçons, ce genre de choses ne m'étonne pas, Lily. On ne peut pas leur en vouloir. Mais j'attends davantage de toi. Tu te comportes comme une pute.

Il a versé un tas de gruau de la taille d'une fourmilière sur le plancher en pin.

— Viens ici et agenouille-toi.

Je m'agenouillais sur du gruau de maïs depuis l'âge de six ans, sans avoir jamais pu m'habituer à cette sensation de verre réduit en poudre contre ma peau. Je me suis dirigée vers le tas avec de tout petits pas de Japonaise, et je me suis mise à genoux, bien décidée à ne pas pleurer, malgré mes yeux qui me piquaient déjà.

T. Ray s'est assis et s'est curé les ongles avec un canif. Je me balançais d'un genou sur l'autre, en quête d'une ou deux secondes de soulagement. Peine perdue, la douleur s'enfonçait dans ma peau. Je me suis mordu la lèvre, et c'est là que j'ai senti l'image en bois de la

Vierge noire sous ma ceinture. J'ai senti le papier paraffiné avec la photo de ma mère dedans et ses gants contre mon ventre. Et soudain ce fut comme si ma mère était là, contre mon corps, comme si elle était des bouts d'isolation moulés contre ma peau, m'aidant à absorber toute méchanceté.

*
* *

Le lendemain matin, je me suis réveillée tard. Dès que mes pieds ont touché le sol, j'ai vérifié sous mon matelas que les objets de ma mère étaient toujours là – dans leur cachette provisoire.

Rassurée, je suis partie dans la cuisine où Rosaleen balayait le gruau.

J'ai beurré une tranche de pain.

Elle balayait par à-coups secs en soulevant une vraie tornade.

— Qu'est-ce qui s'est passé ?

— Je suis allée dans le verger la nuit dernière. T. Ray pense que j'y ai retrouvé un garçon.

— C'est vrai ?

J'ai levé les yeux au ciel.

— Non.

— Combien de temps il t'a laissée sur ce gruau ?

J'ai haussé les épaules.

— Une heure environ.

À la vue de mes genoux, elle s'est arrêtée de balayer. Ils étaient gonflés, striés de multiples zébrures rouges, et parsemés d'hématomes gros comme des têtes d'épingles qui se transformeraient bientôt en chaume bleu sur ma peau.

— Regarde-moi ça, petite. Non mais regarde ce qu'il t'a fait!

Mes genoux avaient subi trop de tortures pour que cela m'étonne encore; c'était rien qu'un truc à supporter de temps en temps, comme un rhume. Mais soudain l'expression de Rosaleen a tout bouleversé. *Regarde ce qu'il t'a fait.*

C'est ce que j'étais en train de faire – examiner mes genoux – quand T. Ray s'est encadré dans la porte.

— Regardez qui a décidé de se lever. (Il m'a arraché le pain des mains et l'a jeté dans le bol de Snout.) Serait-ce trop te demander que d'aller à l'étalage travailler un peu? Tu n'es pas Reine d'un jour, tu sais.

Ça va paraître dingue, mais jusque-là j'avais cru que T. Ray m'aimait un peu. Je n'arrivais pas à oublier ce jour à l'église où il m'avait souri en me voyant chanter avec le livre de cantiques à l'envers.

— Tant que tu vivras sous mon toit, tu feras ce que je dis! a-t-il crié, le visage déformé par le mépris et la colère.

Alors je vais me trouver un autre toit.

— Tu as compris?

— Oui, j'ai compris.

Et c'était vrai. J'ai compris qu'un nouveau toit me conviendrait à merveille.

*
* *

Plus tard cet après-midi-là, j'ai attrapé deux autres abeilles. Couchée sur le ventre en travers de mon lit, je les ai regardées graviter autour du bocal, tournant en rond comme si elles venaient de rater la sortie.

Rosaleen a passé une tête à la porte.
— Ça va ?
— Oui.
— Je pars, là. Tu préviendras ton papa que, demain, j'irai en ville au lieu de venir ici.
— En ville ? Emmène-moi.
— Pourquoi tu veux y aller ?
— *S'il te plaît*, Rosaleen.
— Il faudra que tu marches jusqu'au bout.
— Je m'en fiche.
— Y aura pas grand-chose d'ouvert à part les stands de pétards et l'épicerie.
— Je m'en fiche. Je veux juste sortir un peu de cette maison le jour de mon anniversaire.

Rosaleen m'a regardée fixement, affaissée sur ses grosses chevilles.
— D'accord, mais tu demandes la permission à ton papa. J'arriverai à la première heure demain matin.

Elle a tourné les talons.
— Comment ça se fait que tu ailles en ville ? ai-je lancé.

Elle est restée plantée là, immobile. Quand elle s'est retournée, son visage avait l'air doux et changé, comme une Rosaleen différente. Elle a plongé la main dans sa poche pour en tirer une page de carnet pliée en deux. Elle s'est assise à côté de moi sur le lit et a lissé la feuille sur ses genoux.

Son nom, Rosaleen Daise, était écrit au moins vingt-cinq fois sur la page en grande cursive appliquée, comme le premier devoir qu'on rend à la rentrée des classes.

— C'est ma feuille d'exercice. Le 4 juillet, ils

organisent une réunion d'électeurs à l'église des gens de couleur. Je m'inscris pour voter.

Un malaise s'est emparé de moi. La veille au soir, à la télévision, ils avaient raconté que, dans le Mississippi, un homme avait été tué parce qu'il s'était inscrit pour voter, et j'avais entendu M. Bussey, un des diacres, dire à T. Ray : « Vous inquiétez pas, ils vont leur faire écrire leur nom en cursive parfaite, puis ils leur refuseront leur carte s'ils oublient un point sur un i ou une boucle à leur y. »

J'ai examiné les R de Rosaleen.
— Est-ce que T. Ray est au courant ?
— T. Ray ! T. Ray, il sait rien de rien.

*
* *

Au coucher du soleil, il est rentré en traînant les pieds, luisant de sueur. Les bras croisés sur mon chemisier, je me suis plantée devant lui.
— Je me suis dit que j'irais en ville avec Rosaleen demain. J'ai besoin d'acheter des serviettes hygiéniques.

Il n'a pas commenté. T. Ray détestait plus que tout au monde tout ce qui concernait l'intimité féminine.

Ce soir-là, j'ai regardé le bocal d'abeilles sur ma commode. Les pauvres créatures gisaient au fond, bougeant à peine, dépérissant faute d'exercice. Je me suis rappelé alors la façon dont elles jaillissaient des fissures des murs rien que pour le plaisir de voler. J'ai songé à la manière dont ma mère construisait des sentiers de miettes de crackers et de guimauve pour attirer les cafards hors de la maison plutôt que de les écraser. Elle n'aurait certainement pas approuvé qu'on emprisonne des abeilles dans un bocal. J'ai dévissé le couvercle et je l'ai posé à côté.

— Vous pouvez partir.

Mais les abeilles sont restées là, comme des avions sur une piste qui ne savent pas qu'on vient de leur donner l'autorisation de décoller. Elles longeaient la courbe du verre sur leurs pattes toutes fines comme si le monde se réduisait à ce bocal. J'ai tapoté le bocal, je l'ai même couché sur le flanc, mais ces dingues d'abeilles n'ont pas bronché.

*
* *

Les abeilles étaient toujours dans le bocal le lendemain matin quand Rosaleen a débarqué. Avec un gâteau de Savoie orné de quatorze bougies.

— Et voilà. Bon anniversaire.

Nous nous sommes assises et nous en avons mangé deux parts chacune avec un verre de lait. Le lait a laissé un croissant de lune sur la noirceur de sa lèvre supérieure que Rosaleen n'a pas pris la peine d'essuyer. Après je me souviendrais de ça : elle était partie, en femme marquée, dès le départ.

Sylvan était à des kilomètres de là. Nous marchions sur le bord de la route, Rosaleen à une allure de porte de coffre-fort, son pot à chiquer accroché au doigt. Il y avait de la brume sous les arbres et l'odeur des pêches était partout.

— Tu boites ?

Mes genoux faisaient tellement mal que je devais lutter pour rester à sa hauteur.

— Un peu.

— Et si on s'asseyait un instant au bord de la route ?

— Ça va. Ça ira.

Une voiture a filé à côté de nous, soulevant un nuage brûlant de poussière. Rosaleen luisait de sueur. Elle s'épongeait la figure et respirait fort.

Nous sommes arrivées en vue de l'église baptiste d'Ebenezer – celle que T. Ray et moi fréquentions. Le clocher jaillissait d'un bosquet d'arbres et les briques rouges donnaient une impression de fraîcheur.

— Viens, ai-je proposé en m'engageant dans l'allée.

— Où tu vas ?

— Nous pouvons nous reposer dans l'église.

À l'intérieur, l'air sombre et immobile était strié de lames de lumière tombant des fenêtres latérales – pas ces jolies fenêtres au verre teinté mais des vitres laiteuses au travers desquelles on ne distingue rien.

Je suis allée m'asseoir au deuxième rang en faisant de la place sur le banc pour Rosaleen. Elle a pris un éventail en papier dans un casier à livres de cantiques et a examiné l'image qui y figurait – une église blanche avec une dame blanche souriante qui en sortait.

Rosaleen s'est éventée. Elle ne fréquentait jamais l'église, mais les rares fois où T. Ray m'autorisait à aller dans sa maison au fond des bois, je tombais en arrêt devant son étagère spéciale où elle avait placé des bouts de bougie, des cailloux du ruisseau, une plume rougeâtre, une racine de Jean le Conquérant et, au beau milieu, la photo d'une femme, debout, sans cadre autour.

La première fois que je l'ai vue, j'ai demandé à Rosaleen si c'était elle – parce que je vous jure que la femme lui ressemblait trait pour trait, avec des tresses laineuses, une peau noir bleuté, des petits yeux, et la plus grande partie du corps concentrée dans le bas, comme une aubergine.

— C'est ma maman, avait-elle répondu.

Le vernis était usé sur les bords de la photo, là où elle devait la tenir. Son étagère était consacrée à une religion qui lui était propre, un mélange de culte de la nature et des anciens. Cela faisait des années qu'elle ne mettait plus les pieds dans son église parce que l'office commençait à 10 heures du matin pour ne se terminer qu'à 15 heures, ce qui, selon elle, était une dose à achever un adulte.

T. Ray prétendait que la religion de Rosaleen était complètement cinglée et qu'il fallait pas que je m'en mêle. Mais cela m'a rapprochée d'elle de penser qu'elle aimait les cailloux, les plumes de pivert, et qu'elle possédait une unique photo de sa mère, tout comme moi.

Une des portes de l'église s'est ouverte sur le révérend Gerald, notre pasteur.

— Mon Dieu, Lily, que fais-tu ici ?

Et puis il a aperçu Rosaleen et il s'est mis à frotter la partie chauve de son crâne avec une telle énergie que j'ai cru un instant qu'il allait atteindre l'os.

— Nous partions en ville et nous sommes entrées pour prendre un peu le frais.

Sa bouche a formé le mot « Oh » sans toutefois le prononcer ; il était bien trop occupé à regarder Rosaleen dans son église – Rosaleen qui a choisi ce moment-là pour cracher dans son pot à chiquer.

C'est drôle comme on oublie les règles. Elle n'était

pas censée se trouver là. Chaque fois que la rumeur courait qu'un groupe de Nègres allait venir communier avec nous le dimanche matin, les diacres faisaient barrage sur le perron pour les repousser. Nous les aimions dans le Seigneur, disait le révérend Gerald, mais ils avaient leurs endroits à eux.

— Aujourd'hui, c'est mon anniversaire, lui ai-je annoncé dans l'espoir de détourner le cours de ses pensées.

— Vraiment? Eh bien, bon anniversaire, Lily. Ça te fait quel âge?

— Quatorze ans.

— Demande-lui si on peut avoir deux de ces éventails comme cadeau d'anniversaire, dit Rosaleen.

Il a lâché un son flûté, censé être un rire.

— Si nous laissions tout le monde emprunter un éventail, l'église n'en aurait plus.

— Elle plaisantait, c'est tout.

Il a souri, satisfait, et m'a raccompagnée jusqu'à la porte, avec Rosaleen sur les talons.

Dehors, le ciel était devenu blanc de nuages dont l'éclat se réfléchissait sur toutes les surfaces, si bien que j'en ai été tout éblouie. Une fois sur la route, Rosaleen a sorti deux éventails d'église de son corsage et, imitant mon air de sainte-nitouche, elle a dit : « Oh! Révérend, elle plaisantait, c'est tout. »

*
* *

Nous sommes entrées dans Sylvan par le pire quartier de la ville. De vieilles maisons dressées sur des rondins. Des ventilateurs coincés dans les fenêtres. Des cours en terre battue. Des femmes avec des rouleaux roses sur la tête. Des chiens sans collier.

Après quelques pâtés de maisons, nous sommes arrivées en vue de la station Esso, à l'angle de West Market et de Park Street, connue pour être le rendez-vous des hommes ayant trop de temps à tuer.

Il n'y avait pas de voiture au poste à essence. Trois hommes étaient assis sur des chaises à côté du garage avec un bout de contreplaqué en équilibre sur les genoux. Ils jouaient aux cartes.

— Une carte, déclara l'un d'eux.

Et celui qui distribuait, qui portait une casquette Seed and Feed, a claqué une carte devant lui. Il a levé le nez et nous a aperçues, Rosaleen s'éventant en traînant des pieds et se dandinant de droite à gauche.

— Regardez-moi qui nous arrive! s'exclama-t-il. Où est-ce que tu vas, la négresse?

Des pétards explosaient dans le lointain.

— Continue à marcher, ai-je murmuré. Ne fais pas attention.

Mais Rosaleen, qui avait moins de bon sens que je ne l'avais espéré, a répliqué sur le ton que l'on emploie généralement pour expliquer quelque chose à un enfant de maternelle :

— Je vais m'inscrire pour voter, voilà.

— Nous devrions presser le pas, ai-je insisté.

En pure perte.

L'homme assis à côté de celui qui donnait, les cheveux lissés en arrière, a posé ses cartes.

— Vous avez entendu ça? On a affaire à une citoyenne modèle.

J'ai entendu le souffle lent du vent dériver légèrement sur la chaussée derrière nous et suivre le caniveau.

Les hommes ont abandonné leur table de fortune pour se poster au bord du trottoir et nous attendre, tels les spectateurs d'un défilé dont nous étions le char vedette.

— Vous en avez déjà vu d'aussi noire ? a dit le donneur.

Et l'homme aux cheveux lissés en arrière a répondu :

— Non, et j'en ai encore jamais vu d'aussi grosse non plus.

Bien entendu, le troisième homme s'est senti obligé d'ajouter son grain de sel. Il a regardé Rosaleen qui avançait sans se troubler, avec son éventail de dame blanche.

— Où t'as trouvé cet éventail, la négresse ?
— Je l'ai volé dans une église.

Un jour, j'ai descendu le Chattooga sur un radeau avec mon groupe de l'église, et là j'ai eu la même sensation... d'être soulevée par des courants, par un tourbillon d'événements contre lesquels je ne pouvais rien.

En passant devant les hommes, Rosaleen a levé son pot à chiquer, qui était plein de crachats noirs, et l'a calmement vidé sur leurs chaussures, en traçant des petites boucles avec sa main comme si elle écrivait son nom – Rosaleen Daise – exactement comme elle s'était exercée à le faire.

Pendant une seconde ils ont contemplé le jus qui dégoulinait comme de l'huile de moteur sur leurs chaussures. Ils ont cligné des yeux, essayant d'enregistrer ce qui se passait. Lorsqu'ils ont relevé la tête, j'ai vu leur expression passer de la surprise à la colère, puis à la fureur. Ils ont fondu sur Rosaleen et tout s'est mis à tourner. Ils l'ont agrippée, elle s'est débattue, balançant ses assaillants comme des sacs au bout de ses bras, avec les hommes qui lui criaient de s'excuser et de nettoyer leurs chaussures.

— Nettoie-les ! Nettoie-les !

Je n'entendais plus que ça. Puis des cris d'oiseaux ont pris le relais, perçants comme des aiguilles, provenant d'arbres à branches basses, dans l'odeur du pin. Et j'ai su que, toute ma vie, j'aurais un mouvement de recul devant cette odeur.

— Appelle la police ! a hurlé le donneur de cartes à un homme à l'intérieur.

Rosaleen était étalée par terre, clouée au sol, les doigts serrés autour de touffes d'herbe. Du sang coulait d'une coupure en dessous de son œil, roulait sur son menton comme des larmes.

À son arrivée, le policier nous a ordonné de monter à l'arrière de sa voiture.

— Vous êtes en état d'arrestation, a-t-il annoncé à Rosaleen. Agression, vol et trouble de l'ordre public. (Puis il s'est tourné vers moi.) Quand on sera au poste, j'appellerai ton père pour qu'il s'occupe de toi.

Rosaleen a grimpé dans la voiture et s'est glissée sur le siège. J'ai fait tout comme elle.

La portière s'est refermée. Si silencieusement qu'on aurait dit un claquement d'air, et c'était là le plus étrange, qu'un son si infime puisse tomber en travers du monde entier.

2

> En quittant l'ancien nid, l'essaim ne parcourt généralement que quelques mètres avant de se poser. Les éclaireuses cherchent un endroit qui convienne à la création de la nouvelle colonie. Finalement, un endroit leur plaît et l'essaim entier s'envole.
>
> C. O'Toole et A. Raw.

Le policier qui nous conduisait en prison s'appelait M. Avery Gaston, mais les hommes de la station Esso le surnommaient Godasse. Drôle de surnom puisque, à première vue, ses chaussures n'avaient rien de remarquable, pas plus que ses pieds. Le truc, chez lui, c'était ses oreilles, toutes petites, comme celles d'un enfant, des oreilles pas plus grosses que des abricots secs. Je les fixais de la banquette arrière en me demandant pourquoi on ne l'appelait pas Oreilles.

Les trois hommes nous suivaient dans un pick-up vert avec un râtelier d'armes à l'intérieur. Ils nous collaient au pare-chocs et ils klaxonnaient toutes les dix secondes. Chaque fois je sursautais, et Rosaleen me tapotait la cuisse. Devant le Western Auto, les hommes se sont mis à s'amuser à rouler à notre hauteur pour nous hurler des trucs par la fenêtre, des trucs que, pour la plupart, on ne comprenait pas parce que nos vitres étaient remontées. Comme les gens assis à l'arrière de voitures de police ne bénéficient ni de poignées de porte, ni de manivelles pour les fenêtres, nous avons eu l'infime bonheur d'être conduites en prison dans une chaleur étouffante, en observant des hommes articuler des choses que nous étions ravies de ne pas entendre.

Rosaleen regardait droit devant elle en faisant comme si les hommes étaient de vulgaires mouches en train de bourdonner devant notre moustiquaire. J'étais la seule à savoir que ses cuisses tremblaient, que la banquette arrière s'agitait comme un lit vibrant.

— Monsieur Gaston, ces hommes ne viennent pas avec nous, n'est-ce pas?

Son sourire est apparu dans le rétroviseur.

— Je ne peux pas dire de quoi sont capables des hommes aussi remontés.

Avant Main Street, ils se sont lassés de leur petit jeu et ils ont disparu. J'ai pu souffler un peu, mais quand nous nous sommes engagés dans le parking vide derrière le poste de police, ils attendaient sur les marches. Le donneur de cartes frappait la paume de sa main avec une torche électrique. Les deux autres agitaient nos éventails d'église.

À notre descente de voiture, M. Gaston a passé les menottes à Rosaleen, en lui attachant les bras derrière le dos. Je marchais si près d'elle que je sentais la chaleur que dégageait sa peau.

Elle s'est arrêtée à dix mètres des hommes et a refusé de bouger.

— Allez, a dit M. Gaston, m'obligez pas à sortir mon arme.

Généralement les seules fois où la police de Sylvan se servait de ses armes, c'est quand on l'appelait pour tuer des serpents à sonnettes dans les cours des maisons.

— Viens, Rosaleen. Que peuvent-ils te faire avec un policier présent ?

C'est là que le donneur a levé la torche électrique au-dessus de sa tête et l'a écrasée sur le front de Rosaleen. Elle est tombée à genoux.

Je ne me rappelle pas avoir crié, mais je me suis retrouvée avec la main de M. Gaston collée sur la bouche.

— Chut !

— Peut-être que tu vas présenter tes excuses maintenant, a crié le donneur.

Rosaleen tentait de se relever, mais sans les mains, c'était impossible. Il a fallu qu'on s'y mette à deux, M. Gaston et moi, pour la redresser.

— Ton cul noir va s'excuser d'une façon ou d'une autre, a insisté le donneur de cartes en s'approchant de Rosaleen.

— Ça suffit, Franklin ! a lancé M. Gaston en nous guidant vers la porte. Ce n'est pas le moment.

— Je me calmerai pas tant qu'elle se sera pas excusée !

C'est la dernière phrase que je l'ai entendu hurler avant de pénétrer à l'intérieur, où j'ai dû résister à l'impulsion de m'agenouiller pour baiser le sol de la prison.

*
* *

Les seules fois où j'avais vu des prisons, c'était dans les westerns, et celle-là ne leur ressemblait en rien. D'abord, elle était peinte en rose et il y avait des rideaux à fleurs aux fenêtres. J'ai compris ensuite que nous étions entrés par l'appartement du geôlier. Sa femme est sortie de la cuisine, en graissant un moule à muffins.

— Je te ramène deux bouches de plus à nourrir, lui a déclaré M. Gaston, avant qu'elle rentre dans sa cuisine sans un sourire de compassion.

Il nous a conduites devant. Il y avait deux rangées de cellules, toutes vides. M. Gaston a retiré ses menottes à Rosaleen et lui a tendu une serviette des toilettes qu'elle a pressée contre sa tête pendant qu'il remplissait des papiers à son bureau. Puis il a sorti des clés d'un tiroir.

Les cellules sentaient l'haleine avinée. Godasse nous a fait entrer dans la première cellule de la première rangée, où quelqu'un avait gravé les mots « trône à chier » sur un banc rivé au mur. Rien ne paraissait réel. *Nous sommes en prison. Nous sommes en prison.*

Quand Rosaleen a retiré sa serviette, j'ai aperçu une estafilade longue de trois centimètres sur un endroit boursouflé au dessus de son sourcil.

— Ça fait mal?
— Un peu.

Elle a fait deux ou trois fois le tour de la cellule avant de s'effondrer sur le banc.

— T. Ray va nous sortir de là.

— Hum!

Elle n'a pas prononcé un seul autre mot jusqu'à ce que M. Gaston ouvre la porte de la cellule une demi-heure plus tard.

— Venez, a-t-il dit.

Rosaleen a paru un instant pleine d'espoir. Elle a même entrepris de se redresser.

— Vous n'allez nulle part. Rien que la petite, a-t-il repris en secouant la tête.

À la porte, je me suis accrochée à un barreau comme si c'était l'os long du bras de Rosaleen.

— Je reviens. D'accord?... D'accord, Rosaleen?

— Vas-y, je me débrouillerai.

J'ai failli craquer en voyant ses traits affaissés.

*
* *

L'aiguille du compteur du camion de T. Ray frétillait tellement que je n'arrivais pas à savoir si elle pointait vers cent dix ou cent vingt. Penché sur son volant, il écrasait l'accélérateur, puis levait le pied, pour de nouveau écraser la pédale. Le pauvre camion faisait un tel bruit de ferraille que je m'attendais à tout instant à voir le capot s'envoler et décapiter un ou deux pins.

Je me disais que T. Ray était pressé de rentrer pour construire des pyramides de gruau dans toute la maison – une salle de torture alimentaire où j'irais d'un tas à l'autre, agenouillée pendant des heures sans autre interruption que des pauses pipi. Je m'en fichais pas mal. Je n'arrivais pas à oublier Rosaleen dans sa prison.

J'ai observé T. Ray du coin de l'œil.

— Et Rosaleen? Il faut que tu la fasses sortir...

— Tu as de la chance que je t'aie fait sortir ! a-t-il hurlé.

— Mais elle ne peut pas rester là-bas...

— Elle a fait couler du jus de chique sur trois Blancs ! Où avait-elle la tête, nom de Dieu ? Et sur Franklin Posey, par-dessus le marché. Elle pouvait pas choisir quelqu'un de normal ? C'est le plus vicelard de tous les bouffeurs de nègres de Sylvan. Il préférerait encore la tuer que de la regarder.

— Pas en vrai. Tu ne veux pas dire qu'il la tuerait *en vrai*.

— Ce que je veux dire, c'est que je ne serais pas surprise qu'il la bute comme ça.

Tout à coup, je me suis sentie toute tremblotante. Franklin Posey était l'homme à la torche et il allait tuer Rosaleen. Mais est-ce que je ne le savais pas au fond de moi avant que T. Ray ne le dise ?

Il m'a suivie à l'étage. J'avançais avec une lenteur délibérée, soudain submergée de colère. Comment osait-il abandonner Rosaleen en prison comme ça ?

Quand je suis entrée dans ma chambre, il s'est arrêté sur le seuil.

— Il faut que je m'occupe de la paie des cueilleurs. T'avise pas de sortir d'ici. C'est compris ? Tu t'assois et tu réfléchis à ce qui t'attend à mon retour. Penses-y sérieusement.

— Tu ne me fais pas peur, ai-je soufflé.

T. Ray, qui avait déjà tourné les talons, a viré sur lui-même.

— Qu'est-ce que tu as dit ?

— Tu ne me fais pas peur, ai-je répété, plus fort cette fois.

Des envies d'impudence venaient d'exploser en

moi, une audace enfermée jusque-là dans ma poitrine.

Il s'est approché de moi, la main levée comme s'il allait m'envoyer une claque.

— Fais attention à ce que tu dis!

— Vas-y, essaie donc de me frapper! ai-je hurlé.

Lorsque sa main est partie, j'ai tourné la tête. Il m'a carrément ratée.

J'ai couru vers le lit et j'ai grimpé dessus, haletante.

— Ma mère ne te laissera plus jamais me toucher!

— *Ta mère?* (Il avait la figure rouge brique.) Tu crois que cette foutue bonne femme se souciait de toi?

— Ma mère m'aimait!

Il a rejeté la tête en arrière et a lâché un rire amer et forcé.

— Ce... ce n'est pas drôle.

Il a plongé vers le lit et il a enfoncé les poings dans le matelas, le visage si près du mien que je voyais les trous minuscules de ses poils. J'ai reculé, vers les oreillers, et je me suis cogné le dos contre la tête de lit.

— Pas drôle? a-t-il hurlé. *Pas drôle?* C'est le truc le plus drôle que j'aie jamais entendu : oui... que tu prennes ta mère pour ton ange gardien. (Il a ri de nouveau.) Cette femme n'en avait rien à foutre de toi.

— C'est pas vrai! C'est faux.

— Et comment tu le saurais? a-t-il répliqué, toujours penché vers moi, un reste de sourire à la commissure des lèvres.

— Je te déteste!

Son sourire a aussitôt disparu. Il s'est raidi.

— Sale petite garce!

Ses lèvres ont blanchi. Soudain, je me suis sentie glacée, comme si un danger venait de se glisser dans la chambre. J'ai regardé vers la fenêtre et un frisson a parcouru ma colonne vertébrale.

— Écoute-moi bien, a-t-il repris d'une voix affreusement calme. En vérité, ta pauvre mère s'est enfuie en t'abandonnant. Le jour de sa mort, elle était revenue chercher ses affaires, c'est tout. Tu peux me détester de toutes tes forces, mais c'est elle qui t'a abandonnée.

Le silence s'est abattu sur la pièce.

Il a brossé quelque chose sur le devant de sa chemise, puis il s'est dirigé vers la porte.

Après son départ, je n'ai pas bougé sinon pour suivre du doigt les rais de lumière sur le lit. Le bruit de ses bottes dans l'escalier s'est évanoui, j'ai sorti les oreillers du lit et je les ai disposés autour de moi comme pour fabriquer une chambre à air afin de rester à flot. Je comprenais qu'elle l'ait quitté. Mais *moi*? Je ne m'en remettrais jamais.

Le bocal à abeilles était posé sur la table de nuit, vide à présent. À un moment ou à un autre, les abeilles avaient fini par s'envoler. J'ai pris le bocal et les larmes que je retenais depuis des années se sont mises à couler.

Ta pauvre mère s'est enfuie en t'abandonnant. Le jour de sa mort, elle était revenue chercher ses affaires, c'est tout.

Mon Dieu, doux Jésus, faites-lui ravaler ça.

Le souvenir est revenu en force. La valise sur le plancher. Leur dispute. Mes épaules se sont mises à trembler étrangement, d'une manière incontrôlable. Je serrais le bocal entre mes seins, espérant qu'il me calmerait, mais je ne pouvais pas m'arrêter de trembler, de pleurer, et cela m'effrayait. Comme si j'avais été heurtée par une voiture que je n'aurais pas vue venir et que je gisais sur le bord de la route, à essayer de comprendre ce qui venait de se passer.

Assise au bord du lit, je ne cessais de me repasser les paroles de T. Ray. Chaque fois je sentais un déchirement dans ce qui paraissait être mon cœur.

Je ne sais pas combien de temps je suis restée là à me sentir brisée, en morceaux. Finalement je me suis approchée de la fenêtre et j'ai contemplé les pêchers qui s'étendaient pratiquement jusqu'à la Caroline du Nord, la façon dont ils levaient leurs bras feuillus dans des gestes de supplication. Tout le reste n'était que ciel, air et solitude.

Dans le bocal que je tenais toujours serré dans la main, une cuillerée à thé de larmes flottait au fond. J'ai ouvert la moustiquaire et je l'ai vidée dehors. Le vent l'a emportée sur l'herbe brûlée. *Comment avait-elle pu m'abandonner?* Je suis restée plantée là quelques minutes à observer le monde, en essayant de comprendre. Des petits oiseaux chantaient, si parfaits.

C'est là que l'idée m'est venue : *Et si ma mère ne m'avait pas abandonnée? Et si T. Ray avait tout inventé pour me punir?*

J'en ai presque eu le vertige de soulagement. C'était ça. Il fallait que ce soit ça. C'est vrai, mon père était un vrai Thomas Edison quand il s'agissait d'inventer des punitions. Un jour que j'avais été insolente avec lui, il m'avait raconté que mon lapin, Mademoiselle, était mort. Et j'avais pleuré toute la nuit avant de le retrouver le lendemain matin frais comme un gardon dans son clapier. Ça aussi, il fallait que ce soit une de ses inventions. Certaines choses étaient impossibles en ce bas monde. Les enfants ne pouvaient avoir deux parents qui refusaient de les aimer. Un, peut-être. Mais, pitié, pas deux.

C'était sûrement comme ce qu'il avait dit avant : elle rangeait le placard le jour de l'accident. Les gens rangeaient des placards tout le temps.

J'ai respiré un grand coup pour me calmer.

Jusque-là, je n'avais jamais connu de vrai moment religieux – comme quand une voix vous parle, s'adresse à vous avec tant d'authenticité que vous voyez les mots briller sur les arbres et les nuages. Mais là, dans ma chambre banale, cela m'est arrivé. J'ai entendu une voix me dire : « Lily Melissa Owens, ton bocal est ouvert. »

En quelques secondes, j'ai su exactement ce qu'il fallait que je fasse... partir. M'éloigner de T. Ray qui devait être sur le chemin du retour pour m'infliger Dieu sait quoi. Sans oublier que je devais sortir Rosaleen de prison.

La pendule annonçait 14 h 40. J'aurais dû réfléchir à un plan solide, mais le temps manquait. J'ai attrapé mon sac marin en toile rose, celui que je comptais utiliser pour passer la nuit chez une copine dès que l'une d'elles m'inviterait. J'ai pris les trente-huit dollars que j'avais gagnés en vendant des pêches et je les ai fourrés dans le sac avec mes sept plus belles culottes, celles qui avaient le jour de la semaine imprimé derrière. Sans quitter la fenêtre des yeux, j'ai ajouté des chaussettes, cinq shorts, des hauts, une chemise de nuit, du shampooing, une brosse à cheveux, du dentifrice, une brosse à dents, des élastiques pour mes cheveux. *Quoi d'autre ?* Voyant la carte au mur, je l'ai arrachée sans m'embêter à retirer les punaises.

Sous le matelas, j'ai récupéré la photo de ma mère, ses gants et l'image sur bois de la Vierge noire et je les ai aussi fourrés dans le sac.

Déchirant une page au carnet d'anglais de l'année dernière, j'ai écrit un mot, bref et précis : « Cher T. Ray, ne prends pas la peine de me chercher. Lily. PS : les gens qui racontent des mensonges comme toi devraient rôtir en enfer. »

Quand j'ai jeté encore un coup d'œil par la fenêtre, T. Ray sortait du verger et venait vers la maison, les poings serrés, tête en avant comme un taureau qui a envie d'encorner quelque chose.

J'ai posé le mot sur ma commode et je suis restée un moment au milieu de la pièce, en me demandant si je la reverrais un jour – « Au revoir », j'ai dit, et un petit brin de tristesse a jailli de mon cœur.

Dehors, j'ai repéré le trou dans le treillage qui cachait les fondations de la maison. Me faufilant à l'intérieur, j'ai disparu dans la lumière violette et l'air saturé de toiles d'araignées.

Les bottes de T. Ray ont fait trembler le porche.

— Lily ! Liliiii ! Sa voix ondulait sur les planchers de la maison.

Tout à coup, j'ai vu Snout renifler l'endroit par lequel j'étais passée. Je me suis enfoncée dans l'obscurité, mais il m'avait sentie et il s'est mis à aboyer comme un malade de chien galeux.

T. Ray est ressorti avec mon mot en boule dans la main, il a hurlé à Snout de la fermer et il a démarré sur les chapeaux de roue avec son camion, en couvrant l'allée de volutes de gaz d'échappement.

*
* *

Longeant à pied le bord de la route couvert de mauvaises herbes, pour la seconde fois de la journée, je songeais que mes quatorze ans m'avaient filé un sacré coup de vieux : j'avais plus l'impression d'en avoir quarante que quatorze.

La route était vide à perte de vue, et l'air tremblait de chaleur. Si je réussissais à faire libérer Rosaleen – un « si » qui aurait pu être aussi grand que la planète Jupiter – où est-ce que je pouvais bien aller ?

Soudain, je me suis immobilisée. *Tiburon, Caroline du Sud.* Bien sûr. La ville inscrite au dos de l'image de la Vierge noire. N'avais-je pas prévu de m'y rendre un de ces jours ? Cela paraissait tellement évident : ma mère y était allée. Du moins elle connaissait des gens là-bas qui l'aimaient assez pour lui envoyer une jolie image de la mère de Jésus. Qui songerait à nous chercher là-bas ?

Je me suis accroupie près du fossé et j'ai déplié la carte. Tiburon était un point minuscule à côté de la grande étoile rouge de Columbia. Comme T. Ray vérifierait la gare routière, il faudrait qu'on fasse du stop, Rosaleen et moi. Ce ne serait pas la mer à boire. Il suffit de se planter là avec le pouce levé et quelqu'un a pitié de vous et vous embarque.

Peu après l'église, le révérend Gerald est passé à toute allure dans sa Ford blanche. J'ai vu ses freins s'allumer. Il a reculé.

— Je pensais bien que c'était toi, a-t-il dit par la fenêtre. Où vas-tu ?

— En ville.

— Encore? Pourquoi ce sac?

— Je... j'apporte des trucs à Rosaleen. Elle est en prison.

— Ouais, je sais, a-t-il repris en ouvrant la portière du passager. Grimpe, j'y vais aussi.

Je n'étais encore jamais montée dans la voiture d'un pasteur. Je peux pas dire que je m'attendais à voir une tonne de bibles sur la banquette arrière, mais j'ai été surprise de voir qu'à l'intérieur, c'était comme dans n'importe quelle voiture.

— Vous allez voir Rosaleen?

— La police m'a appelé pour me demander de porter plainte contre elle pour vol de biens d'église. Il paraît qu'elle a pris des éventails. Tu es au courant?

— C'était rien que deux éventails...

Il a aussitôt pris sa voix de chaire.

— Aux yeux de Dieu peu importe qu'il s'agisse de deux éventails ou de deux cents. Un vol est un vol. Elle a demandé si elle pouvait prendre les éventails, j'ai répondu non. Elle les a pris quand même. C'est un péché, Lily.

Les gens pieux m'ont toujours tapé sur les nerfs.

— Mais elle est sourde d'une oreille. Elle a dû mal comprendre ce que vous avez dit. Cela lui arrive tout le temps. T. Ray lui dit: «Repassez mes chemises, les deux» et elle va repasser les chemises bleues.

— Un problème d'audition. Eh bien, je l'ignorais.

— Rosaleen ne volerait jamais.

— Il paraît qu'elle a agressé des hommes à la station Esso.

— Ça ne s'est pas passé comme ça. Elle était en train de chanter son cantique préféré : «*Étiez-vous là quand ils ont crucifié notre Seigneur?* » Je ne crois pas que ces hommes soient des chrétiens, mon révérend, parce qu'ils lui ont hurlé de la fermer avec cette saloperie de bondieuserie. Rosaleen a répliqué : « Vous pouvez m'injurier, mais ne blasphémez pas le Seigneur Jésus. » Ils ont continué quand même. Alors elle a versé le jus de son pot de chique sur leurs chaussures. Peut-être qu'elle a eu tort, mais dans sa tête, elle défendait Jésus, ai-je conclu alors que mon torse et l'arrière de mes cuisses se couvraient de sueur.

Le révérend Gerald s'est raclé plusieurs fois la lèvre avec ses dents. Visiblement il réfléchissait à ce que je venais de lui dire.

*
* *

M. Gaston était seul au poste, en train de manger des cacahuètes à son bureau quand le pasteur et moi sommes entrés. Vu son genre, M. Gaston avait fichu des épluchures partout par terre.

— Ta femme de couleur est pas ici, a-t-il lancé. Je l'ai emmenée à l'hôpital pour qu'on la recouse. Elle s'est cogné la tête en tombant.

En tombant, mon cul. J'ai eu envie de balancer ses cacahuètes contre le mur.

Je n'ai pas pu m'empêcher de lui hurler :

— Qu'est-ce que ça signifie : elle s'est cogné la tête en tombant ?

M. Gaston a jeté un regard au révérend, le genre de regards entendus qu'échangent les hommes quand une femme frise l'hystérie.

— Calme-toi !

— Je ne me calmerai que lorsque je saurai si elle va bien, ai-je répondu d'une voix encore tremblante.

— Elle va bien. C'était juste une petite commotion. Elle devrait être de retour ici ce soir. Le médecin a décidé de la garder quelques heures en observation.

Pendant que le révérend Gerald expliquait qu'il ne pouvait pas porter plainte du fait que Rosaleen était pratiquement sourde, je me suis dirigée vers la porte.

M. Gaston m'a lancé un regard d'avertissement.

— On a mis un garde à l'hôpital qui ne laisse personne l'approcher, m'a-t-il informée. Alors rentre chez toi. Compris ?

— Oui, monsieur. Je rentre chez moi.

— C'est ça. Parce que, si j'apprends que tu as traîné dans les alentours de l'hôpital, je rappelle ton père.

*
* *

Le Memorial Hospital de Sylvan était un bâtiment bas en brique avec une aile pour les Blancs et une autre pour les Noirs.

Je suis entrée dans un couloir désert encombré d'odeurs. Œillets, vieilles gens, alcool, désodorisant de salle de bains, Jell-O rouge. Si des climatiseurs dépassaient des fenêtres dans la section blanche, là, il n'y avait que des ventilateurs électriques pour brasser l'air chaud.

Un policier était accoudé au comptoir du poste des infirmières. Il avait l'air tout juste sorti de l'école ; le genre à s'être fait étendre en EPS et à passer ses récrés à fumer avec les types de technique. Il parlait à une fille en blanc. Une infirmière, certainement, qui ne paraissait pas beaucoup plus âgée que moi. «Je suis libre à 18 heures», il lui disait. Elle lui sourit, en repoussant une mèche derrière son oreille.

À l'autre bout de l'entrée, une chaise vide attendait près d'une des portes. La casquette du policier était posée en dessous. J'ai couru dans cette direction pour tomber nez à nez avec une pancarte, PAS DE VISITEURS. J'ai poussé la porte.

Il y avait six lits, tous vides, sauf le plus éloigné près de la fenêtre. Les draps se soulevaient, s'efforçant d'abriter l'occupant du lit. J'ai lâché mon sac par terre.

— Rosaleen?

Un pansement en gaze de la taille d'une couche de bébé lui enveloppait la tête, et ses poignets étaient attachés aux barreaux du lit.

En me voyant, elle s'est mise à pleurer. Depuis qu'elle s'occupait de moi, je n'avais jamais vu une seule larme couler sur son visage. Là les digues ont lâché. Je lui ai tapoté le bras, la jambe, la joue, la main.

— Qu'est-ce qu'il t'est arrivé? lui ai-je demandé une fois qu'elle eut fini de vider ses glandes lacrymales.

— Après ton départ, le policier qui s'appelle Godasse a fait entrer les hommes pour qu'ils obtiennent des excuses.

— Ils t'ont frappée de nouveau?

— Deux m'ont immobilisé les bras pendant que le type à la torche me tapait dessus. Il disait: «Sale négresse, dis que tu regrettes.» Comme je ne pipais pas mot, il m'a sauté dessus. Il m'a tabassée jusqu'à ce que le policier dise que cela suffisait. Ils ont pas eu d'excuses pour autant.

J'espérais que ces hommes crèveraient en enfer en

suppliant qu'on leur donne de l'eau fraîche, mais j'étais aussi folle de rage contre Rosaleen. *Pourquoi tu ne t'es pas excusée ? Franklin Posey se serait peut-être contenté de te fiche une raclée.* Maintenant c'était sûr qu'ils remettraient ça.

— Il faut que tu sortes de là, lui ai-je annoncé en lui détachant les poignets.

— Je peux pas partir. Je suis encore en prison.

— Si tu restes ici, ces hommes vont revenir te tuer. Je ne plaisante pas. Ils vont te tuer, comme ils l'ont fait pour ces gens de couleur dans le Mississippi. Même T. Ray le dit.

Lorsqu'elle s'est assise, sa blouse d'hôpital lui est remontée sur les cuisses. Elle l'a tirée sur ses genoux, mais la blouse est remontée aussitôt, comme un élastique. J'ai trouvé sa robe dans le placard et je la lui ai tendue.

— C'est de la folie...
— Mets ça !

Quand elle a enfilé sa robe, son pansement a glissé sur son front.

— Il faut que tu retires ce pansement.

Je le lui ai enlevé. En dessous, il y avait deux rangées de points de suture. Puis, lui faisant signe de ne pas faire de bruit, j'ai entrebâillé la porte pour voir si le policier s'était rassis.

Oui. Bien entendu cela aurait été trop beau qu'il flirte suffisamment longtemps pour nous permettre de mettre les voiles. Je suis restée là une ou deux minutes à essayer d'échafauder un plan, puis j'ai ouvert mon sac, et j'ai pris des pièces dans mon argent des pêches.

— Je vais essayer de me débarrasser de lui.

Remets-toi au lit, au cas où il reviendrait jeter un coup d'œil.

Elle m'a regardée fixement.

— Doux Jésus !

Quand je suis sortie dans le couloir, il a bondi sur ses pieds.

— Vous n'étiez pas censée être là-dedans !

— À qui le dites-vous ! Je cherche ma tante. J'aurais juré qu'ils m'avaient dit chambre 102, mais il y a une femme de couleur là-dedans.

J'ai secoué la tête, en m'efforçant de prendre l'air décontenancé.

— Vous vous êtes égarée. Il faut que vous alliez de l'autre côté du bâtiment. Vous êtes dans le service des gens de couleur.

Je lui ai souri.

— Oh !

Dans le secteur blanc de l'hôpital, j'ai trouvé une cabine à côté de la salle d'attente. J'ai demandé le numéro de l'hôpital aux renseignements, je l'ai composé et j'ai réclamé le poste des infirmières dans l'aile des gens de couleur.

Je me suis raclé la gorge.

— Ici la femme du geôlier au poste de police, ai-je annoncé à la fille qui décrochait. M. Gaston veut que vous renvoyiez au poste le policier qu'on a mis chez vous. Dites-lui que le pasteur est en chemin pour signer des papiers et que M. Gaston ne peut pas le recevoir parce qu'il est obligé de partir. Si vous pouviez lui demander de revenir sur-le-champ…

Je m'écoutais parler en songeant que tôt ou tard, je finirais dans une maison de correction.

Elle a tout répété pour être sûre de ne pas se tromper. J'ai entendu son soupir. « Je vais le prévenir. »

Elle va le prévenir. Je n'arrivais pas à y croire.

Je suis revenue en douce dans l'aile des gens de couleur et je me suis penchée sur la fontaine pendant que la fille en blanc passait le message au flic en gesticulant beaucoup. Le policier a mis sa casquette, s'est dirigé vers la porte et a filé.

*
* *

Quand Rosaleen et moi sommes sorties de sa chambre, j'ai regardé à droite puis à gauche. Il fallait qu'on passe devant le poste des infirmières pour atteindre la porte, mais la fille en blanc, l'air soucieux, écrivait quelque chose, la tête baissée.

— Marche comme une visiteuse, ai-je soufflé à Rosaleen.

On arrivait au bureau quand la fille s'est arrêtée d'écrire et s'est levée.

— Bordel de merde!

J'ai agrippé le bras de Rosaleen et je l'ai entraînée dans une chambre.

Une femme minuscule était perchée sur le lit, vieille, frêle comme un moineau, avec un visage couleur de mûres. Quand elle nous a vues, sa bouche s'est ouverte et elle a sorti une langue comme une virgule mal placée.

— J'ai besoin d'un peu d'eau, a-t-elle dit.

Rosaleen lui a en servi un verre pendant que, mon sac serré contre la poitrine, je jetais un coup d'œil dehors.

J'ai vu la fille disparaître dans une chambre à quelques portes de là avec une sorte de bouteille.

— Viens! ai-je lancé à Rosaleen.

— Vous partez déjà? a demandé la femme minuscule.

— Ouais, mais je reviendrai probablement avant la fin de la journée, a répondu Rosaleen plus pour moi que pour la femme.

Cette fois, on a foncé dehors. J'ai pris Rosaleen par la main et l'ai tirée sur le trottoir.

— Comme tu as tout prévu, j'imagine que tu sais où on va, m'a-t-elle asséné d'un ton sec.

— On va sur la route 40 où on fera du stop pour Tiburon, Caroline du Sud. Du moins, on va essayer.

On a coupé par le parc, longé une ruelle qui donne dans Lancaster Street, puis on a rejoint May Pond Road, d'où on s'est glissé dans le terrain vague derrière l'épicerie de Glenn.

Nous avons marché à travers les herbes et les fleurs violettes à grosses tiges, au milieu de libellules et dans une odeur de jasmin de Caroline si forte que je pouvais presque la voir faire des ronds dans l'air comme de la fumée dorée. Rosaleen ne m'a pas demandé pourquoi nous allions à Tiburon. Sa seule question a été: « Depuis quand dis-tu bordel de merde? »

Je n'avais jamais proféré de grossièretés même si j'en connaissais un paquet grâce à T. Ray et aux inscriptions figurant dans les toilettes publiques.

— J'ai quatorze ans maintenant. Je pense que je peux en dire si j'en ai envie. (Et j'en ai aussitôt eu envie :) Bordel de merde!

— Bordel de merde, putain de moine, damnation et fils de pute! a renchéri Rosaleen en savourant chaque mot comme s'il s'agissait de patates douces.

*
* *

Nous étions au bord de la Route 40 à l'ombre d'une vieille affiche fanée de publicité pour les cigarettes Lucky Strike. Je levais le pouce mais, chaque fois qu'une voiture nous voyait, elle accélérait.

Un homme de couleur au volant d'un vieux camion Chevrolet débordant de cantaloups a eu pitié de nous. Je suis montée la première et j'ai dû me pousser plusieurs fois pour permettre à Rosaleen de s'installer contre la portière.

L'homme a expliqué qu'il allait rendre visite à sa sœur à Columbia et qu'il portait les cantaloups au marché des fermiers de l'État. Je lui ai raconté que j'allais voir ma tante à Tiburon où Rosaleen s'occuperait de son ménage. C'était un peu faiblard, mais il n'a pas bronché.

— Je peux vous déposer à cinq kilomètres de Tiburon.

Le coucher du soleil est la lumière la plus triste qui soit. Nous avons roulé longtemps dans son rougeoiement, dans un silence seulement brisé par les cris des grillons et des grenouilles qui s'amplifiaient à l'approche du crépuscule. J'ai regardé fixement à travers le pare-brise la couleur pourpre prendre possession du ciel.

Le fermier a allumé la radio et les Supremes ont empli la cabine de leur «*Baby, baby, where did our love go?*» Rien de tel qu'une chanson parlant d'amour perdu pour se rappeler que ce qui est précieux risque à tout instant de se volatiliser. J'ai appuyé ma tête contre le bras de Rosaleen. J'aurais aimé qu'elle remette de l'ordre dans ma vie en me tapotant gentiment, mais ses mains n'ont pas bougé.

Cent cinquante kilomètres plus tard, le fermier s'est garé sous une pancarte qui indiquait : Tiburon 5 km. Elle pointait vers la gauche, vers une route qui s'enfonçait en tournant dans une obscurité argentée. En descendant, Rosaleen lui a demandé si on pouvait prendre un de ses cantaloups pour notre dîner.

— Prenez-en deux.

Nous avons attendu que ses feux arrière ne soient pas plus gros que des lucioles avant de parler, de bouger. Je m'efforçais de ne pas penser à quel point nous étions tristes et perdues. Je n'étais pas sûre que ce soit mieux que la vie avec T. Ray ou même la prison. Il n'y avait pas âme qui vive. Pourtant, je me sentais douloureusement en vie, comme si chaque cellule de mon corps abritait une petite flamme qui brûlait si fort que cela faisait mal.

— Au moins, on a droit à la pleine lune, ai-je dit.

Nous avons commencé à marcher. Et si vous croyez que la campagne est silencieuse, c'est que vous n'y avez jamais vécu. Rien que les rainettes vous font regretter de ne pas avoir de boules Quies.

Nous marchions comme s'il s'agissait d'une journée ordinaire. Rosaleen a observé que le fermier qui nous avait conduites avait l'air d'avoir fait une bonne récolte de cantaloups. J'ai répondu que c'était incroyable qu'il n'y ait pas de moustiques.

Quand nous sommes arrivées à un pont avec de l'eau qui coulait en dessous, nous avons décidé de descendre au bord du ruisseau et de nous reposer pour la nuit. En bas, c'était différent, l'eau était mouchetée de lumières mouvantes et des lianes de Kudzu pendaient entre les pins tels des hamacs géants. Cela m'a rappelé la forêt des frères Grimm, ce qui a réveillé la nervosité qui s'emparait de moi chaque fois que j'entrais dans les pages des contes de fées où des choses impensables pouvaient se produire – on n'était jamais sûr de rien.

Rosaleen a ouvert les cantaloups en les tapant contre un rocher. Nous les avons raclés jusqu'à la peau, puis nous avons bu dans nos mains sans nous soucier des algues, ni des têtards, ni de savoir si des vaches faisaient leurs besoins dans le ruisseau. Ensuite nous nous sommes assises sur la berge et nous nous sommes regardées.

— Je veux juste savoir pourquoi, de tous les endroits qui existent sur cette terre, tu as choisi Tiburon, a demandé Rosaleen. J'en avais même jamais entendu parler.

Malgré l'obscurité, j'ai sorti la Vierge noire de mon sac et la lui ai tendue.

— Elle appartenait à ma mère. Au dos, il y a écrit *Tiburon, Caroline du Sud*.

— Attends que je comprenne. Tu as choisi Tiburon parce que ta mère avait une image avec le nom de cette ville écrit au dos... c'est ça ?

— Réfléchis un peu : pour avoir cette image, elle y est certainement allée. Et si c'est le cas, quelqu'un pourrait se souvenir d'elle, on ne sait jamais.

Rosaleen a tourné l'image vers la lune pour mieux la voir.

— C'est censé être qui ?
— La Vierge Marie.

— Je sais pas si t'as remarqué, mais elle est noire, a dit Rosaleen.

Manifestement cela lui faisait de l'effet vu la façon dont elle la fixait, la bouche entrouverte. Je pouvais lire ses pensées : *Si la mère de Jésus est noire, comment ça se fait-il que nous ne connaissions que la Vierge blanche ?* Comme si on découvrait que Jésus avait eu une sœur jumelle qui avait hérité de la moitié des gènes de Dieu mais pas un gramme de sa gloire.

— Je crois que je peux mourir maintenant, j'aurai vraiment tout vu ! s'est-elle exclamée en me la rendant.

J'ai fourré l'image dans ma poche.

— Tu sais ce que T. Ray a dit de ma mère ? lui ai-je demandé, parce que j'avais soudain envie de tout lui raconter. Il a prétendu qu'elle nous avait abandonnés lui et moi longtemps avant sa mort. Qu'elle était juste revenue chercher ses affaires le jour où l'accident s'est produit.

J'ai attendu que Rosaleen réplique que c'était ridicule, mais elle regardait droit devant elle comme si elle étudiait cette éventualité.

— Eh bien, ce n'est pas vrai, ai-je poursuivi, montant la voix comme si quelque chose la poussait du fond de ma gorge. Et s'il s'imagine que je vais croire à cette histoire, il a un trou dans ce qui lui tient lieu de cerveau. Il l'a inventée rien que pour me punir. Je le sais.

J'aurais pu ajouter que les mères ont des instincts et des hormones qui les empêchent de laisser leurs bébés, que même les truies et les opossums n'abandonnaient pas leur progéniture, mais Rosaleen a repris, après avoir réfléchi à la question.

— Tu dois avoir raison. Connaissant ton père, il en est bien capable.

— Et ma mère n'aurait jamais pu faire ce dont il l'accuse.

— Je ne connaissais pas ta maman. Mais je la voyais de loin parfois quand je sortais du verger après la cueillette. Elle étendait du linge ou elle arrosait ses plantes, et toi, tu jouais, juste à côté d'elle. Je ne l'ai vue qu'une fois sans toi dans les jambes.

J'ignorais que Rosaleen avait connu ma mère. Soudain j'ai été prise de vertige, sans savoir si c'était la faim, la fatigue, ou cette nouvelle surprenante.

— Qu'est-ce qu'elle faisait la fois où elle était toute seule ?

— Elle était derrière le garage aux tracteurs, assise par terre, les yeux dans le vague. Quand on est passé à côté d'elle, elle ne nous a même pas remarqués. Je me rappelle m'être fait la réflexion qu'elle semblait un peu triste.

— Qui ne serait pas triste en vivant avec T. Ray ?

Là, j'ai vu une ampoule s'allumer sur le visage de Rosaleen, l'éclair de l'illumination.

— Ça y est ! J'ai pigé. Tu t'es enfuie à cause de ce que ton papa a dit de ta mère. Ça avait rien à voir avec le fait que je me trouvais en prison. Quand je pense que je me rongeais les sangs de souci parce que tu t'étais enfuie et que tu t'étais mise dans de sales draps pour moi, alors qu'en fait, tu te serais enfuie de toute façon. Merci mille fois de m'affranchir.

Avec une moue, elle a levé le nez vers la route, si bien que j'ai cru un instant qu'elle allait me planter là.

— C'est quoi, ton plan ? Aller de ville en ville en

interrogeant les gens à propos de ta mère? C'est ça l'idée géniale?

— Si j'avais besoin de quelqu'un pour me critiquer à toutes les heures de la journée, je serais partie avec T. Ray! ai-je crié. Et si tu veux savoir, je n'ai pas vraiment de plan.

— Ah, sûr que tu en avais un à l'hôpital, quand tu as débarqué en disant que nous allions faire ceci et cela... Et moi j'étais censée te suivre comme un petit chien. Tu te conduis comme si tu étais ma gardienne, comme si j'étais une pauvre gourde de négresse que tu vas sauver.

Ses yeux étaient devenus durs.

— Ce n'est pas juste! me suis-je écriée en bondissant sur mes pieds.

La colère me coupait le souffle.

— Tu étais pleine de bonnes intentions et je suis contente de ne plus être là-bas, mais as-tu songé un instant à me consulter?

— Pour être gourde, tu es une vraie gourde! Il faut être gourde pour verser son jus de chique sur les chaussures de ces types. Et encore plus gourde pour refuser de présenter des excuses, même si cela doit te sauver la vie. Ils allaient revenir te tuer ou pire. Je t'ai sortie de là et c'est comme ça que tu me remercies? Bravo!

Je me suis déchaussée, j'ai attrapé mon sac et suis entrée dans l'eau. Le froid m'a enserré les mollets. Je ne souhaitais plus être sur la même planète qu'elle, encore moins sur la même berge.

— Débrouille-toi toute seule maintenant! ai-je gueulé par-dessus mon épaule.

De l'autre côté, j'ai escaladé la mousse détrempée.

Nous nous sommes dévisagées de part et d'autre du ruisseau. Dans le noir, elle ressemblait à un rocher poli par cinq siècles de tempêtes. Je me suis allongée et j'ai fermé les yeux.

Dans mon rêve, j'étais de retour à la ferme, j'étais assise derrière la remise aux tracteurs et, même s'il faisait grand jour, il y avait une énorme lune ronde dans le ciel. Elle paraissait si parfaite là-haut. Je l'ai contemplée un moment, puis je me suis adossée à la remise et j'ai fermé les yeux. C'est alors que j'ai entendu un bruit comme un craquement de glace. J'ai levé le nez et j'ai vu la lune se déchirer et commencer à tomber. J'ai dû prendre mes jambes à mon cou.

Je me suis réveillée avec une douleur dans la poitrine. J'ai cherché la lune, elle était toujours entière et elle éclairait tout le ruisseau. J'ai regardé sur l'autre berge. Rosaleen avait disparu.

Mon cœur a eu des ratés.

Mon Dieu, pitié, je ne voulais pas la traiter comme un petit chien. Je voulais la sauver. C'est tout.

En remettant maladroitement mes chaussures, j'ai ressenti ce même vieux chagrin qui me prend à l'église à chaque Fête des Mères. *Mère, pardonne-moi.*

Rosaleen, où es-tu ? J'ai ramassé mon sac et j'ai couru vers le pont, sans me rendre compte que je pleurais. Trébuchant sur une branche morte, j'ai rampé dans le noir sans prendre la peine de me relever. J'imaginais Rosaleen à des kilomètres de là, avançant sur la route en marmonnant, *bordel de merde, petite imbécile.*

L'arbre sous lequel je venais de m'étaler était pratiquement chauve. Parsemé de petites touffes vertes et envahi de lianes de mousse grise pendant jusqu'au sol.

Même dans le noir, il était évident qu'il mourait, et il était obligé de subir ça tout seul au milieu de tous ces pins indifférents. La loi de la nature. Le manque s'insinue partout tôt ou tard et ronge tout de l'intérieur.

Un fredonnement a jailli de la nuit. Si ce n'était pas un gospel, cela y ressemblait beaucoup. Me dirigeant au son, j'ai découvert Rosaleen au milieu du ruisseau, nue comme un ver. L'eau qui perlait sur ses épaules luisait telles des gouttes de lait, et ses seins se balançaient dans le courant. Le genre de vision dont on ne se remet jamais. J'ai eu envie de lécher les perles de lait sur ses épaules.

J'ai ouvert la bouche. Je voulais quelque chose. Je ne savais pas quoi. *Mère, pardonne-moi.* Je ne ressentais rien d'autre. Cette vieille nostalgie s'est répandue en moi, comme une grande vague, me serrant dans ses bras.

J'ai enlevé chaussures, short, haut. J'ai hésité pour mon slip, puis je l'ai retiré aussi.

L'eau était comme un glacier qui fondait entre mes jambes. J'ai dû lâcher un cri devant tout ce froid, parce que Rosaleen a levé les yeux et en me voyant nue dans l'eau, elle a éclaté de rire.

— Regardez-moi ça qui se pavane. Les seins à l'air.

Je me suis assise près d'elle et j'ai retenu mon souffle en sentant l'eau m'envelopper.

— Je suis désolée.
— Je sais. Moi aussi.

Elle a tapoté la rondeur de mon genou comme si c'était de la pâte à biscuit.

Grâce à la lune, je voyais le fond du ruisseau, jusqu'au lit de cailloux. J'en ai ramassé un – rougeâtre, rond, un cœur d'eau lisse. Je l'ai mis dans la bouche, et j'ai sucé la moelle qui s'y trouvait.

Je me suis accoudée et je me suis laissée aller en arrière jusqu'à ce que l'eau se referme au-dessus de ma tête. J'ai retenu ma respiration et j'ai écouté le frottement du courant contre mes oreilles, en m'enfonçant le plus loin possible dans ce monde sombre et chatoyant. Je pensais à une valise par terre, à un visage que je ne distinguais jamais très bien, à une douce odeur de crème.

3

> « On explique aux apiculteurs débutants que pour avoir une chance de trouver la reine, il faut commencer par localiser sa suite. »
>
> W. Longgood.

Après Shakespeare, c'est Thoreau que je préfère. Mme Henry nous a fait lire des extraits de *Walden* et ensuite j'imaginais que j'allais dans un jardin privé où T. Ray ne me trouverait jamais. J'ai commencé à apprécier mère-nature, ce qu'elle avait fait du monde. Dans ma tête, elle ressemblait à Eleanor Roosevelt.

C'était à elle que je pensais le lendemain matin en me réveillant à côté du ruisseau sur un lit de lianes de kudzu. Une barge de brume flottait sur l'eau, et des libellules, des bleues irisées, allaient et venaient comme si elles brodaient l'air. C'était tellement joli qu'une seconde, j'ai oublié ce poids qui m'oppressait depuis que T. Ray m'avait parlé de ma mère. J'étais à Walden.

C'est le premier jour de ma nouvelle vie, voilà ce que je me suis dit.

Rosaleen dormait la bouche ouverte et un long filet de bave coulait de sa lèvre inférieure. À voir comment ses yeux roulaient sous ses paupières, j'ai su qu'elle regardait l'écran argenté sur lequel s'affichent les rêves. Son visage boursouflé semblait en meilleur état, cependant, à la lumière du jour, j'ai remarqué des hématomes pourpres sur ses bras et sur ses jambes. Aucune de nous n'avait de montre, mais d'après la position du soleil, nous avions dormi plus de la moitié de la matinée.

Comme il n'était pas question que je réveille Rosaleen, j'ai sorti de mon sac l'image en bois de Marie et je l'ai appuyée contre un tronc d'arbre afin de l'examiner soigneusement. Une coccinelle s'est installée sur la joue de la Vierge Marie, lui offrant ainsi le plus parfait des grains de beauté. Marie était-elle du genre à aimer la vie au grand air et à préférer les arbres et les insectes à son auréole de bigote ?

Je me suis allongée et j'ai essayé de comprendre pourquoi ma mère possédait une image de Vierge noire. J'ai eu un grand trou, probablement dû à mon ignorance au sujet de Marie à laquelle notre Église n'a jamais prêté beaucoup d'attention. Selon le révérend Gerald, l'enfer n'était rien qu'un feu de joie pour les catholiques. Bien qu'il n'y en eût pas à Sylvan – qui ne comptait que des baptistes et des méthodistes – nous avions des instructions au cas où nous en rencontrerions dans nos pérégrinations. Nous étions censés leur offrir notre plan de salut en cinq parties qu'ils étaient libres d'accepter ou de refuser. L'église nous donnait un gant en plastique avec chaque phase inscrite sur un doigt différent. On commençait par le petit doigt pour remonter jusqu'au pouce. Certaines dames transportaient leurs gants du salut dans leur sac au cas où elles croiseraient par hasard des catholiques.

La seule histoire de Marie que nous évoquions était celle des noces – la fois où elle a persuadé son fils, pratiquement contre son gré, de fabriquer du vin à partir d'eau ordinaire dans la cuisine. Cela m'avait causé un choc, puisque notre Église ne croyait pas au vin ni, d'ailleurs, au fait que les femmes aient grand-chose à dire. Ma mère avait dû avoir affaire à des catholiques d'une manière ou d'une autre et – je dois l'avouer – cela m'a secrètement ravie.

J'ai fourré l'image dans ma poche; Rosaleen dormait toujours, en soufflant des ronds d'air qui faisaient vibrer ses lèvres. Apparemment, elle n'allait pas se réveiller de sitôt: je lui ai secoué le bras jusqu'à ce que ses yeux s'entrouvrent.

— Seigneur! Ce que je suis raide. J'ai l'impression d'avoir reçu des coups de canne.

— Tu as reçu des coups, tu te souviens?

— Oui, mais pas de canne.

J'ai attendu qu'elle se redresse – l'opération fut incroyablement longue: une suite de grognements et gémissements de membres reprenant vie.

— À quoi tu as rêvé?

Elle a contemplé la cime des arbres en se frottant les coudes.

— Voyons voir. J'ai rêvé que le révérend Martin Luther King s'agenouillait devant moi et me peignait les ongles des orteils avec sa salive et que chaque ongle était rouge comme s'il avait sucé des piments.

Quand nous sommes parties pour Tiburon, j'ai

réfléchi à ça : Rosaleen marchant comme sur des pieds oints, comme si ses orteils rubis étaient les maîtres de la campagne.

Nous sommes passées devant des granges grises, des champs de blé complètement desséchés, et des groupes de vaches Hereford qui ruminaient lentement, l'air très satisfaites de leur sort. En plissant les yeux, j'apercevais au loin des fermes avec de grandes vérandas et des roues de tracteurs faisant office de balançoires accrochées au bout de cordes à des branches d'arbre ; des moulins à vent se dressaient à côté, leurs immenses pétales argentés grinçant un peu quand les vents se levaient. Le soleil avait tout cuit à la perfection ; même les groseilles à maquereau sur les clôtures étaient aussi ratatinées que des raisins secs.

L'asphalte s'est transformé en gravillons qui nous raclaient les semelles. La sueur s'entassait dans le creux entre les omoplates de Rosaleen. Je ne savais pas lequel de nos ventres criait le plus famine. Depuis que nous avions repris notre périple, je m'étais souvenue que nous étions dimanche, que les boutiques étaient fermées. Je commençais à craindre que nous ne soyons réduites à manger des pissenlits, à déterrer des navets sauvages et des asticots pour survivre.

L'odeur de fumier frais qui flottait des champs me rassasiait de temps à autre.

— Je pourrais avaler un bœuf ! s'est brusquement exclamée Rosaleen.

— Si on trouve quelque chose d'ouvert quand nous serons en ville, j'irai nous acheter de quoi manger.

— Et pour dormir ?

— S'ils n'ont pas de motel, il faudra qu'on loue une chambre.

Elle m'a souri.

— Lily, chérie, il n'y a pas un endroit où l'on acceptera une femme de couleur. Même si c'est la Vierge Marie, personne ne l'autorisera à rester si elle est de couleur.

— À quoi sert la loi sur les droits civiques alors? me suis-je écriée en pilant au milieu de la route. Est-ce que cela ne veut pas dire que les gens doivent te laisser descendre dans leurs motels et manger dans leurs restaurants si tu le souhaites?

— C'est ce que ça veut dire, mais ça ne se fera pas sans bagarres.

J'ai parcouru le kilomètre suivant dans une profonde inquiétude. Je n'avais pas de plan, pas de perspectives de plans. Jusque-là je m'étais dit que nous tomberions sur une fenêtre et qu'en la franchissant nous nous retrouverions dans une existence flambant neuve. Quant à Rosaleen, elle tuait le temps en attendant que nous nous fassions prendre. Elle avait l'impression d'être en congé de la prison.

J'avais besoin d'un signe. J'avais besoin qu'une voix me parle comme la veille dans ma chambre, *Lily Melissa Owens, ton bocal est ouvert.*

Je fais neuf pas et je regarde en l'air. Ce sur quoi mes yeux atterriront, ce sera mon signe. Quand j'ai levé les yeux, j'ai vu un petit avion plonger sur un champ de trucs qui poussaient, traînant derrière lui un nuage de pesticides. Je n'ai pas réussi à décider quelle partie de cette scène je représentais : les plants sur le point d'être sauvés des insectes ou les insectes sur le point d'être tués par la pulvérisation. Je pouvais toujours espérer être l'avion qui filait au-dessus de la terre, alternativement sauveur et oiseau de malheur où que j'aille.

Je ne me sentais vraiment pas bien.

La chaleur s'était accrue depuis que nous marchions et le visage de Rosaleen était baigné de sueur.

— Dommage qu'il n'y ait pas une église dans le coin où on pourrait faucher des éventails.

*
* *

De loin, le magasin à l'orée de la ville avait l'air d'avoir un siècle, mais en nous approchant, j'ai vu qu'en fait, il était plus ancien. Une pancarte au-dessus de la porte annonçait :
Frogmore Stew
Restaurant et Bazar
Depuis 1854.

Le général Sherman avait dû passer par là et décider de l'épargner à cause de son nom, certainement pas à cause de sa bonne mine. La façade disparaissait sous les vieilles annonces : service après-vente Studebaker, appâts vivants, concours de pêche de Buddy, glacière des frères Rayford, fusils à cerfs, et l'image d'une petite fille coiffée d'une capsule de Coca-Cola. Une affiche datant de 1957 annonçait, si cela intéressait quelqu'un, une soirée gospel à l'église baptiste du Mount Zion.

Ce que j'ai préféré, c'était l'étalage de plaques minéralogiques de différents États. J'aurais aimé les lire toutes, si j'avais eu le temps.

Dans la cour à côté, un homme de couleur a soulevé le couvercle d'un bidon d'huile transformé en barbecue, et l'odeur de porc mariné dans le vinaigre et le poivre m'a tellement fait saliver que j'en ai bavé sur mon chemisier.

Quelques voitures et camions étaient garés devant la façade, appartenant probablement à des gens qui sautaient l'église et venaient directement ici après l'école du dimanche.

— Je vais voir si je peux acheter de quoi manger.
— Et du tabac à chiquer. J'en ai plus.

Pendant que Rosaleen s'affalait sur le banc à côté du barbecue, j'ai poussé la porte à moustiquaire et je me suis retrouvée dans un mélange d'odeurs d'œufs marinés et de sciure, sous des douzaines de jambons caramélisés qui pendaient du plafond. Le restaurant était dans l'arrière-boutique et devant, on vendait tout et n'importe quoi, de bâtons de sucre de canne à de la térébenthine.

— Que puis-je pour toi, jeune fille?

Un petit homme avec un nœud papillon se tenait à un comptoir en bois, presque invisible derrière une barricade de conserves. Il avait la voix haut perchée et l'air doux et délicat. Je l'imaginais mal en train de vendre des fusils pour la chasse aux cerfs.

— Je ne crois pas t'avoir déjà vue.
— Je ne suis pas d'ici. Je rends visite à ma grand-mère.
— C'est bien que des enfants passent du temps avec leurs grands-parents. On apprend beaucoup des vieilles gens.
— Oui, monsieur. J'ai plus appris de ma grand-mère qu'en une année d'école.

Il a éclaté de rire comme si c'était la réflexion la plus drôle qu'il ait jamais entendue.

— Tu veux déjeuner? Nous avons un plat spécial du dimanche – porc barbecue.
— J'en prendrai deux parts à emporter. Et deux Coca-Cola, s'il vous plaît.

En attendant notre repas, j'ai arpenté les allées pour faire des provisions pour le dîner. Des paquets de cacahuètes salées, des gâteaux au babeurre, deux sandwichs piments-fromage sous plastique, des bonbons acidulés et une boîte de tabac à chiquer Red Rose. J'ai entassé tout ça sur le comptoir.

Quand il est revenu avec les assiettes et les bouteilles, il a secoué la tête.

— Je suis désolé, mais nous sommes dimanche. Je ne peux rien vendre du magasin, juste du restaurant. Ta grand-mère devrait le savoir. Comment s'appelle-t-elle à propos?

— Rose, ai-je répondu en lisant l'étiquette de la boîte de tabac à chiquer.

— Rose Campbell?

— Oui, monsieur. Rose Campbell.

— Je croyais qu'elle n'avait que des petits-fils.

— Non, monsieur. Elle m'a aussi.

Il a touché le sac de bonbons acidulés.

— Laisse tout ici. Je rangerai.

La caisse enregistreuse a fait ding et le tiroir s'est ouvert d'un coup. J'ai pris de l'argent dans mon sac et j'ai payé.

— Pourriez-vous ouvrir les bouteilles de Coca?

Et pendant qu'il repartait vers la cuisine, j'ai glissé la boîte de Red Rose dans mon sac et j'ai fermé la fermeture Éclair.

Rosaleen s'était fait tabasser, elle s'était passée de manger, elle avait dormi par terre et personne ne pouvait dire combien de temps il lui restait avant de retourner en prison ou de se faire tuer. Elle méritait bien son tabac.

J'étais en train de me dire qu'un jour, dans des

années, j'enverrais au magasin un dollar dans une enveloppe pour couvrir le coût du tabac en expliquant que la culpabilité n'avait cessé de me ronger quand soudain je me suis retrouvée nez à nez avec une image de la Vierge noire. Et pas n'importe quelle image. Non, l'identique, exactement la même que celle de ma mère. Sur les étiquettes d'une dizaine de pots de miel. « Miel de la Madone noire », ça disait.

La porte s'est ouverte sur une famille qui sortait de l'église, la mère et la fille vêtues pareil en bleu marine avec des cols Peter Pan blancs. La lumière est entrée à flots par la porte, brumeuse, voilée, rendue floue par une bruine de jaune. La petite fille a éternué et sa mère a dit :

— Viens ici que je te mouche.

J'ai de nouveau regardé les pots de miel, les lueurs ambre qui dansaient à l'intérieur et je me suis obligée à respirer lentement.

Tout à coup, j'ai eu une révélation : il n'y a rien que du mystère dans le monde, et il brille, caché derrière la toile de nos pauvres journées tristes, et nous ne le savons même pas.

J'ai songé aux abeilles qui étaient venues dans ma chambre la nuit, le rôle qu'elles avaient joué dans tout cela. Et la voix que j'avais entendue la veille me dire *Lily Melissa Owens, ton bocal est ouvert*, aussi haut et clair que celle de la femme en bleu marine en train de parler à sa fille.

— Voilà tes Coca-Cola, disait l'homme au nœud papillon.

J'ai désigné les pots de miel.

— Où les avez-vous achetés ?

Il a interprété mon ton choqué comme de la consternation.

— Je vois ce que tu veux dire. Pas mal de gens refusent d'en acheter parce qu'on y montre la Vierge Marie en femme de couleur, mais c'est parce que la femme qui fabrique le miel est elle-même de couleur.

— Comment s'appelle-t-elle ?

— August Boatwright. Elle a des ruches dans toute la région.

Continue de respirer, continue.

— Vous savez où elle habite ?

— Oh, bien sûr, c'est la maison la plus étonnante que tu puisses imaginer. Elle est rose vif comme le sirop contre l'indigestion. Ta grand-mère l'a sûrement vue... longe Main Street jusqu'à ce qu'elle se transforme en route pour Florence.

Je me suis dirigée vers la porte.

— Merci.

— Salue ta grand-mère pour moi.

Les ronflements de Rosaleen faisaient trembler les planches du banc. Je l'ai secouée.

— Réveille-toi. Voilà ton tabac, mais fourre-le dans ta poche parce que je ne l'ai pas exactement payé.

— Tu l'as volé ?

— Il fallait bien, ils vendent rien du magasin le dimanche.

— Tu vas aller droit en enfer.

J'ai étalé notre déjeuner comme un pique-nique sur le banc, mais je n'ai pas pu en avaler une bouchée avant d'avoir évoqué la Vierge noire du pot de miel et l'apicultrice qui s'appelait August Boatwright.

— Tu ne crois pas que ma mère devait la connaître ? Cela ne peut pas être une simple coïncidence.

Pas de réponse.

— Rosaleen ? Tu ne crois pas ?

— Je ne sais pas ce que je crois. Je ne veux pas que tu te fasses trop d'illusions, c'est tout. (Elle m'a touché la joue.) Oh ! Lily, qu'est-ce que nous avons fait ?

*
* *

Tiburon était une ville comme Sylvan, les pêches en moins. Devant le tribunal surmonté d'un dôme, quelqu'un avait planté un drapeau confédéré dans la gueule du canon public. Pour la Caroline du Sud, c'était Dixie d'abord, l'Amérique ensuite. Personne ne réussirait à nous arracher la fierté de Fort Sumter.

En descendant Main Street, nous avons traversé les longues ombres bleues projetées par les bâtiments d'un étage qui bordaient la rue. À travers la vitre d'un drugstore, j'ai aperçu une fontaine chromée ; on y vendait des Cokes à la cerise et des banana splits et j'ai pensé que bientôt ce ne serait plus un endroit exclusivement réservé aux Blancs.

Nous sommes passées devant le bureau de Worth Insurance, l'agence d'électricité du comté de Tiburon et l'Amen Dollar Store, qui proposait des houla-houps, des lunettes pour nager et des boîtes de cierges magiques dans la vitrine sur laquelle on avait écrit à la bombe : FÊTONS L'ÉTÉ. Certains endroits, comme la Farmers Trust Bank, affichaient des pancartes GOLDWATER PRÉSIDENT dans leur vitrines, parfois avec un autocollant de pare-chocs en travers du bas disant TOUS AU VIETNAM.

À la poste de Tiburon, j'ai laissé Rosaleen sur le

trottoir et je suis entrée à l'intérieur où il y avait les boîtes à lettres et les journaux du dimanche. D'après ce que je pouvais en juger, il n'y avait pas d'avis de recherche nous concernant, Rosaleen et moi, et la manchette du journal de Columbia parlait de la sœur de Castro qui espionnait pour la CIA sans faire la moindre allusion à une fillette blanche ayant sorti une Noire de la prison de Sylvan.

J'ai glissé une pièce dans la fente et j'ai pris un des journaux, en me demandant si l'on n'en parlait pas à l'intérieur. Rosaleen et moi nous sommes accroupies dans une ruelle et nous avons étalé le journal par terre pour le feuilleter page par page. C'était plein de Malcom X, de Saïgon, des Beatles, du tennis à Wimbledon, et un motel à Jackson, Mississippi, qui avait préféré fermer plutôt que d'accepter des Noirs... Il n'y avait rien sur Rosaleen et moi.

Parfois vous avez envie de tomber à genoux et de remercier Dieu qui est au ciel pour l'indigence des reportages sur ce qui se passe dans le monde.

4

> « Les abeilles sont des insectes sociaux qui vivent en colonies. Chaque colonie est une unité familiale, renfermant une seule femelle pondeuse ou reine et ses nombreuses filles stériles que l'on appelle les ouvrières. Les ouvrières coopèrent pour rapporter la nourriture, construire le nid et élever la progéniture. On n'élève les mâles qu'aux périodes de l'année où leur présence est requise. »
>
> C. O'Toole et A. Raw.

La femme longeait une rangée de boîtes blanches à l'orée des bois, derrière la maison rose – une maison si rose qu'elle est restée imprimée sous mes paupières quand j'ai détourné les yeux. Grande, vêtue de blanc, elle portait un casque colonial avec des voiles qui lui flottaient devant le visage, lui drapaient les épaules et pendaient dans son dos. On aurait dit une mariée africaine.

Soulevant les couvercles des boîtes, elle jetait un coup d'œil à l'intérieur en balançant un seau en fer-blanc d'où sortait de la fumée. Des nuages d'abeilles s'élevaient et tressaient des couronnes autour de sa tête. Par deux fois elle disparut dans les volutes pour réapparaître peu à peu, tel un rêve jaillissant des profondeurs de la nuit.

Plantées de l'autre côté de la route, Rosaleen et moi étions momentanément muettes. Moi parce que j'étais impressionnée par le mystère qui se jouait et Rosaleen parce que ses lèvres étaient scellées par le tabac à chiquer Red Rose.

— C'est la femme qui fabrique le miel de la Madone noire.

J'étais incapable de la quitter des yeux, la « Maîtresse des abeilles », le portail ouvrant sur la vie de ma mère. *August.*

Rosaleen, qui fatiguait, a craché un jet de jus noir, avant d'essuyer la moustache de sueur au-dessus de sa lèvre.

— J'espère qu'elle est plus douée pour la fabrication du miel que pour le choix des couleurs.

— Moi, j'aime bien.

Nous avons attendu qu'elle rentre pour traverser la route et ouvrir la porte dans la palissade qui menaçait de s'effondrer sous le poids du jasmin de Caroline. Ajoutez à ça la ciboulette, l'aneth et la mélisse qui poussaient alentour et l'odeur était à tomber.

Nous étions sous le porche dans le halo rose de la maison. Des insectes voltigeaient autour de nous, et des notes de musique flottaient de l'intérieur, comme du violon, mais en beaucoup plus triste.

Mon cœur a fait un bond. J'ai demandé à Rosaleen si elle l'entendait, tellement il battait fort.

— J'entends rien sinon le Seigneur qui me

demande ce que je fiche ici, a-t-elle répliqué en crachant ce que j'espérais être la fin de sa chique.

J'ai frappé à la porte pendant qu'elle marmonnait à mi-voix une suite de mots : *Donne-moi la force... doux Jésus... perdu l'esprit.*

La musique s'est arrêtée. Du coin de l'œil, j'ai surpris un léger mouvement à la fenêtre, les lames d'un store vénitien qu'on écartait avant de les relâcher.

La porte s'est ouverte non sur la femme en blanc mais sur une autre habillée de rouge. Ses cheveux étaient coupés si court qu'ils ressemblaient à un bonnet de bain gris enfoncé sur son crâne. Elle nous a dévisagées d'un air soupçonneux et sévère. Elle portait un archet coincé sous le bras comme un fouet. Un instant, j'ai craint qu'elle ne s'en serve contre nous.

— Oui ?
— Êtes-vous August Boatwright ?
— Non, je m'appelle June Boatwright, a-t-elle répondu en balayant du regard les points de suture sur le front de Rosaleen. August Boatwright est ma sœur. Vous vouliez la voir ?

J'ai acquiescé et aussitôt une autre femme est apparue, pieds nus. Elle portait une robe sans manches en vichy vert et blanc et elle avait la tête hérissée de courtes tresses raides.

— Je m'appelle May Boatwright. Moi aussi, je suis une sœur d'August.

Elle nous a adressé un de ces drôles de sourires qui font tout de suite comprendre qu'on n'a pas affaire à quelqu'un de complètement normal.

J'aurais bien aimé que June au fouet sourie aussi, mais elle avait l'air surtout agacé.

— Est-ce que August vous attend ? a-t-elle repris en s'adressant à Rosaleen.

Bien entendu Rosaleen a enchaîné, prête à débiter toute l'histoire.

— Eh bien voilà, Lily a une image...

Je l'ai interrompue.

— J'ai vu un pot de miel au magasin et l'homme a dit...

— Oh ! vous êtes venues pour du miel. Il fallait le dire tout de suite. Entrez dans le salon. Je vais aller chercher August.

J'ai lancé un regard à Rosaleen qui signifiait : *T'es dingue ou quoi ? Ne leur parle pas de l'image.* Il allait falloir qu'on accorde nos violons, ça, c'était sûr.

Certains ont un sixième sens, d'autres pigent que dalle. Je crois l'avoir, parce que dès l'instant où j'ai mis un pied dans la maison, j'ai senti un frémissement sur ma peau, un courant qui remontait le long de ma colonne vertébrale, redescendait le long des bras avant de sortir en palpitant du bout de mes doigts. Je rayonnais littéralement. Le corps sait des choses longtemps avant l'esprit. Je me demandais ce que savait mon corps que j'ignorais.

L'odeur de la cire était partout. Quelqu'un avait ciré tout le salon, une grande pièce avec des carpettes à franges, un vieux piano avec un napperon brodé dessus, et des fauteuils à bascule aux sièges cannés drapés de couvertures en lainage. Chaque fauteuil avait son propre petit tabouret en velours devant lui. *Du velours.* Je me suis approchée pour en caresser un.

Ensuite, sur une table à abattants, j'ai reniflé une bougie en cire d'abeille qui sentait exactement comme la cire des meubles. Elle était plantée dans un bougeoir en forme d'étoile à côté d'un puzzle interrompu, dont je n'aurais su dire ce qu'il représenterait. Une bouteille de lait à goulot large remplie de glaïeuls était posée sur une autre table sous la fenêtre. Les rideaux étaient en organdi, pas l'organdi blanc ordinaire, mais du gris argenté, de sorte que la lumière les traversait avec un chatoiement légèrement brumeux.

Imaginez des murs sans rien dessus sinon des miroirs. J'en ai compté cinq, chacun dans un grand cadre en laiton.

Puis je me suis retournée vers la porte. Dans le coin à côté se dressait la sculpture d'une femme de près d'un mètre de haut. Il s'agissait d'une de ces silhouettes qui jaillissaient du devant des bateaux dans le temps, tellement ancienne qu'elle aurait aussi très bien pu être sur la *Santa Maria* avec Christophe Colomb.

Elle était noire de chez noire, tordue comme des bois flottants à force d'être dehors, son visage, une carte de toutes les tempêtes qu'elle avait traversées et des voyages qu'elle avait accomplis. Elle avait le bras droit levé, comme si elle montrait le chemin, sauf qu'elle serrait le poing. Cela lui donnait un air sérieux, on sentait qu'elle serait capable de vous remettre à votre place en cas de besoin.

Même si elle n'était pas habillée comme Marie et ne ressemblait pas à l'image du pot de miel, j'ai su que c'était elle. Un cœur rouge fané était peint sur son sein et un croissant de lune jaune, usé et de travers, peint aussi, s'étalait à l'endroit où son corps se serait fondu avec le bois du bateau. Dans un grand verre rouge, une bougie éclairait son corps de lueurs scintillantes. La statue était un mélange de puissance et d'humilité à la fois. Je ne savais quoi penser, mais ce que je ressentais était magnétique et si puissant que cela faisait mal comme si la lune venait de pénétrer dans ma poitrine pour l'emplir toute.

La seule chose à laquelle je pouvais comparer cela était la sensation que j'avais éprouvée un jour en voyant, à mon retour de l'étalage de pêches, le soleil s'étendre sur la fin d'après-midi, embrasant les cimes des arbres pendant que l'obscurité progressait en dessous. Le silence m'avait enveloppée, la beauté se multipliant dans l'air. Les arbres étaient devenus si transparents que j'avais eu l'impression de voir quelque chose de pur en eux. Ma poitrine m'avait fait mal alors. De la même manière.

Les lèvres de la statue affichaient un demi-sourire beau et impérieux et, à sa vue, mes mains se sont portées à ma gorge. Tout dans ce sourire disait : *Lily Owens, je n'ignore rien de toi.*

Il m'a semblé qu'elle savait l'être menteur, assassin et haineux que j'étais en réalité. Combien je haïssais T. Ray et les filles de l'école, mais surtout moi-même pour avoir pris la vie de ma mère.

J'ai eu envie de pleurer, puis la seconde d'après, de rire parce que la statue me donnait aussi l'impression d'être Lily la bienheureuse, comme s'il y avait aussi de la bonté et de la beauté en moi. Comme si je possédais vraiment tout ce joli potentiel que Mme Henry m'attribuait.

Je m'aimais et je me haïssais à la fois. Voilà l'effet que la Vierge noire me faisait, elle me poussait à sentir ma gloire et ma honte dans le même temps.

En m'approchant d'elle, j'ai perçu une faible odeur de miel venant du bois. May m'a rejointe et je n'ai plus rien senti d'autre que la pommade sur ses cheveux, l'odeur d'oignons sur ses mains et celle de la vanille sur son haleine. Ses paumes étaient roses comme la plante de ses pieds, ses coudes plus foncés que le reste, et je ne sais pour quelle raison, à leur vue, j'ai eu une bouffée de tendresse.

August Boatwright est entrée, avec des lunettes sans monture et un foulard citron vert attaché à sa ceinture.

— Qui avons-nous ici ? a-t-elle dit, et le son de sa voix m'a brutalement ramenée à la réalité.

Elle était luisante de sueur et de soleil, le visage plissé d'un millier de rides caramel et ses cheveux semblaient saupoudrés de farine, mais le reste paraissait avoir des dizaines d'années de moins.

— Je m'appelle Lily et voici Rosaleen, ai-je répondu.

J'ai hésité en voyant June s'encadrer dans la porte derrière elle. Puis j'ai ouvert la bouche sans avoir la moindre idée de ce que j'allais dire. Ce qui en est sorti n'aurait pu me surprendre davantage : Nous nous sommes enfuies de la maison et nous n'avons nulle part où aller.

N'importe quel autre jour, j'aurais pu gagner un concours de mensonges haut la main, mais là, je n'ai pas été fichue de trouver autre chose que la vérité pathétique. J'ai observé leur visage – surtout celui d'August. Elle a retiré ses lunettes en se frottant les ailes du nez. Le silence était tel que j'entendais une pendule faire tic tac dans la pièce voisine.

August a remis ses lunettes, s'est approchée de Rosaleen, a examiné les points sur son front, la coupure sous son œil et les bleus sur sa tempe et ses bras.

— On dirait que vous avez été battue.

— Elle est tombée sur le perron au moment où nous partions, ai-je proposé, revenant à mon habitude de mentir.

August et June ont échangé un regard pendant que Rosaleen plissait les yeux, l'air de dire que j'avais remis ça, à parler en son nom comme si elle n'était même pas là.

— Eh bien, vous pouvez rester ici jusqu'à ce que vous décidiez ce que vous allez faire. Nous ne pouvons pas vous laisser dormir à la belle étoile, a déclaré August.

En retenant son souffle, June a failli priver la pièce du moindre brin d'air.

— Mais, August...

— Elles resteront ici, a-t-elle répété sur un ton qui m'a fait comprendre qui était l'aînée et qui était la cadette. Tout ira bien. Nous avons les lits de camp dans la maison du miel.

June est sortie de la pièce en faisant voltiger sa jupe rouge.

— Merci, ai-je dit à August.

— Je vous en prie. Maintenant asseyez-vous, je vais chercher de l'orangeade.

Nous nous sommes retrouvées assises dans les fauteuils à bascule cannés sous la garde de May qui affichait son sourire de folle. Elle avait des bras très musclés.

— Comment se fait-il que vous portiez toutes des noms de mois ? lui demanda Rosaleen.

— Notre mère aimait le printemps et l'été. Nous avions une April aussi, mais... elle est morte quand elle était petite. Le sourire figé de May s'évanouit et, sans prévenir, elle se mit à fredonner *Oh ! Susanna* comme si sa vie en dépendait.

Rosaleen et moi la dévisagions quand son fredonnement s'est transformé en sanglots. Elle pleurait comme si la mort d'April datait de la veille.

Finalement August est revenue avec un plateau et quatre verres à confiture, joliment ornés de quartiers d'orange.

— Oh, May, chérie, va au mur pleurer tout ton soûl, lui a-t-elle conseillé en désignant la porte et en lui donnant un coup de coude.

À entendre August, il s'agissait d'un comportement banal qu'on rencontrait dans tous les foyers de Caroline du Sud.

— Et voilà... de l'orangeade.

J'ai siroté la mienne. Rosaleen a vidé la sienne si vite qu'elle a lâché un rot que les garçons de mon ancienne école n'auraient pas désavoué. Incroyable.

August a fait celle qui n'entendait rien pendant que je fixais le tabouret en velours en regrettant que Rosaleen ne soit pas plus raffinée.

— Vous vous appelez donc Lily et Rosaleen, dit August. Vous avez des noms de famille ?

— Rosaleen... Smith et Lily... Williams, ai-je menti avant de me jeter à l'eau. Vous comprenez, ma mère est morte quand j'étais petite, et puis mon père est mort dans un accident de tracteur le mois dernier dans notre ferme du comté de Spartanburg. Comme je n'ai pas d'autre famille dans le coin, on allait m'envoyer dans un foyer.

August a secoué la tête. Rosaleen aussi, mais pour une autre raison.

— Rosaleen était notre gouvernante. Comme elle n'a que moi au monde, nous avons décidé de monter en Virginie pour chercher ma tante. Sauf que nous n'avons pas d'argent du tout, alors si vous avez du travail pour nous tant que nous sommes ici, peut-être que nous pourrions en gagner un peu avant de poursuivre notre route. Nous ne sommes pas vraiment pressées d'arriver en Virginie.

Rosaleen m'a lancé un regard furibard. Pendant une minute, on n'a plus entendu que le tintement des glaçons dans nos verres. Je n'avais pas mesuré combien la pièce était chaude, ni à quel point mes glandes sudoripares avaient été stimulées. Je sentais littéralement mon odeur. J'ai jeté un coup d'œil à la Vierge noire dans le coin, puis je me suis tournée vers August.

Elle a posé son verre. Je n'avais jamais vu des yeux de cette couleur, de la nuance la plus pure du gingembre.

— Je viens de Virginie moi-même, a-t-elle dit, et pour on ne sait quelle raison, cela a ranimé le courant qui m'était passé dans les membres à mon entrée dans la pièce. Bien. Rosaleen peut aider May dans la maison, et vous pourrez nous aider Zach et moi avec les abeilles. Zach est mon principal assistant, si bien que je ne peux pas vous payer, mais au moins vous aurez le logis et le couvert jusqu'à ce que nous appelions votre tante pour lui demander d'envoyer l'argent des billets de car.

— Je ne connais pas vraiment son nom. Mon père l'appelait juste tante Bernie ; je ne l'ai jamais rencontrée.

— Eh bien, mon enfant, que pensez-vous faire : aller de porte en porte en Virginie ?

— Non, madame, juste à Richmond.

— Je vois, a dit August.

Et de fait, c'était vrai. Elle a vu carrément au travers.

*
* *

Cet après-midi-là, la chaleur s'est amassée dans les cieux au-dessus de Tiburon, pour finalement laisser place à un orage. Debout dans la véranda derrière la cuisine, August, Rosaleen et moi avons regardé les nuages virer au mauve foncé à la cime des arbres et le vent fouetter les branches. Nous attendions une accalmie pour que August puisse nous montrer nos nouveaux quartiers dans la maison du miel, un garage converti au fond de la cour, peint du même rose cru que le reste.

De temps à autre, des gouttelettes de pluie nous embuaient le visage. Je ne me suis pas essuyée. Le monde me paraissait tellement vivant ainsi. Je ne pouvais m'empêcher d'envier l'attention que chacun accordait à ce bel orage.

August est allée dans la cuisine chercher trois moules à gâteau en aluminium qu'elle nous a tendus.
— Venez. Nous allons courir. Ça va au moins nous garder la tête au sec.

August et moi sommes parties en flèche sous l'averse, en nous protégeant la tête avec les moules. En jetant un coup d'œil derrière moi, j'ai vu Rosaleen qui tenait le plat à la main : elle n'avait rien compris.

À la maison du miel, August et moi, nous sommes blotties sur le seuil en attendant que Rosaleen nous rejoigne. Celle-ci avançait tranquillement, recueillant de la pluie dans le moule avant de le vider par terre. Une vraie gosse. Elle marchait dans les flaques comme s'il s'agissait de tapis persans, et quand le tonnerre a explosé autour de nous, elle a levé le nez vers le ciel noyé, ouvert la bouche et laissé tomber la pluie dedans. Depuis qu'elle avait été battue, ses traits étaient tirés et fatigués, ses yeux ternes comme si l'on en avait retiré la lumière. Là, elle redevenait elle-même, avec des allures de reine des saisons, comme si plus rien ne pouvait la toucher.

Si seulement elle pouvait apprendre un peu les bonnes manières.

L'intérieur de la maison du miel était une grande pièce remplie d'étranges machines à fabriquer le miel — de grosses citernes, des brûleurs à gaz, des auges, des leviers, des boîtes blanches et des étagères avec des rayons empilés dessus. Mes narines faillirent se noyer dans cette odeur sucrée.

Rosaleen a formé des flaques gigantesques par terre pendant que August courait chercher des serviettes. Un des murs disparaissait derrière des étagères de bocaux. Des casques avec des voiles, des outils et des bougies en cire pendaient à des clous près de la porte d'entrée, et un mince vernis de miel couvrait tout. Les semelles de mes chaussures collaient légèrement quand je marchais.

August nous a conduites dans une minuscule pièce à l'arrière avec un évier, un miroir en pied, une fenêtre sans rideaux et deux lits de camp en bois faits avec des draps blancs et propres. J'ai lâché mon sac sur le premier.

— May et moi dormons ici parfois quand nous récoltons du miel jour et nuit, a expliqué August. Comme il peut y faire très chaud, vous aurez intérêt à brancher le ventilateur.

Rosaleen a tendu le bras vers le ventilateur posé sur une étagère le long du mur du fond et a pressé le bouton. Une nuée de toiles d'araignée s'envola à travers la pièce. L'une d'elles est venue se plaquer contre ses pommettes.

— Il vous faut des vêtements secs, a dit August.

— Ça va sécher sur moi, a répondu Rosaleen en s'allongeant sur la couchette dont les pieds se ployèrent sous son poids.

— Les toilettes sont dans la maison, mais nous ne fermons jamais les portes à clé.

Rosaleen avait les yeux fermés. Elle s'était déjà assoupie et l'air s'échappait par petites bouffées de sa bouche.

August a baissé la voix.

— Alors elle est tombée dans l'escalier ?

— Oui, madame, tête la première. Elle s'est pris le pied dans le tapis en haut des marches, celui que maman a fait au crochet.

Le secret d'un bon mensonge, c'est de ne pas trop se perdre en explications et d'injecter un bon détail.

— Eh bien, mademoiselle Williams, vous pouvez commencer à travailler demain.

J'étais là à me demander à qui elle s'adressait, qui était cette Mlle Williams, quand je me suis souvenue qu'à présent j'étais Lily Williams. Voilà un autre secret du mensonge : ne pas perdre le fil.

— Zach sera absent pendant une semaine, disait-elle. Sa famille est allée à Pawley's Island rendre visite à la sœur de sa maman.

— Si je puis me permettre, qu'est-ce que je vais faire ?

— Tu travailleras avec Zach et moi, à fabriquer le miel. Ça ne te dérange pas que je te dise tu ? Viens, je vais te montrer.

Dans la pièce avec toutes les machines, elle m'a emmenée vers une colonne de boîtes blanches empilées les unes sur les autres.

— On appelle ça des cadres de hausse, a-t-elle expliqué en en posant une devant moi avant d'en retirer le couvercle.

De l'extérieur cela ressemblait à un tiroir de commode ordinaire ouvert, mais l'intérieur renfermait des cadres de rayons de miel parfaitement alignés. Chaque cadre était rempli de miel et scellé avec de la cire.

— Voici le bac à désoperculer, là où nous sortons la cire du rayon qu'on place ensuite dans la chaudière à cire.

Je la suivais, enjambant des petits bouts de rayons de miel, l'équivalent des moutons de poussière chez elles. Elle s'est arrêtée devant une grande citerne métallique au centre de la pièce.

— Voici l'extracteur, a-t-elle dit en lui flattant le flanc comme s'il s'agissait d'une brave bête. Grimpe sur ce petit escabeau et jette un coup d'œil dedans.

August a enfoncé un bouton et, par terre, un vieux moteur s'est mis à cracher et à cliqueter. L'extracteur a démarré lentement, prenant de la vitesse comme la machine à barbe à papa à la foire, jusqu'à ce qu'il diffuse des parfums divins dans l'atmosphère.

— D'une certaine manière, cela sépare le bon grain de l'ivraie du miel. J'ai toujours pensé que ce serait bien d'avoir des extracteurs pour les êtres humains. On les jetterait dedans et on laisserait l'extracteur faire son travail.

Je me suis tournée vers elle. Elle me fixait avec ses yeux gingembre. Devenais-je paranoïaque en me disant qu'elle faisait allusion à moi ?

Elle a coupé le moteur et le bourdonnement s'est arrêté dans une série de cliquetis. Se penchant au-dessus du tube marron qui sortait de l'extracteur, elle a continué :

— De là cela part dans l'épurateur, puis dans la cuve à miel. Et voilà le robinet à clapet qui permet de remplir les seaux. Tu t'y feras très vite.

J'en doutais. Je n'avais jamais vu situation plus complexe de ma vie.

— Bien, j'imagine que tu aimerais te reposer un peu comme Rosaleen. On dîne à six heures. Tu aimes les biscuits à la patate douce ? C'est la spécialité de May.

Après son départ, je me suis allongée sur la couchette vide pendant que la pluie s'écrasait sur le toit en tôle. J'avais l'impression de voyager depuis des semaines, d'avoir échappé à des lions et à des tigres au cours d'un safari dans la jungle, en quête de la cité perdue du Diamant au fin fond du Congo, qui se trouvait être le thème de la dernière matinée à laquelle j'avais assisté à Sylvan avant mon départ. J'avais l'impression d'être à ma place, vraiment, chez moi, mais cela aurait aussi bien pu être le Congo tant c'était étrange. Séjourner dans une maison de couleur avec des femmes de couleur, manger dans leurs assiettes, dormir dans leurs draps – je n'étais pas contre, mais c'était tout nouveau pour moi, et ma peau ne m'avait jamais paru si blanche.

T. Ray ne pensait pas que les femmes de couleur soient intelligentes. Comme je tiens à dire toute la vérité, jusqu'aux aspects les moins jolis, je dois avouer qu'à mon avis, si elles étaient intelligentes, elles ne pouvaient l'être autant que moi puisque j'étais blanche.

Allongée sur le lit de camp dans la maison du miel, je n'arrivais à penser qu'à une chose, August était si intelligente, si cultivée, et j'en étais surprise. C'est là que j'ai compris que je n'échappais pas aux préjugés.

Rosaleen s'est réveillée de son somme.

— Ça te plaît ici ? lui ai-je lancé sans lui laisser le temps de soulever sa tête de l'oreiller.

— Je crois, oui, a-t-elle répondu en s'efforçant de s'asseoir. Jusqu'ici.

— Eh bien, moi aussi. Alors je ne veux pas que tu racontes des trucs qui pourraient tout fiche en l'air, d'accord ?

Elle a croisé les bras sur son ventre et froncé les sourcils :

— Comme quoi ?

— Ne dis rien au sujet de l'image de la Vierge noire que j'ai dans mon sac, d'accord ? Et ne parle pas de ma mère.

Elle a levé les bras en l'air et a entrepris de refaire certaines de ses tresses.

— Bon, pourquoi veux-tu garder ça secret ?

Je n'avais pas le temps de mettre mes raisons en ordre. J'aurais voulu lui répondre : *Parce que j'ai envie d'être normale pendant un petit moment – pas une réfugiée qui cherche sa mère, mais une fille ordinaire en visite à Tiburon, Caroline du Sud. J'ai besoin de temps pour conquérir August, comme ça elle ne me renverra pas à la case départ quand elle découvrira ce que j'ai fait.* Et c'était vrai, ces trucs, mais je savais que cela n'expliquait pas totalement pourquoi parler de ma mère à August me mettait si mal à l'aise.

J'ai rejoint Rosaleen pour l'aider à refaire ses tresses. Mes mains tremblaient légèrement.

— Promets-moi seulement de ne rien dire.
— C'est ton secret. Tu en fais ce que tu veux.

*
* *

Le lendemain matin je me suis réveillée tôt et je suis sortie. La pluie avait cessé et le soleil brillait à travers une couche de nuages.

Derrière la maison du miel, ce n'était que pinèdes. Au loin, j'ai aperçu environ quatorze ruches installées à l'abri des arbres, avec des couvercles d'une blancheur éblouissante.

La veille, pendant le dîner, August avait expliqué qu'elle possédait quatorze hectares que lui avait légués son grand-père. Une fille pouvait se perdre sur quatorze hectares dans une petite ville pareille. Ouvrir une trappe et disparaître.

La lumière coulait d'une fissure dans un nuage bordé de rouge et j'ai marché dans sa direction en longeant un sentier qui s'enfonçait dans les bois. Je suis passée devant un chariot d'enfant bourré d'outils de jardin. Il se trouvait à côté d'un carré de tomates attachées par des bouts de Nylon à des piquets en bois. Au milieu poussaient des zinnias orange et des glaïeuls lavande qui inclinaient la tête vers le sol.

Les sœurs aimaient les oiseaux, ça se voyait. Il y avait une vasque en béton et une multitude de mangeoires – des calebasses évidées et des rangées de pommes de pin partout, chacune barbouillée de beurre de cacahuète.

À l'orée des bois, je suis tombée sur un mur de pierres grossièrement liées au mortier, pas plus haut que le genou mais long de près de cinquante mètres avant de s'arrêter brutalement. Il ne semblait pas avoir un usage précis. Puis j'ai remarqué de minuscules bouts de papier qui dépassaient des creux entre les pierres. Partout. Des centaines de bouts de papier.

J'en ai tiré un et je l'ai déplié, mais l'écriture était trop effacée par la pluie pour y comprendre quelque chose. J'en ai pris un autre. *Birmingham, 15 septembre, mort de quatre petits anges.*

Je l'ai replié et remis à sa place, avec l'impression d'avoir mal agi.

J'ai enjambé le mur et suis entrée dans les bois, me frayant un chemin à travers des petites fougères au plumage vert bleuté, en prenant garde de ne pas déchirer les dessins auxquels les araignées avaient travaillé si dur toute la matinée. C'était comme si Rosaleen et moi, avions vraiment découvert la Cité du diamant perdu.

C'est alors que j'ai entendu un bruit d'eau. Il est impossible d'entendre ce son sans en chercher la source. Je me suis enfoncée dans les bois. La végétation s'est épaissie, et des ronces m'ont griffé les jambes. J'ai fini par le trouver – un petit ruisseau, pas beaucoup plus grand que le ru dans lequel Rosaleen et moi nous étions baignées. J'ai contemplé les méandres tracés par les courants, les rides paresseuses qui de temps en temps se formaient à la surface.

J'ai enlevé mes chaussures pour patauger dedans. Le fond, boueux, me remontait entre les orteils. Une tortue m'a filé une peur bleue en se laissant tomber d'un rocher dans l'eau juste sous mon nez. Impossible de dire quelles autres créatures invisibles j'étais en train de fréquenter – des serpents, des grenouilles, des poissons, tout un monde aquatique d'insectes qui piquaient, mais cela m'était bien égal.

Quand j'ai remis mes chaussures pour rentrer, la lumière filtrait par des trouées entre les branches et j'aurais voulu que cela soit toujours ainsi – pas de T-Ray, pas de M. Gaston, personne pour battre Rosaleen comme plâtre. Rien que les bois lavés par la pluie et le soleil levant.

5

> « Imaginons un instant que nous soyons suffisamment minuscules pour suivre une abeille dans une ruche. La première chose à laquelle nous devrions nous habituer, c'est l'obscurité... »
>
> H. Simon.

La première semaine chez August fut une consolation, un pur soulagement. Le monde vous fait ce genre de cadeau parfois, vous offre un bref répit : le gong retentit et vous partez vous asseoir dans votre coin, où quelqu'un tamponne de bonheur votre vie amochée.

Pendant toute cette semaine-là, personne ne fit allusion à mon père, censé être mort dans un accident de tracteur, ni à ma tante Bernie de Virginie perdue de vue depuis longtemps. Les sœurs du calendrier nous ont simplement recueillies.

Leur premier souci a été de vêtir Rosaleen. August a pris son camion et elle est allée tout droit à l'Amen Dollar Store où elle a acheté quatre culottes, une chemise de nuit en coton bleu pâle, trois robes genre Hawaiien sans taille, et un soutien-gorge qui aurait pu soutenir d'énormes galets.

— C'est pas de la charité, a déclaré Rosaleen quand August a tout étalé sur la table de la cuisine. Je vous rembourserai.

— Par votre travail, si vous voulez.

May est entrée avec de la teinture d'hamamélis et du coton et elle a entrepris de nettoyer les points de suture de Rosaleen.

— Quelqu'un t'a tabassée, a-t-elle dit et, une seconde plus tard, elle fredonnait *Oh! Susanna* à la même vitesse frénétique que la fois d'avant.

June a relevé la tête de la table où elle était en train d'inspecter les achats.

— Tu fredonnes de nouveau cette chanson. Pourquoi ne sortirais-tu pas ?

May a lâché le bout de coton et elle a quitté la pièce.

J'ai regardé Rosaleen qui a haussé les épaules. June a fini de nettoyer les points de suture elle-même ; ça la dégoûtait, ça se voyait à sa bouche, réduite à une minuscule boutonnière.

Je me suis glissée dehors à la recherche de May. Je voulais lui dire : Je vais interpréter *Oh! Susanna* avec toi du début à la fin, mais je n'ai pas réussi à la trouver.

*
* *

C'est May qui m'a appris la chanson du miel.

Pose une ruche sur ma tombe
Que le miel s'écoule dedans.
À ma mort,
C'est tout ce que je te demande.
Les rues du paradis sont dorées et ensoleillées,
Mais je me contenterai de mon petit arpent et d'un pot de
  miel.
Pose une ruche sur ma tombe
Que le miel s'écoule dedans.

J'aimais son côté bêbête. La chanter me donnait l'impression d'être de nouveau une personne normale. May la chantonnait dans la cuisine quand elle pétrissait de la pâte ou coupait des tomates en tranches, et August, lorsqu'elle collait les étiquettes sur les pots de miel. Elle racontait tout ce que cela représentait de vivre ici.

Nous vivions pour le miel. Nous en avalions une cuillerée le matin pour nous réveiller et une autre le soir pour nous aider à dormir. Nous en prenions à chaque repas pour apaiser notre esprit, nous donner du tonus et prévenir les maladies mortelles. Nous nous en badigeonnions pour désinfecter des coupures ou soigner des lèvres gercées. Il entrait dans nos bains, notre crème pour la peau, notre thé à la framboise et nos biscuits. Rien ne lui échappait. En une semaine mes jambes et mes bras maigres se sont arrondis et les frisottis dans mes cheveux se sont transformés en mèches soyeuses. August prétendait que le miel était l'ambroisie des dieux et le shampooing des déesses.

Je passais mon temps dans la maison du miel avec August pendant que Rosaleen aidait May dans la maison. J'ai appris à passer un couteau chauffé à la vapeur sur le désoperculateur, pour sortir la cire des rayons, avant de la mettre dans l'épurateur. J'ai compris tellement vite que August a déclaré que j'étais un prodige. Je n'invente rien : *Lily, tu es un prodige.*

Ce que je préférais, c'était de verser la cire d'abeilles dans les moules à bougies. August utilisait une livre de cire par bougie et enfonçait dedans de minuscules violettes que j'allais cueillir dans les bois. Elle vendait par correspondance à des magasins dans des endroits aussi éloignés que le Maine et le Vermont. Là-haut les gens achetaient tant de ses bougies et de ses pots de miel qu'elle avait du mal à suivre, et elle préparait des boîtes de cire d'abeilles à tout faire de la Madone noire pour ses clients particuliers. August affirmait que, grâce à elle, la canne de pêche flottait mieux, le fil à coudre était plus solide, les meubles brillaient davantage, les fenêtres se décoinçaient et la peau irritée devenait aussi douce que des fesses de bébé. La cire d'abeilles était le remède miracle par excellence.

May et Rosaleen se sont tout de suite bien entendues. May était simple d'esprit. Je ne veux pas dire attardée, parce qu'à certains égards, elle était intelligente et avait toujours le nez dans des livres de cuisine. Elle était naïve et modeste à la fois, adulte et enfant, avec un grain de folie. Rosaleen, qui prétendait que May était une vraie candidate pour l'asile de dingues, s'est tout de même prise d'affection pour elle. Lorsque j'entrais dans la cuisine, je les trouvais debout épaule contre épaule devant l'évier, penchées sur des épis de maïs qu'elles ne parvenaient pas à éplucher tellement elles bavardaient. Ou bien elles enduisaient des pommes de pin de beurre de cacahuète pour les oiseaux.

C'est Rosaleen qui a percé le mystère de *Oh!*

Susanna. Elle a dit que, si l'on veillait à entretenir une note gaie, May allait bien, en revanche, si l'on évoquait un sujet désagréable – comme la tête de Rosaleen pleine de points de suture ou les tomates un peu moisies – May se mettait à fredonner *Oh! Susanna*. Cela semblait être son truc à elle pour refouler ses larmes. Cela marchait pour les tomates pourries, mais pour pas grand-chose d'autre.

Il lui arrivait de pleurer si fort, en hurlant et en se tirant les cheveux, que Rosaleen devait aller chercher August dans la maison du miel. Et, chaque fois, August expédiait très calmement May au mur de pierres. Se rendre là-bas était à peu près la seule chose susceptible de lui faire reprendre ses esprits.

May n'autorisait pas les pièges à rats dans la maison parce qu'elle ne pouvait même pas supporter l'idée d'un animal en train de souffrir. Ce qui rendait Rosaleen folle, c'était de la voir attraper les araignées pour les porter dehors dans une pelle à poussière. J'aimais cet aspect de May, il me rappelait ma mère protectrice des insectes. J'ai fini par l'aider à attraper des faucheux, non seulement parce qu'un insecte écrasé la mettait dans tous ses états mais aussi parce qu'ainsi j'avais le sentiment de respecter les vœux de ma mère.

Il fallait que May mange une banane chaque matin. Cependant, il était hors de question que cette banane soit abîmée. Un matin, je l'ai vue en peler sept avant d'en trouver une intacte. May en conservait des tonnes dans la cuisine, elle en bourrait des pots en grès; après le miel, c'était la denrée la plus abondante de la maison. May pouvait en éliminer cinq ou plus chaque matin en cherchant la banane idéale, sans défaut – celle qui n'avait pas pris de coups dans le monde de l'épicerie.

Rosaleen a fait des puddings à la banane, des tartes à la banane, de la gelée de banane et des tranches de banane sur des feuilles de laitue jusqu'à ce que August lui dise que ce n'était pas utile, qu'elle pouvait se contenter de tout jeter à la poubelle.

Celle dont il était dur de se faire une idée, c'était June. Elle enseignait l'histoire et l'anglais au lycée pour les gens de couleur, mais ce qu'elle aimait avant tout, c'était la musique. Si je terminais tôt dans la maison du miel, j'allais dans la cuisine en principe pour regarder May et Rosaleen faire la cuisine : en fait, j'étais là pour écouter June travailler son violoncelle.

Elle jouait pour des gens à l'agonie, elle se rendait chez eux, voire à l'hôpital pour leur donner la sérénade jusqu'à leur passage dans la vie suivante. Je n'avais jamais entendu parler d'un tel truc, et je restais assise à table à boire du thé sucré, en me demandant si c'était pour cette raison que June souriait si peu. Peut-être qu'elle fréquentait trop la mort.

Je sentais bien que la perspective de nous voir rester, Rosaleen et moi, l'irritait ; c'était le seul point noir de notre séjour.

Un soir que je venais aux toilettes dans la maison rose, je l'ai entendue parler à August dans la véranda. Leurs voix m'ont figée derrière le buisson d'hortensias.

— Tu sais qu'elle ment, avait dit June.

— Je sais, avait répondu August. Mais elles ont des ennuis et elles ont besoin d'un toit. Qui va les accueillir si nous ne le faisons pas... une petite Blanche et une femme noire ? Dans le coin, personne.

Pendant une seconde aucune n'a rien dit. J'entendais les papillons de nuit se cogner contre l'ampoule de la véranda.

— Nous ne pouvons pas garder une fugueuse ici sans prévenir quelqu'un, a repris June.

Quand August s'est tournée vers la moustiquaire, je me suis rencognée dans l'ombre.

— Prévenir qui? La police? Ils ne feront rien d'autre que de la placer Dieu sait où. Peut-être que son père est vraiment mort. Si c'est le cas, qui mieux que nous peut l'accueillir?

— Et cette tante dont elle a parlé?

— Il n'y a pas de tante et tu le sais très bien.

June avait l'air exaspérée.

— Et si son père n'était pas mort dans ce prétendu accident de tracteur? Est-ce qu'il ne la rechercherait pas?

Il y eut un silence. Je me suis approchée de la véranda.

— J'ai un pressentiment à ce sujet, June. Quelque chose me dit qu'il ne faut pas la renvoyer là où elle n'a pas envie d'aller. Pas encore, du moins. Elle avait des raisons de partir. Peut-être qu'il la maltraitait. Je crois que nous pouvons l'aider.

— Pourquoi ne lui demandes-tu pas carrément quel genre d'ennuis elle a?

— Chaque chose en son temps. Je ne tiens surtout pas à l'effrayer en la bombardant de questions. Elle nous parlera quand elle sera prête. Soyons patientes.

— Mais elle est blanche, August.

C'était une grande révélation – non que je sois blanche mais que June ait l'air de ne pas vouloir de moi à cause de la couleur de ma peau. Je n'aurais jamais imaginé qu'on puisse rejeter des gens parce qu'ils étaient blancs. Une bouffée brûlante m'envahit. «Une juste colère», pour citer le révérend Gerald. Jésus avait été pris d'une juste colère lorsqu'il avait culbuté les tables dans le temple et chassé les marchands. J'ai eu envie d'entrer d'un pas résolu, de culbuter une ou deux tables à coups de fouet en tonnant : *Pardonnez-moi, June Boatwright, mais vous ne me connaissez même pas!*

— Voyons si nous pouvons l'aider, a repris August alors que June disparaissait de mon champ de vision. Nous lui devons bien ça.

— Je ne vois pas ce que nous lui devrions, a conclu June.

Une porte a claqué. August a éteint la lumière et lâché un soupir qui flotta dans l'obscurité.

Je suis repartie vers la maison du miel, à la fois honteuse que August ait vu clair en moi et soulagée qu'elle n'ait pas l'intention d'appeler la police, ni de me renvoyer chez moi... pas encore. C'est ce qu'elle avait dit.

J'en voulais surtout à June pour son attitude. Quand je me suis accroupie à l'orée du bois, l'urine était chaude entre mes jambes. Je l'ai regardée couler dans la poussière, j'ai senti son odeur monter dans la nuit. Il n'y avait aucune différence entre ma pisse et celle de June. Voilà ce que je pensais en contemplant le cercle sombre par terre. La pisse n'était jamais que de la pisse.

*
* *

Chaque soir après le dîner, nous nous installions dans leur minuscule bureau autour de la télévision avec le pot en céramique orné d'abeilles dessus. Entre les tiges du philodendron qui pendaient sur l'écran, on voyait à peine les images des infos.

J'aimais bien l'allure de Walter Cronkite avec ses lunettes noires et sa voix qui savait tout ce qu'il fallait savoir. Voilà un homme qui n'était pas contre les livres, c'était évident. Vous preniez tout ce que T. Ray n'était pas, en faisiez un être humain, et vous obteniez Walter Cronkite.

Il nous a raconté le défilé pour l'intégration à St. Augustine qui avait été attaqué par une foule de Blancs, il a évoqué les groupes de vigiles blancs, les tuyaux à incendie, et les gaz lacrymogènes. On a eu droit à tous les chiffres. Trois morts chez les défenseurs des droit civiques. Deux explosions de bombes. Trois étudiants noirs chassés à coups de manche de hache.

Depuis que M. Johnson avait signé cette loi, c'était à croire que les coutures de la vie américaine avaient cédé. Nous avons regardé les gouverneurs défiler à la télé pour réclamer un retour au « calme et à la raison ». August a déclaré qu'elle craignait qu'avant longtemps, on ne voie des choses pareilles arriver à Tiburon.

Je me sentais blanche et mal à l'aise, surtout avec June dans la pièce. Mal à l'aise et honteuse.

May, qui généralement ne regardait pas, s'est jointe à nous ce soir-là et, vers le milieu, s'est mise à fredonner *Oh! Susanna*. Elle était bouleversée à cause d'un Noir du nom de M. Raines qui avait été abattu d'un coup de fusil tiré d'une voiture en Géorgie. Lorsqu'on a montré une photo de sa veuve, serrant ses enfants contre elle, May s'est mise à sangloter. Bien entendu tout le monde s'est levé comme si elle était une grenade dégoupillée pour tenter de la calmer, mais il était trop tard.

May se balançait d'avant en arrière, en battant des bras et en se griffant le visage. Elle a tiré si brutalement sur son corsage que les boutons jaune pâle ont volé partout comme du pop-corn. Je ne l'avais jamais vue comme ça, et cela m'a terrifiée.

August et June l'ont chacune attrapée par un bras et l'ont fait sortir sans encombre – on voyait bien que ce n'était pas la première fois. Quelques instants plus tard, j'ai entendu qu'on remplissait le tub à pieds de griffon où j'avais pris deux fois un bain dans une eau au miel. Une des sœurs avait enfilé une paire de chaussettes rouges sur deux des pieds de la baignoire – Dieu sait pourquoi. Ce devait être May qui n'avait pas besoin de raison.

Rosaleen et moi nous sommes approchées à pas de loup de la porte entrebâillée de la salle de bains. May était assise dans le tub dans un petit nuage de vapeur, serrant ses genoux contre elle. June prenait de l'eau dans le creux de sa main et la faisait lentement couler sur le dos de sa sœur. Les pleurs de May s'étaient transformés en reniflements.

La voix d'August est montée derrière la porte.

— C'est ça, May. Laisse tout ce malheur glisser sur toi. Laisse-le partir.

*
* *

Chaque soir après les informations, nous nous agenouillions toutes sur le tapis du salon devant la

Vierge noire et nous lui adressions des prières – ou plutôt les trois sœurs et moi étions à genoux, et Rosaleen s'asseyait dans un fauteuil. August, June et May appelaient la statue «Notre-Dame des Chaînes» pour une raison qui m'échappait.

Je vous salue, Marie, pleine de grâce; Le Seigneur est avec vous. Vous êtes bénie entre toutes les femmes...

Les sœurs manipulaient des colliers de perles en bois. Au début, Rosaleen a refusé de participer, mais elle n'a pas tardé à nous imiter. J'avais mémorisé les paroles dès le premier soir. Comme nous ne cessions de répéter la même chose, cela se rejouait dans ma tête longtemps après que nous avions terminé.

Cela ressemblait à une sorte de dicton catholique. J'ai demandé à August si elles étaient catholiques.

— Eh bien, oui et non. Ma mère était une bonne catholique – elle allait à la messe deux fois par semaine à St. Mary à Richmond – en revanche, mon père était un orthodoxe éclectique.

Je n'avais pas la moindre idée de ce que pouvait recouvrir la dénomination d'orthodoxe éclectique; ce qui ne m'a pas empêchée d'acquiescer comme s'il y en avait un groupe important à Sylvan.

— May, June et moi mélangeons nos propres ingrédients au catholicisme de notre mère. Je ne sais pas trop comment on appelle ça, mais cela nous convient.

Une fois que nous avions fini de répéter le *Je vous salue Marie* environ trois cents fois, nous récitions nos prières personnelles en silence – là, nous en faisions le minimum, parce qu'à ce moment nos genoux nous faisaient un mal de chien, et je ne devrais pas me plaindre parce que cela n'avait rien de comparable avec mes séances à genoux sur les Martha Whites. Enfin les sœurs se signaient du front au nombril et c'était terminé.

Un soir, tout le monde s'est signé et est sorti, sauf August et moi.

— Lily, si tu demandes de l'aide à Marie, elle te l'accordera.

Comme je ne savais pas quoi répondre, j'ai haussé les épaules.

Elle m'a fait signe de venir m'asseoir, à côté d'elle, dans le fauteuil à bascule.

— Je voudrais te raconter une histoire. C'est une histoire que notre mère nous racontait quand nous étions lasses de nos tâches ou fâchées avec notre vie.

— Je ne suis pas lasse de mes tâches.

— Je sais, mais c'est une bonne histoire. Écoute.

Je me suis installée et j'ai commencé à me balancer d'avant en arrière en écoutant les grincements qui font la spécificité des fauteuils à bascule.

— Il y a longtemps, à l'autre bout du monde en Allemagne, il y avait une jeune nonne prénommée Beatrix qui aimait Marie. Un jour elle en eut assez d'être une nonne, assez de toutes les corvées qui lui incombaient et des règles qu'elle devait respecter. Si bien qu'un soir où la coupe était pleine, elle a enlevé son habit de religieuse, l'a plié et posé sur son lit. Puis elle s'est glissée dehors par une fenêtre et elle s'est enfuie du couvent.

D'accord, je voyais où elle voulait en venir.

— Beatrix croyait qu'elle allait merveilleusement bien s'amuser. Cependant pour une nonne défroquée la vie n'était pas telle qu'elle l'avait imaginée. Elle a traîné, perdue, mendiant dans les rues. Au bout d'un moment, elle n'aspirait plus qu'à rentrer au couvent, où elle savait qu'on ne la reprendrait jamais.

Nous ne parlions pas de Beatrix, la nonne, c'était clair comme de l'eau de roche. Il s'agissait de moi.

— Que lui est-il arrivé ? ai-je demandé en m'efforçant de paraître intéressée.

— Eh bien un jour, après des années d'errance et de souffrance, elle s'est déguisée et elle est retournée dans son ancien couvent qu'elle souhaitait revoir une dernière fois. Elle est entrée dans la chapelle et a demandé à l'une de ses anciennes sœurs : « Vous vous rappelez la nonne Beatrix qui s'est enfuie ? – Que voulez-vous dire ? a répliqué la sœur. La nonne Beatrix ne s'est pas enfuie. Elle est là-bas, à côté de l'autel, en train de balayer. » Tu imagines combien Beatrix fut abasourdie. Elle s'est approchée de la femme qui balayait et elle a découvert que celle-ci n'était autre que Marie. Marie a souri à Beatrix, puis l'a ramenée dans sa chambre et lui a rendu son habit de religieuse. Tu vois, Lily, durant tout ce temps, Marie l'avait remplacée.

J'ai cessé de me balancer et les grincements de mon fauteuil à bascule se sont tus. Qu'est-ce que August essayait de me dire ? Que Marie me remplacerait à la maison de sorte que T. Ray ne remarquerait pas mon absence ? C'était trop bizarre, même pour des catholiques. Je pense qu'elle me disait : *Je sais que tu t'es enfuie – tout le monde en ressent le besoin un jour ou l'autre – mais tôt ou tard, tu auras envie de rentrer à la maison. Demande son aide à Marie.*

J'ai pris congé, ravie de ne plus me trouver sous le feu des projecteurs. Ensuite, j'ai commencé à demander son aide à Marie – non pour qu'elle me ramène à la maison, comme la pauvre Beatrix... Non, je lui demandais de s'assurer que je ne rentrerais jamais. Je lui demandais de tirer un rideau autour de la maison rose pour qu'on ne nous retrouve jamais. Je le lui demandais tous les jours et je n'en revenais pas que cela ait l'air de marcher. Personne ne venait frapper à la porte pour nous traîner en prison. Marie nous avait fabriqué un rideau de protection.

*
* *

Le premier vendredi soir, à la fin des prières, et tandis que des tourbillons orange et rose s'attardaient encore dans le ciel après le coucher du soleil, je suis allée avec August dans la cour aux abeilles.

Comme je n'avais jamais approché les ruches, elle commença par me donner une leçon en matière d'étiquette du rucher, pour citer ses termes. Elle m'a rappelé que le monde n'était en fait qu'une grosse ruche et que les mêmes règles régissaient les deux endroits : ne crains rien, parce qu'aucune abeille aimant la vie ne cherchera à te piquer. Mais ne fais pas l'imbécile pour autant, porte des manches longues et un pantalon. Ne les chasse pas de la main. Surtout pas. Si tu sens monter la colère, siffle. La colère la perturbe, alors qu'un sifflet la fait fondre. Agis comme si tu savais ce que tu faisais, même si ce n'est pas le cas. Surtout, envoie-leur de l'amour. Toutes les petites choses ont besoin d'amour.

August s'était fait piquer tellement souvent qu'elle était immunisée. Les piqûres ne lui faisaient pratiquement plus rien. En fait, les piqûres calmaient son arthrite, mais comme je n'avais pas d'arthrite, il fallait que je me protège. Elle m'a obligée à enfiler une de ses chemises blanches à manches longues, puis m'a posé un de ses casques blancs sur la tête et a arrangé les voiles.

Si nous étions dans un monde d'hommes, un voile en éliminait toutes les aspérités. Tout paraissait plus doux, plus joli. En marchant derrière August, j'avais l'impression d'être une lune flottant derrière un nuage nocturne.

Elle possédait quarante-huit ruches éparpillées dans les bois autour de la maison rose et deux cent quatre-vingts autres réparties dans diverses fermes, dans des jardins en bord de rivière et dans des marécages des hautes terres. Les fermiers aimaient ses abeilles, parce qu'elles faisaient de la pollinisation, rendaient les pastèques plus rouges et les concombres plus gros. Ils auraient accueilli ses abeilles pour rien, mais August payait chacun d'eux avec vingt-cinq litres de miel.

D'un bout à l'autre de la région, elle ne cessait d'aller vérifier ses ruches, au volant de son vieux camion à plateau, le fourgon à miel, comme elle l'appelait, dans lequel elle faisait ses patrouilles des ruches.

Je l'ai regardée charger le chariot rouge, celui que j'avais vu dans la cour, avec des cadres, ces petites planches qu'on glisse dans les ruches pour que les abeilles y déposent leur miel.

— Il faut que nous nous assurions que la reine a toute la place voulue pour pondre ses œufs, sinon nous aurons un essaim.

— Qu'est-ce que c'est qu'un essaim ?

— Eh bien, si tu as une abeille et un groupe d'abeilles à l'esprit indépendant qui se séparent du reste de la ruche et cherchent un autre endroit où s'installer, là tu as un essaim. Elles se regroupent généralement sur une branche.

Il était évident qu'elle n'aimait pas les essaims.

— Donc, a-t-elle poursuivi en se mettant au travail, il faut que nous enlevions les cadres pleins de miel pour les remplacer par des vides.

August tirait le chariot pendant que je la suivais avec l'enfumoir bourré de paille de pin et de feuilles de tabac. Zach avait posé une brique sur chaque ruche pour signaler à August ce qu'il y avait à faire. Si la brique était sur le devant, cela signifiait que les abeilles avaient pratiquement rempli les rayons et qu'elles avaient besoin d'une nouvelle hausse. Si la brique était à l'arrière, il y avait des problèmes comme des fausses teignes ou des reines malades. Posée debout, la brique indiquait qu'on avait affaire à une famille d'abeilles heureuse.

August a craqué une allumette et mis le feu à l'herbe de l'enfumoir. Son visage s'est illuminé avant de se fondre de nouveau dans la pénombre. Elle a agité le seau, envoyant de la fumée dans la ruche. La fumée, a-t-elle dit, fonctionnait mieux qu'un sédatif.

Pourtant, quand elle a retiré les couvercles, les abeilles ont jailli en épaisses cordes noires, avant de se séparer en brins, un branle-bas d'ailes minuscules s'agitant autour de nos visages. Il pleuvait des abeilles, et je leur ai envoyé de l'amour, comme August me l'avait conseillé.

Elle a tiré un cadre à couvain, une toile de tourbillons noirs et gris, avec des taches argentées.

— La voilà, Lily, tu la vois ? C'est la reine, la grosse.

J'ai fait une révérence comme les gens devant la reine d'Angleterre, ce qui a fait rire August.

Je voulais l'amener à m'aimer pour qu'elle me garde toujours auprès d'elle. Si j'arrivais à me faire aimer d'elle, peut-être oublierait-elle Beatrix la nonne, qui était rentrée au bercail, et me laisserait-elle rester.

*
* *

Quand nous sommes revenues à pied vers la maison, la nuit était tombée et les lucioles étincelaient autour de nos épaules. Par la fenêtre de la cuisine, j'ai aperçu Rosaleen et May qui terminaient la vaisselle.

August et moi nous sommes assises dans les chaises longues à côté d'un myrtus luma qui couvrait le sol de ses fleurs. Un air de violoncelle a jailli de la maison, de plus en plus haut, jusqu'à ce qu'il décolle de terre, s'envolant vers Vénus.

Je comprenais bien comment une telle musique pouvait tirer les fantômes des morts, pour les emmener dans l'au-delà. Je regrettais que la musique de June n'ait pas accompagné ma mère.

J'ai regardé le mur qui bordait la cour arrière.

— Il y a des bouts de papier dans le mur là-bas, ai-je dit comme si August ne le savait pas.

— Oui, je sais. C'est le mur de May. Elle l'a bâti elle-même.

— Vraiment?

J'ai essayé de l'imaginer en train de mélanger du ciment, de transporter des pierres au creux de son tablier.

— Elle trouve beaucoup de pierres dans le ruisseau qui coule dans les bois derrière. Cela fait au moins dix ans qu'elle travaille dessus.

C'était donc de là que venaient ses gros muscles... toutes ces pierres à soulever.

— Pourquoi tous ces bouts de papier fourrés dedans ?

— Oh ! c'est une longue histoire. Je suppose que tu as remarqué... May est spéciale.

— C'est sûr qu'un rien la bouleverse.

— Parce que May ne prend pas les choses comme le reste d'entre nous. (August a posé une main sur mon bras.) Tu vois, Lily, quand toi et moi entendons parler de malheurs, cela nous rend tristes un moment, mais cela ne détruit pas tout notre univers. C'est comme si nous avions une protection intégrée autour de notre cœur qui empêche le chagrin de nous submerger. May, elle, n'a pas ça. Tout la pénètre – toutes les souffrances –, elle a l'impression que cela lui arrive à elle. Elle ne voit pas la différence.

Cela signifiait-il que, si je parlais à May des tas de gruau de T. Ray, de ses multiples petites cruautés, du fait que j'avais tué ma mère... elle ressentirait tout ce que je ressentais ? J'aurais bien aimé savoir ce qui se passait quand on était deux à ressentir la même chose. Est-ce que cela divisait la souffrance en deux, la rendait plus légère à supporter ? Comme le fait de ressentir la joie de quelqu'un donne l'impression de la multiplier par deux...

La voix de Rosaleen s'est envolée par la fenêtre de la cuisine, suivie du rire de May. May me semblait si heureuse et si normale en cet instant que je ne parvenais pas à comprendre comment elle avait pu devenir comme ça – soudain joyeuse pour crouler sous tous les malheurs du monde à la seconde d'après. Je ne voulais surtout pas être comme ça, mais je ne voulais pas non plus être comme T. Ray, insensible à tout sinon à sa petite vie égoïste. Je ne savais ce qui était le pire.

— Elle est née comme ça ?
— Non, au début, c'était une enfant heureuse.
— Que lui est-il arrivé ?

August a fixé le mur.

— May avait une jumelle. Notre sœur April. Elles étaient comme une seule âme qui aurait partagé deux corps. Je n'ai jamais rien vu de pareil. Si April avait mal aux dents, les gencives de May devenaient rouges et enflées comme les siennes. L'unique fois où notre père a frappé April avec une ceinture, je te jure que les zébrures sont aussi apparues sur les jambes de May. Elles ne faisaient qu'un.

— Le jour de notre arrivée, May nous a dit que April était morte.

— Et c'est là que tout a commencé pour May. (Elle m'a regardée comme pour décider si elle devait continuer.) Ce n'est pas une belle histoire.

— La mienne ne l'est pas non plus.

— Eh bien, quand April et May avaient onze ans, elles sont allées au bazar avec une pièce chacune pour s'acheter une glace. Elles y avaient vu les enfants blancs y lécher leur cône en feuilletant des illustrés. Le propriétaire du bazar leur a donné les cônes mais leur a ordonné de sortir pour les manger. April qui était têtue a répliqué qu'elle voulait regarder les illustrés. Elle lui a tenu tête, comme elle le faisait avec père, si bien que l'homme l'a empoignée par le bras, l'a tirée vers la porte, et sa glace est tombée par terre. Elle est rentrée à la maison en hurlant que c'était injuste. Notre père était le seul dentiste de couleur de Richmond et il avait eu plus que sa part d'injustice. Il lui a répondu : « Rien n'est juste en ce bas monde. Tu ferais bien de l'admettre tout de suite. »

Je l'avais compris bien avant l'année de mes onze ans. J'ai penché la tête pour regarder la lune. June jouait toujours.

— Je crois que la plupart des enfants n'y auraient pas accordé plus d'importance que ça, mais April l'a pris très à cœur. Elle a cessé d'avoir foi en l'existence. Cela lui a ouvert les yeux sur des choses qu'étant donné son jeune âge, elle n'aurait pas forcément remarquées. Elle s'est mise à refuser d'aller à l'école ou de faire certaines choses. À treize ans, elle était devenue affreusement dépressive et, bien entendu, chaque fois, quoi qu'elle éprouvât, May le ressentait aussi. Et puis, à l'âge de quinze ans, April s'est tuée avec le fusil de notre père.

Je ne m'étais pas attendue à ça. J'en suis restée le souffle coupé.

— Je sais. C'est affreux d'entendre une chose pareille. (August s'interrompit un instant.) Quand April est morte, quelque chose en May est mort aussi. Elle n'a plus jamais été normale après. C'était à croire que le monde lui-même était devenu sa sœur jumelle.

Le visage d'August se mêlait aux ombres des arbres. Je me suis redressée sur ma chaise longue pour mieux la voir.

— Notre mère disait qu'elle était comme Marie, avec le cœur en bandoulière. Mère s'occupait très bien d'elle. À sa mort, la responsabilité de May nous a incombé à June et moi. Nous avons essayé pendant des années d'obtenir de l'aide pour elle. Elle a vu des médecins, mais aucun ne savait quoi faire d'elle, sinon l'interner. Alors June et moi nous avons eu l'idée de ce mur des lamentations.

— Un mur de quoi?

— Un mur des lamentations. Comme à Jérusalem. Les juifs y vont pour pleurer. C'est un moyen pour eux d'affronter leurs souffrances. Ils écrivent leurs prières sur des bouts de papier et les fourrent dans le mur.

— Et c'est ce que fait May?

August a acquiescé.

— Tous ces bouts de papier que tu vois entre les pierres sont des mots que May a écrits – tous les fardeaux qu'elle porte. Il semble que ce soit la seule chose qui l'aide.

J'ai regardé en direction du mur, invisible à présent dans l'obscurité. *Birmingham, 15 sept., mort de quatre petits anges.*

— Pauvre May.

— Oui. Pauvre May.

Et nous sommes restées assises à ruminer notre chagrin jusqu'à ce que les moustiques nous chassent à l'intérieur.

*
* *

Dans la maison du miel, Rosaleen dormait, lumières éteintes, avec le ventilateur tournant à plein régime. Même en slip et en haut sans manche, je souffrais encore de la chaleur.

J'avais la poitrine qui faisait mal à force d'éprouver des émotions. T. Ray faisait-il les cent pas en se sentant aussi blessé que je l'espérais? Peut-être regrettait-il d'avoir été un père aussi peu attentif, de ne pas m'avoir mieux traitée. Mais j'en doutais. Il devait plutôt réfléchir à des moyens de me tuer.

J'ai tourné et retourné mon oreiller dans l'espoir de trouver un peu de fraîcheur, en pensant à May et à son mur et à ce qu'était devenu le monde pour que quelqu'un ait besoin d'un truc comme ça. Cela me fichait la trouille de songer à ce qui devait se trouver entre ces pierres. Le mur m'a fait penser aux tranches saignantes de viande que cuisinait Rosaleen, aux entailles qu'elle y faisait pour les piquer de gousses d'ail amer et sauvage.

Le pire, c'était d'être allongée là, avec la nostalgie de ma mère. C'était toujours comme ça ; elle me manquait presque toujours tard le soir quand je baissais la garde. J'aurais aimé la rejoindre dans son lit, sentir l'odeur de sa peau. Portait-elle de fines chemises de nuit en Nylon ? Attachait-elle ses cheveux ? Je la voyais presque, assise dans son lit. Ma bouche s'est tordue quand je me suis imaginée en train de grimper près d'elle pour poser ma tête sur sa poitrine. Je la mettrais juste sur son cœur et j'écouterais. « Maman », lui dirais-je. Et elle me regarderait et répondrait : « Je suis là, mon bébé. »

Rosaleen se retournait sur son lit de camp.

— Tu es réveillée ?

— Qui pourrait fermer l'œil dans ce four ?

J'avais envie de lui répliquer, toi, car je l'avais vue dormir devant le bazar-restaurant et il faisait au moins aussi chaud ce jour-là. Elle avait un sparadrap neuf sur le front. Dans la soirée, August avait fait bouillir sa pince à épiler et ses ciseaux à ongles dans une casserole sur le poêle avant de s'en servir pour lui retirer ses points.

— Comment va ta tête ?
— Ma tête va bien.

Les mots ont fendu l'air comme des petits crochets du droit.

— Tu es de mauvais poil ou quoi ?
— Pourquoi je serais de mauvais poil ? C'est pas parce que tu es toujours fourrée avec August que je dois m'en faire. Tu choisis qui tu veux pour parler avec, c'est pas mes oignons.

Je n'en revenais pas ; Rosaleen faisait une crise de jalousie.

— Je ne suis pas toujours avec elle.
— Presque.
— Et alors ? C'est normal, non ? Je travaille avec elle dans la maison du miel. Je suis bien obligée de passer du temps avec elle.
— Et ce soir ? Tu t'occupais du miel assise sur la pelouse ?
— On bavardait, c'est tout.
— Ouais, je sais, a-t-elle dit en se tournant vers le mur, transformant son dos en un grand tas de silence.
— Allons, Rosaleen. August pourrait savoir des choses sur ma mère.

Elle s'est retournée et s'est redressée sur un coude.

— Lily, ta maman est morte, a-t-elle murmuré. Et elle ne reviendra pas.
— Comment sais-tu qu'elle n'est pas vivante quelque part dans cette ville ? T. Ray aurait pu me mentir à propos de sa mort, comme il a menti en racontant qu'elle m'avait abandonnée.
— Oh ! Lily, mon petit. Il faut que tu arrêtes.
— Je la sens. Elle est venue ici, je le sais.

— Peut-être. Je ne peux pas le dire. Je sais seulement qu'il vaut mieux ne pas remuer certaines choses.

— Qu'est-ce que ça signifie? Que je ne devrais pas découvrir ce que je peux sur ma propre mère?

— Et si... (Elle s'est interrompue et s'est frotté la nuque.) Et si tu découvrais quelque chose que tu préférerais ne pas savoir?

Ce que j'ai entendu, c'est *Ta mère t'a abandonnée, Lily. Oublie ça.* J'ai eu envie de lui hurler qu'elle était bête comme ses pieds, mais les mots sont restés coincés dans ma gorge. J'ai été prise de hoquet.

— Tu penses que T. Ray disait la vérité quand il affirmait qu'elle m'avait abandonnée, c'est ça?

— Je n'ai aucune idée à ce sujet. Seulement je ne veux pas que tu te fasses du mal.

Je me suis rallongée. Dans le silence, mes hoquets ricochaient sur les murs de la pièce.

— Retiens ton souffle, tapote-toi la tête et frotte-toi le ventre, dit Rosaleen.

Je l'ai ignorée. Elle a fini par s'endormir.

J'ai enfilé mon short et mes sandales et, sur la pointe des pieds, je suis allée au bureau où August s'installait pour répondre aux commandes de miel. J'ai arraché une page d'un bloc et j'y ai écrit le nom de ma mère. Deborah Owens.

En regardant dehors, j'ai compris qu'il faudrait que je me dirige à la lueur des étoiles. Je suis allée au mur de May. Secouée de hoquets pendant tout le chemin. En posant mes mains sur les pierres, j'espérais simplement cesser d'avoir aussi mal.

J'avais envie de me libérer de mes sentiments pendant un petit moment, de remonter le pont-levis. J'ai fourré le papier avec son nom dans un petit trou qui semblait lui convenir, je l'ai confié au mur des lamentations. Pendant l'opération, mon hoquet s'est arrêté.

Je me suis assise par terre, le dos contre le mur et la tête rejetée en arrière pour contempler les étoiles et tous les satellites espions qui s'y mêlaient. Peut-être l'un d'eux me prenait-il en photo à cet instant précis. Ils pouvaient me repérer même dans le noir. On n'était à l'abri nulle part. Il fallait que je garde ça en tête.

Je me suis dit que j'avais peut-être intérêt à en découvrir le plus possible sur ma mère avant que T. Ray ou la police ne viennent nous chercher. Par où commencer ? Je ne pouvais pas montrer l'image de la Vierge noire à August sans que la vérité fiche tout en l'air et qu'elle décide – peut-être – d'appeler T. Ray. Et si elle apprenait que Rosaleen était une vraie fugitive, ne serait-elle pas obligée de prévenir la police ?

La nuit ressemblait à une tache d'encre qu'il me fallait interpréter. Assise là, j'ai scruté l'obscurité, essayant d'y découvrir un rai de lumière.

6

> « La reine doit produire une substance qui attire les ouvrières et qui ne peut être obtenue que par un contact direct avec elle. Cette substance stimule le travail normal dans la ruche. Ce messager chimique s'appelle la "phéromone royale". Des expériences ont démontré que les abeilles l'obtiennent directement du corps de la reine. »
>
> L. H. Newman.

Le lendemain matin, j'ai été réveillée par un grand vacarme dans la cour. Je me suis extirpée de mon lit de camp, je suis sortie et j'ai découvert le plus grand Noir que j'aie jamais vu penché sous le capot du camion, des outils éparpillés autour des pieds. June lui tendait des clefs et Dieu sait quoi encore en le contemplant d'un air radieux.

Dans la cuisine, May et Rosaleen préparaient de la pâte à crêpes. Je n'aimais pas trop les crêpes, mais je ne l'ai pas dit. J'étais juste soulagée qu'il ne s'agisse pas de gruau de maïs. Passer la moitié de votre vie agenouillé dessus vous ôte l'envie d'en manger.

La poubelle débordait de peaux de banane et le percolateur électrique glougloutait dans le minuscule bec en verre à son sommet. Bloup, bloup. J'adorais le bruit que ça faisait, comme l'odeur que cela dégageait.

— Qui est cet homme dehors ?
— C'est Neil, a dit May. Il a un faible pour June.
— On dirait que June a un faible pour lui aussi.
— Ouais, et pourtant elle refuse de l'admettre. Ça fait des années qu'elle le fait marcher. Elle ne veut pas l'épouser mais elle ne veut pas non plus le laisser partir.

May a versé un grand L de pâte sur la plaque chauffante.

— Celle-ci est pour toi. L comme Lily.

Après avoir mis le couvert, Rosaleen a réchauffé le miel dans un bol d'eau chaude. J'ai versé du jus d'orange dans les verres à confiture.

— Pourquoi June ne veut pas l'épouser ?
— Elle était censée épouser quelqu'un d'autre, il y a très longtemps, qui ne s'est pas présenté le jour des noces.

J'ai regardé Rosaleen, craignant que cette situation d'amour déçu ne plonge May dans une de ses crises, mais elle restait concentrée sur ma crêpe. C'est là que j'ai pris conscience qu'aucune d'elles n'était mariée et que c'était étrange, trois sœurs célibataires vivant ensemble, comme ça.

Lorsque Rosaleen a lâché une sorte de *Hmmf,* j'ai compris qu'elle pensait à son fichu mari, regrettant sans doute que lui se soit montré le jour de leur mariage.

— June a renoncé aux hommes et elle a déclaré qu'elle ne se marierait jamais. Puis elle a rencontré Neil quand il est devenu le nouveau principal de son école. Je ne sais pas ce qui est arrivé à sa femme. Toujours est-il qu'il n'en avait plus après s'être installé ici. Il a tout essayé pour convaincre June de l'épouser, mais elle s'y refuse. August et moi n'arrivons pas à la persuader non plus.

Une respiration sifflante s'est échappée de la poitrine de May, aussitôt suivie de *Oh! Susanna*.

Et voilà, c'était parti.

— Pitié, pas encore! s'est exclamée Rosaleen.

— Désolée, a dit May. Je ne peux pas m'en empêcher.

— Pourquoi n'irais-tu pas au mur? ai-je suggéré en lui prenant la spatule des mains.

— Ouais, a approuvé Rosaleen. Vas-y.

Quelques minutes après le départ de May, June entrait, suivie de Neil, dont j'ai craint un instant qu'il ne passe pas sous la porte tant il était grand.

— Qu'est-ce qui a bouleversé May? a voulu savoir June en suivant des yeux un cafard qui se faufilait sous le réfrigérateur. Tu n'as pas écrasé un cafard devant elle, si?

— Non. Nous n'en avons même pas vu.

Elle a sorti une pompe à insecticide du placard sous l'évier. Un instant, j'ai songé à lui expliquer la méthode ingénieuse de maman pour faire sortir les cafards – les sentiers de miettes de crackers et de guimauve – puis j'ai pensé : *C'est June, pas la peine de se fatiguer.*

— Alors qu'est-ce qui l'a bouleversée?

Je ne tenais pas trop à répondre devant Neil, mais cela n'a pas posé de problème à Rosaleen.

— Cela la bouleverse que tu ne veuilles pas épouser Neil.

Je n'avais jamais imaginé jusque-là que des gens de couleur puissent rougir, mais peut-être était-ce la colère qui a donné une couleur questche au visage et aux oreilles de June.

Neil a ri.

— Tu vois. Tu devrais m'épouser et cesser de contrarier ta sœur.

— Oh! fiche le camp d'ici, s'est-elle écriée en le repoussant.

— Tu m'as promis des crêpes, et j'entends bien en manger.

Il portait un jean et un maillot de corps taché de graisse, ainsi que des lunettes à monture en écaille. Il avait l'air d'un mécanicien très studieux.

— Tu fais les présentations ou tu me laisses dans l'ignorance? ajouta-t-il en nous adressant un sourire.

J'ai remarqué que, si vous étudiez de près les yeux de quelqu'un durant les cinq premières secondes où il vous regarde, la vérité de leurs sentiments y brille avant de s'évanouir. Les yeux de June devenaient vides et durs quand ils se posaient sur moi.

— Voici Lily et Rosaleen. Elles séjournent ici en ce moment.

— D'où venez-vous? m'a-t-il demandé.

C'est la question la plus souvent posée en Caroline du Sud. Nous voulons savoir si vous êtes l'un des nôtres, si votre cousin connaît le nôtre, si votre petite sœur est allée à l'école avec notre grand frère, si vous fréquentez la même église baptiste que notre ancien patron. Nous cherchons des correspondances entre nos histoires. Cependant il était rare que des Noirs demandent à des

Blancs d'où ils venaient, parce qu'il n'y avait pas grand-chose à en tirer, puisque leurs histoires ne risquaient pas de se confondre.

— Du comté de Spartanburg, ai-je répondu, après avoir réfléchi à la version des faits que j'avais donnée.

— Et vous? a-t-il demandé à Rosaleen.

Elle a fixé les moules à gelée en cuivre accrochés de chaque côté de la fenêtre au-dessus de l'évier.

— Pareil que Lily.

— Qu'est-ce qui brûle? a dit June.

De la fumée s'élevait de la plaque. La crêpe en L était carbonisée. June m'a arraché la spatule des doigts, a gratté les restes et les a jetés dans la poubelle.

— Combien de temps pensez-vous rester? a continué Neil.

June m'a dévisagée. Elle attendait. Les lèvres serrées sur ses dents.

— Encore un peu, ai-je répondu en regardant dans la poubelle.

L comme Lily.

— Je n'ai pas faim, ai-je annoncé, désireuse d'échapper à ses questions, et je suis sortie.

En traversant la véranda, j'ai entendu Rosaleen lui demander :

— Vous vous êtes inscrit pour voter?

*
* *

Le dimanche, j'ai cru qu'elles iraient à l'église. Je me trompais. Elles organisaient un office dans la maison rose auquel elles conviaient des gens – en l'occurrence, un groupe baptisé les «Filles de Marie» qu'August avait constitué.

Les Filles de Marie ont commencé à débarquer dans le salon avant 10 heures du matin. D'abord sont arrivées une vieille dame du nom de Queenie et sa fille adulte, Violet. À part le chapeau, elles étaient habillées pareil, jupes jaune vif et chemisiers blancs. Ensuite ont suivi Lunelle, Mabelee et Cressie qui arboraient les couvre-chefs les plus extravagants que j'aie jamais vus.

En fait, Lunelle, modiste qui n'avait pas froid aux yeux, n'hésitait pas à se balader avec un chapeau en feutre pourpre de la taille d'un sombrero avec des faux fruits derrière. Voilà pour Lunelle. Mabelee, elle, portait une création en peau de tigre avec une frange dorée, mais c'était Cressie qui remportait la palme avec un tuyau cramoisi orné d'un filet noir et de plumes d'autruche.

Et comme si cela ne suffisait pas, elles exhibaient aux oreilles des clips en strass multicolores et elles avaient peint des ronds de rouge sur leurs joues brunes. Elles étaient superbes.

Outre toutes ses Filles, j'ai découvert que Marie avait un fils en plus de Jésus – un dénommé Otis Hill, un homme avec des dents courtes vêtu d'un costume bleu marine trop grand – donc, techniquement, le groupe était les Filles et le Fils de Marie. Otis était venu avec sa femme que tout le monde appelait Bonbon. Elle portait une robe blanche, des gants de coton turquoise et un turban émeraude.

À côté des autres, August et June, sans chapeau, sans clips, sans gants, faisaient presque pauvres. Par contre, May, cette bonne vieille May, avait mis un chapeau bleu vif dont elle avait relevé le bord d'un côté.

August avait disposé des chaises en demi-cercle devant la statue en bois de Marie. Une fois tout le monde installé, elle a allumé le cierge et June a joué du violoncelle. Nous avons récité le *Je vous salue Marie* ensemble, Queenie et Violet en tripotant leurs perles en bois.

Puis August s'est levée et a annoncé qu'elle se réjouissait de notre présence à Rosaleen et moi. Ensuite, elle a ouvert une Bible et a lu : « Et Marie a dit... Regardez, désormais toutes les générations me diront bénie. Car lui qui est puissant m'a beaucoup donné. Il a éparpillé les fiers... Il a fait tomber les puissants de leurs sièges et exalté les faibles. Il a prodigué de bonnes choses aux affamés et il a renvoyé les riches le ventre vide. »

Elle a posé la Bible sur sa chaise avant de continuer.

— Voilà bien longtemps que nous n'avons pas raconté l'histoire de Notre-Dame des Chaînes et, puisque nous avons parmi nous des visiteuses qui ignorent tout de notre statue, je me suis dit qu'il serait bon de la conter de nouveau.

Décidément, August adorait jouer les conteuses.

— C'est vrai, il faut raconter les histoires, sinon elles meurent et, quand elles meurent, nous ne pouvons nous rappeler qui nous sommes, ni pourquoi nous sommes ici.

Cressie a hoché la tête et ses plumes d'autruche ont vibré au point qu'on aurait cru qu'un véritable oiseau venait d'entrer dans la pièce.

— Tu as raison. Raconte l'histoire.

August a rapproché sa chaise de la statue de la Vierge noire et s'est assise face à nous. Au début, j'ai eu l'impression que ce n'était pas elle qui parlait, mais quelqu'un à travers elle, quelqu'un sorti d'un autre temps et d'un autre lieu. Elle racontait, les yeux rivés sur la fenêtre, comme si elle voyait le drame se jouer dans le ciel.

— Au temps de l'esclavage, quand les gens étaient soumis et traités comme des objets, ils priaient chaque jour et chaque nuit pour être délivrés.

» Sur les îles près de Charleston, ils se rendaient à la maison de Dieu où ils chantaient et priaient, et chaque fois l'un d'eux demandait au Seigneur de leur envoyer du secours. De leur envoyer du réconfort. De leur envoyer la liberté.

Elle avait visiblement répété cette introduction des milliers de fois, elle la disait exactement comme elle l'avait entendue de la bouche d'une vieille femme qui elle-même l'avait entendue de la bouche d'une femme encore plus vieille. Le rythme de son discours nous berçait au point de nous transporter dans les îles près de Charleston, à attendre du secours.

— Un jour, un esclave du nom d'Obadiah chargeait des briques sur un bateau qui devait descendre la rivière Ashley quand il aperçut quelque chose échoué sur la berge. En s'approchant, il se rendit compte qu'il s'agissait de la statue en bois d'une femme. Son corps jaillissait d'un bloc de bois, une femme noire avec le bras levé et le poing serré.

À cet instant, August s'est levée pour prendre la pose. Elle ressemblait trait pour trait à la statue avec son bras droit levé et son poing serré. Elle est restée ainsi quelques secondes devant l'assistance captivée.

— Obadiah sortit la statue de l'eau et s'efforça de la mettre debout. Puis il se souvint qu'ils avaient demandé au Seigneur de leur envoyer du secours. De leur envoyer du réconfort. De leur envoyer la liberté. Obadiah sut alors que le Seigneur avait envoyé cette statue, mais il ignorait qui elle était.

» Il s'agenouilla dans la boue devant elle et entendit sa voix très clairement dans son cœur. Elle lui disait : « Tout va bien. Je suis là. Je vais prendre soin de vous dorénavant. »

Cette histoire était dix fois mieux que celle de la nonne Beatrix ! Tout en parlant, August glissait d'un bout à l'autre de la pièce.

— Obadiah tenta de soulever la femme gorgée d'eau que Dieu avait envoyée pour prendre soin d'eux, mais elle était trop lourde, alors il alla quérir deux autres esclaves et à eux trois, ils la portèrent dans la maison de Dieu et l'installèrent dans l'âtre.

» Avant le dimanche suivant, tout le monde avait entendu parler de la statue rejetée par les eaux du fleuve qui avait parlé à Obadiah. La maison de Dieu était bondée, il y avait des gens assis jusque sur les rebords des fenêtres. Obadiah leur dit qu'il savait que le Seigneur l'avait envoyée, mais qu'il ignorait qui elle était.

— Il ignorait qui elle était ! s'est écriée Bonbon, interrompant le récit.

Puis toutes les Filles de Marie se sont mises à psalmodier : « *Aucun d'entre eux ne le savait.* »

J'ai jeté un coup d'œil à Rosaleen que j'ai à peine reconnue à la voir penchée en avant sur sa chaise, psalmodiant avec les autres.

Puis le silence revenu, August a repris son récit.

— La plus âgée des esclaves était une femme du nom de Pearl. Elle marchait avec une canne et, quand elle parlait, tout le monde l'écoutait. Elle se leva et dit : « C'est la mère de Jésus. »

» Tout le monde savait que la mère de Jésus s'appelait Marie. Qu'elle avait vu toutes les souffrances possibles. Qu'elle était forte, loyale et qu'elle avait le cœur d'une mère. Et voilà qu'elle était envoyée à eux sur les mêmes eaux qui les avaient amenés enchaînés en ces lieux. Il leur semblait qu'elle n'ignorait rien de leurs peines.

J'ai fixé la statue, sentant la fracture dans mon cœur.

— Et ainsi, les gens crièrent, dansèrent et tapèrent dans leurs mains. Les uns après les autres, ils posèrent leurs mains sur sa poitrine, désireux de puiser le réconfort dans son cœur.

» Et ainsi, chaque dimanche dans la maison de Dieu, ils dansaient et touchaient sa poitrine, et ils finirent par peindre un cœur rouge sur sa poitrine pour que les gens aient un cœur à toucher.

» Notre-Dame emplit leur cœur de courage et leur souffla des plans pour s'échapper. Les hardis fuirent, vers le nord, et ceux qui s'abstinrent vécurent avec un poing levé dans le cœur. Et quand leur résolution faiblissait, il leur suffisait de toucher à nouveau le cœur de Marie.

» Elle devint si puissante que même le maître entendit parler d'elle. Un jour, il l'emporta sur un chariot et l'enchaîna dans la grange. Mais là, sans aucune aide humaine, elle s'échappa durant la nuit et revint dans la maison de Dieu. Le maître l'enchaîna dans la grange cinquante fois et cinquante fois elle se libéra. Finalement il céda.

August s'est interrompue, laissant le silence s'installer, le temps que tout le monde comprenne bien. Puis elle a repris en écartant les bras.

— Les gens l'appelèrent Notre-Dame des Chaînes.

Ils l'appelèrent ainsi non parce qu'elle portait des chaînes...

— *Non parce qu'elle portait des chaînes*, ont psalmodié les Filles.

— Ils l'appelèrent Notre-Dame des Chaînes parce qu'elle les brisa.

Coinçant son violoncelle entre ses cuisses, June a joué *Amazing Grace* et les Filles de Marie se sont levées et se sont mises à onduler de concert telles des algues colorées au fond de l'océan.

J'ai cru que c'était le final, mais non, June est passée au piano et a interprété une version endiablée de *Go Tell It on the Mountain*. C'est là qu'August a formé une ronde de conga. Elle s'est approchée de Lunelle en dansant, suivie de Mabelee et elles ont fait le tour de la pièce, ce qui a obligé Cressie à retenir d'une main son chapeau cramoisi. Lorsqu'elles sont revenues en se dandinant, Queenie et Violet se sont jointes à elles, puis Bonbon. J'avais envie de participer, mais je me suis contentée de regarder, imitée par Rosaleen et Otis.

June semblait jouer de plus en plus vite. Je m'éventais le visage, dans l'espoir de me rafraîchir, parce que la tête me tournait un peu.

À la fin de la danse, les Filles, haletantes, se sont plantées en arc de cercle devant Notre-Dame des Chaînes. Et ce qu'elles ont fait ensuite m'a coupé le souffle. L'une après l'autre, elles se sont approchées pour toucher le cœur rouge fané de la statue.

Queenie et sa fille se sont avancées ensemble et ont frotté leurs mains contre le bois. Lunelle a appuyé ses doigts sur le cœur de Marie puis les a baisés un à un, avec une lenteur délibérée qui m'a fait monter les larmes aux yeux.

Otis a pressé son front contre le cœur et il est resté ainsi longtemps, tête contre cœur, comme s'il remplissait sa citerne.

June a continué à jouer jusqu'à ce qu'il ne reste plus que Rosaleen et moi. May lui a fait signe de continuer, puis elle a pris la main de Rosaleen et l'a tirée vers Notre-Dame des Chaînes pour qu'elle aussi touche le cœur de Marie.

Je mourais d'envie d'en faire autant. Je me suis levée, avec la tête qui tournait encore un peu. Je me suis approchée de la Vierge noire en tendant la main. Mais à l'instant où j'allais la toucher, la musique s'est tue. June s'est interrompue au beau milieu de la chanson et je me suis retrouvée, main en l'air, dans le silence le plus total.

J'ai baissé le bras, et ma vision s'est brouillée. J'ai eu l'impression de tout voir au travers de la vitre épaisse d'un train. *Je ne suis pas des vôtres.*

J'était tout engourdie. J'aurais voulu rétrécir jusqu'à n'être plus rien.

De loin, vaguement, j'ai entendu la réprimande d'August :

— June, mais qu'est-ce qui te prend ?

J'ai appelé la Dame des Chaînes, peut-être ne prononçais-je pas son nom à haute voix, peut-être entendais-je seulement mes appels de l'intérieur ? Ce fut mon dernier souvenir : l'écho de son nom dans des endroits déserts.

Quand je me suis réveillée, j'étais allongée sur le lit d'August, avec un linge glacé plié sur mon front, sous la garde attentive d'August et de Rosaleen. Cette dernière, qui m'éventait avec sa jupe, révélait presque toutes ses cuisses.

— Depuis quand tu t'évanouis ? demanda-t-elle et elle s'est assise au bord du lit, ce qui a eu pour effet de me faire rouler contre elle. Elle m'a prise dans ses bras. Pour Dieu sait quelle raison, cela m'a emplie de davantage de tristesse que je ne pouvais en supporter si bien que je me suis dégagée en prétextant que j'avais besoin d'un verre d'eau.

— Peut-être que c'était la chaleur, a dit August. J'aurais dû brancher les ventilateurs. Il doit bien faire 30° là-dedans.

— Je me sens très bien.

En fait, je n'en revenais pas. J'avais l'impression d'avoir découvert par hasard un secret étonnant – il était possible de fermer les yeux et de sortir de la vie sans mourir. Il suffisait de s'évanouir. Sauf que je ne savais pas comment provoquer ça, pour prendre ses distances si nécessaire.

Mon évanouissement avait dispersé les Filles de Marie et envoyé May au mur des lamentations. June était montée s'enfermer dans sa chambre, pendant que les Filles se tenaient en groupe serré dans la cuisine.

Nous avons mis ça sur le compte de la chaleur. La chaleur, oui. La chaleur vous poussait à faire des trucs étranges.

*
* *

Vous auriez dû voir August et Rosaleen après. Elles ont été aux petits soins pour moi tout le reste de la soirée. Un peu de limonade, Lily ? Et un oreiller en plumes ? Là, avale donc cette cuillerée de miel.

Nous étions installées dans le bureau, où j'ai mangé mon dîner sur un plateau – ce qui était un privilège en soi. Toujours dans sa chambre, June restait sourde aux appels d'August derrière sa porte et May, qui était interdite de télé parce qu'elle avait déjà passé bien trop de temps devant le mur pour la journée, découpait des recettes de *McCall* dans la cuisine.

À la télévision, M. Cronkite a annoncé qu'on allait envoyer une fusée sur la lune. « Le 28 juillet, les États-Unis d'Amérique vont lancer *Ranger Seven* de Cape Kennedy en Floride. » La sonde allait parcourir quatre cent mille kilomètres avant de s'écraser dessus. Son objectif était de prendre des photos de la surface et de les renvoyer sur terre.

— Doux Jésus! s'est écriée Rosaleen. Une fusée sur la lune.

August a secoué la tête.

— La prochaine fois, ils marcheront dessus.

Nous avions tous pensé que le président Kennedy avait pété les plombs quand il avait déclaré que nous enverrions un homme sur la lune. Le journal de Sylvan avait titré : « Une idée comme la lune. » J'avais emporté l'article à l'école pour le panneau de l'actualité. Nous avions tous eu la même réaction : un homme sur la lune, et puis quoi encore!

Mais on ne sous-estime jamais assez la puissance de la concurrence à couteaux tirés. Il fallait battre les Russes – voilà ce qui nous menait. Maintenant il semblait probable que nous réussirions.

August a éteint la télé.

— J'ai besoin de m'aérer.

Nous sommes toutes sorties, Rosaleen et August

me tenant par les coudes au cas où je m'effondrerais de nouveau.

Nous étions entre chien et loup, entre le départ du jour et l'arrivée de la nuit, un instant qui ne m'a jamais laissée indifférente à cause de sa tristesse. August a contemplé la lune qui se levait, grosse et d'une nuance argentée fantomatique.

— Regarde-la bien, Lily, parce que tu es en train de voir la fin de quelque chose.

— Vraiment?

— Oui, parce que depuis que les hommes sont sur terre, la lune est restée un mystère pour tous. Songe un peu : elle est suffisamment puissante pour gouverner les marées et elle a beau disparaître, elle revient toujours. Ma maman disait que Notre-Dame vivait sur la lune et que je devrais danser quand sa face était lumineuse et hiberner quand elle était sombre.

August est restée un long moment à fixer le ciel, puis elle a repris le chemin de la maison.

— Maintenant ce ne sera jamais plus pareil, pas après qu'ils auront atterri et marché dessus. Elle sera réduite à un nouveau grand projet scientifique.

J'ai songé au rêve que j'avais fait la nuit où Rosaleen et moi avions dormi près du ru, quand la lune s'était brisée en morceaux.

August a disparu à l'intérieur de la maison, Rosaleen est partie se coucher, et je suis restée à admirer le ciel, imaginant Ranger 7 qui filait vers l'astre.

Je savais qu'un jour où il n'y aurait personne dans les parages, je retournerais au salon et je toucherais le cœur de Marie. Puis je montrerais à August la photo de ma mère et je verrais bien si la lune larguerait ses amarres et tomberait du ciel.

7

> « Comment a-t-on pu assimiler abeilles et sexualité ? Elles ne mènent pas une vie dissolue. Une ruche rappelle plus le cloître que le bordel. »
>
> W. Longgood.

Je sursautais chaque fois que j'entendais une sirène. Qu'il s'agît d'une ambulance dans le lointain ou d'une course poursuite avec la police à la télévision – peu importait. Une partie de moi s'attendait constamment à voir T. Ray ou M. Godasse Gaston venir mettre un terme à ma vie enchantée. Nous étions dans la maison d'August depuis huit jours pleins. Je ne savais pas combien de temps la Vierge noire pourrait garder le rideau tiré.

Le lundi 13 juillet au matin, je repartais à la maison du miel après le petit déjeuner quand j'ai remarqué une Ford noire inconnue garée dans l'allée. J'en ai eu le souffle coupé un instant, jusqu'à ce que je me souvienne que Zach revenait travailler ce jour-là.

Ce serait moi, August *et* Zach. Je n'en suis pas fière, mais je n'appréciais pas cette intrusion.

Il ne ressemblait en rien à ce que j'attendais. Je l'ai trouvé à l'intérieur qui tenait une cuiller à miel comme un micro dans lequel il chantait *I found my thrill on Blueberry Hill.* Du seuil, je l'ai observé en silence, mais quand il s'est lancé dans *Viva Las Vegas* en ondulant des hanches comme Elvis, j'ai éclaté de rire.

Il a viré sur lui-même et bousculé un plateau de couvains, ce qui a fait plein de saloperies par terre.

— Je chantais, c'est tout, m'a-t-il dit comme s'il me l'apprenait. D'abord, qui es-tu?

— Lily. J'habite chez August et les sœurs pour le moment.

— Je me présente, Zachary Taylor.

— Zachary Taylor était un président.

— Ouais, il paraît. (Il a tiré une plaque d'identification au bout d'une chaîne – comme celles des militaires – et me l'a fourrée sous le nez.) Tu vois. Zachary Lincoln Taylor, a-t-il ajouté avec un sourire qui lui a creusé une fossette dans une joue, le genre de truc qui m'a toujours fait craquer.

Il est allé chercher une serviette pour nettoyer les dégâts par terre.

— August m'a dit que tu vivais ici et que tu nous aidais, mais elle n'a jamais précisé que tu étais, euh… blanche.

— Ouais, je suis blanche. Blanche de chez blanche.

Il n'y avait rien de blanc chez Zachary Lincoln Taylor. Même le blanc de ses yeux ne l'était pas vraiment. Il avait les épaules larges, une taille fine, une brosse courte comme la plupart des jeunes Noirs, et surtout un visage qui me fascinait. S'il était choqué de découvrir que j'étais blanche, moi je l'étais de découvrir qu'il était beau.

Dans mon école, on se moquait des lèvres et du nez des gens de couleur. Moi aussi, j'avais ri de ces blagues, dans l'espoir de m'intégrer. À présent, j'aurais aimé envoyer une lettre à l'école qu'on lirait à l'assemblée du matin pour que tous sachent à quel point nous nous étions trompés. Vous devriez voir Zachary Taylor, je leur dirais.

Je me demandais comment August pouvait avoir oublié de signaler à Zach que j'étais blanche. Elle m'avait beaucoup parlé de lui. Je savais qu'elle était sa marraine. Que son papa l'avait abandonné quand il était petit, que sa maman travaillait comme serveuse à la cantine de l'école où enseignait June. Il entrait en troisième année au lycée noir, où il n'obtenait que des A et jouait dans l'équipe de foot. D'après elle, Zach courait aussi vite que le vent, ce qui pourrait bien lui ouvrir les portes d'une université du nord. Je m'étais dit qu'il se débrouillait mieux que moi, puisque maintenant j'étais condamnée à l'école d'esthéticienne.

— August est allée à la ferme de Satterfield vérifier des ruches. Elle a dit que je devais t'aider. Qu'est-ce que tu veux que je fasse ?

— Tu pourrais sortir des cadres des ruches là-bas et m'aider à charger l'extracteur.

— Alors qui est ton préféré, Fats Domino ou Elvis ? ai-je demandé en plaçant le premier cadre.

— Miles Davis.

— Je ne connais pas.
— Ça ne m'étonne pas. Pourtant, c'est le meilleur trompettiste du monde. Je donnerais n'importe quoi pour jouer comme lui.
— Tu abandonnerais le football ?
— Comment tu sais que je joue au foot ?
— Je sais des choses, lui ai-je répondu avec un sourire.
— C'est ce que je vois. (Il s'efforçait visiblement de ne pas me rendre mon sourire.)

Nous allons être amis.

Il a baissé l'interrupteur, et l'extracteur s'est mis à tourner, en prenant de la vitesse.

— Comment se fait-il que tu séjournes ici ?
— Rosaleen et moi nous allons en Virginie vivre avec ma tante. Mon père est mort dans un accident de tracteur et je n'ai plus de mère depuis que je suis petite, alors j'essaie de rejoindre ma famille avant qu'on me fiche dans un orphelinat ou un truc du genre.
— Mais pourquoi ici ?
— Oh ! Tu veux dire chez August ? Nous faisions du stop et on nous a déposées à Tiburon. Nous avons frappé à la porte d'August et elle nous a offert un lit. Voilà.

Il a hoché la tête comme si cela tenait debout.

— Depuis combien de temps travailles-tu ici ? ai-je repris, pas mécontente de changer de sujet.
— Depuis mon entrée au lycée. Je viens après les cours en dehors de la saison de foot, tous les samedis et tout l'été. J'ai acheté une voiture avec l'argent que j'ai gagné l'année dernière.
— Cette Ford-là, dehors ?

— Ouais, c'est une Ford Fairlane 1959.

Il a relevé l'interrupteur de l'extracteur et la machine s'est arrêtée dans un gémissement.

— Viens, je vais te montrer.

On voyait son reflet dans la carrosserie. Il devait passer ses nuits à l'astiquer avec ses maillots de corps. J'ai fait le tour de la Ford en l'examinant sur toutes les coutures.

— Tu pourrais m'apprendre à conduire.
— Pas dans cette voiture.
— Pourquoi pas ?
— Parce que tu sembles être le genre de fille à emboutir quelque chose.

Lorsque je me suis tournée vers lui, prête à riposter, j'ai vu qu'il souriait. Avec cette fossette unique.

— À emboutir quelque chose. Ça c'est sûr.

*
* *

Tous les jours Zach et moi travaillions dans le laboratoire. August et lui avaient extrait la plus grosse partie du miel des ruches, mais il restait encore plusieurs piles de hausses sur des palettes.

Nous faisions marcher la chaudière et nous récupérions la cire dans un seau en fer-blanc, puis nous chargions les cadres dans l'extracteur et filtrions le miel à travers un bas en Nylon flambant neuf. Comme August aimait qu'il reste un peu de pollen dans son miel parce que c'était bon pour la santé, nous y veillions aussi. Il nous arrivait de briser des bouts de rayons pour les mettre au fond des bocaux avant de les remplir. Il fallait s'assurer qu'il s'agissait de nouveaux rayons sans œufs, parce que personne n'a envie de trouver des larves d'abeilles dans son miel.

Sinon, nous remplissions de cire des moules à bougie et nous lavions des bocaux jusqu'à ce que le détergent rende mes mains aussi raides que des feuilles de maïs.

La seule partie de la journée que je redoutais, c'était le dîner, quand il fallait que je côtoie June. On aurait pu penser qu'une personne qui joue de la musique pour des gens à l'agonie serait plus gentille. Je n'arrivais pas à comprendre pourquoi elle m'en voulait autant. Quelque part, le fait que je sois blanche et que je profite de leur hospitalité ne me paraissait pas une raison suffisante.

— Comment ça va, Lily ? me demandait-elle tous les soirs à table, comme si elle venait de répéter devant un miroir.

— Bien. Et vous, June ?

Elle jetait un coup d'œil à August qui paraissait passionnée par cet échange.

— Bien, répondait June.

Une fois débarrassées de ce rituel, nous secouions nos serviettes et faisions de notre mieux pour nous ignorer jusqu'à la fin du repas. Je savais qu'August s'efforçait d'atténuer la grossièreté de June à mon égard, mais j'avais envie de lui dire : « Vous croyez que June Boatwright et moi, on s'intéresse au bien-être de l'autre ? Laissez tomber. »

Un soir après les prières, August a déclaré :

— Lily, si tu veux toucher le cœur de Notre Dame, tu es la bienvenue, n'est-ce pas, June ?

J'ai regardé June qui m'a adressé un sourire forcé.

— Peut-être un autre jour, ai-je répondu.

Il faut que je vous avoue que, si j'étais à l'agonie sur mon lit de camp dans la maison du miel et que la seule chose qui puisse me sauver, ce soit que June change d'attitude, je mourrais et j'irais droit au paradis. Ou peut-être en enfer. Je ne savais plus trop.

Mon repas préféré était le déjeuner que nous mangions Zach et moi à l'ombre des pins. May nous préparait des sandwiches au rôti de porc froid presque chaque jour. Nous pouvions également compter sur une salade bougeoir, composée d'une demi-banane plantée sur une tranche d'ananas. « Laisse-moi allumer ta bougie », me disait-elle en craquant une allumette imaginaire. Ensuite elle accrochait une cerise en boîte au bout de la banane avec un cure-dents. Comme si Zach et moi étions encore à la maternelle. Mais nous jouions le jeu ; nous faisions mine d'être tout excités qu'elle allume la banane. Comme dessert, nous avions droit à des glaçons sucrés et parfumés au citron vert qu'elle fabriquait elle-même au congélateur.

Un jour, alors que nous étions assis dans l'herbe après le déjeuner, à écouter les draps que Rosaleen venait d'étendre claquer au vent, Zach m'a demandé :

— Quelle est ta matière préférée à l'école ?

— L'anglais.

— Je parie que tu aimes écrire des rédactions, a-t-il dit en levant les yeux au ciel.

— En fait, oui. J'avais le projet d'être un écrivain et d'enseigner l'anglais pendant mon temps libre.

— Tu avais ?

— Je ne crois pas avoir trop d'avenir maintenant que je suis orpheline.

Je voulais dire, fugitive. Étant donné la situation, je ne savais pas si je reprendrais mes études un jour.

Zach examinait ses doigts. Je sentais l'odeur âcre de sa transpiration. Il n'arrêtait pas de chasser les hordes de mouches attirées par les taches de miel sur sa chemise.

— Moi non plus, a-t-il repris après un silence.
— Toi non plus quoi ?
— Je ne sais pas si j'ai beaucoup d'avenir.
— Pourquoi ? Tu n'es pas orphelin.
— Non, mais je suis noir.
— Tu pourrais jouer au football pour une équipe universitaire et devenir un joueur professionnel, ai-je suggéré, un peu gênée.
— Pourquoi le sport est-il le seul domaine dans lequel les Blancs nous voient réussir ? Je n'ai pas envie de jouer au football. Je veux être avocat.
— Ça ne me dérange pas, ai-je répliqué un peu agacée. C'est juste que j'ai jamais entendu parler d'un avocat noir, c'est tout. Il faut entendre parler de ce genre de trucs avant de pouvoir les imaginer.
— Foutaises ! Il faut imaginer ce qui n'existe pas.

J'ai fermé les yeux.

— D'accord, j'imagine un avocat noir. Tu es un Perry Mason noir. Les gens viennent de tout l'État te consulter, des gens accusés à tort – et tu révèles la vérité à la toute dernière minute en coinçant le vrai criminel à la barre des témoins.
— Ouais. Je vais tous les casser avec la vérité.

Il a ri : sa langue était vert gazon, à cause des glaçons.

J'ai commencé à le surnommer Zach, l'avocat casseur.

*
** *

C'est à peu près à cette époque-là que Rosaleen s'est mise à me demander ce que j'essayais de faire – auditionnais-je pour être adoptée par les sœurs du calendrier ? Elle a dit que je vivais la tête dans les nuages. « Dans les nuages », c'est devenu son expression préférée.

C'était avoir la tête dans les nuages que de faire comme si nous menions une vie normale alors qu'on nous recherchait, de penser que nous pourrions rester ici à jamais, de croire que je découvrirais des trucs intéressants sur ma mère.

Quel mal y a-t-il à avoir la tête dans les nuages ? ripostais-je chaque fois. Il faut que tu redescendes sur terre, insistait-elle.

Un après-midi que j'étais toute seule dans la maison du miel, June est entrée, cherchant August – c'est du moins ce qu'elle a prétendu. Elle a croisé les bras.

— Alors, tu es ici depuis combien de temps ? Deux semaines, c'est ça ?

On ne pouvait faire plus transparent.

— Écoutez, si vous voulez que nous partions, Rosaleen et moi, nous allons le faire. Je vais écrire à ma tante et elle nous enverra de l'argent pour le car.

Elle a haussé les sourcils.

— Je croyais que tu ne te rappelais pas le nom de famille de ta tante. Et maintenant tu connais son nom et son adresse.

— En fait, je les ai toujours sus. J'espérais juste disposer d'un peu de temps avant d'être obligée de partir.

Quand j'ai dit ça, j'ai eu l'impression que son expression s'adoucissait un peu, mais je devais prendre mes rêves pour la réalité.

— Nom d'un petit bonhomme, qu'est-ce que c'est que cette histoire de partir ? s'est exclamée August du seuil.

Nous ne l'avions pas entendue arriver. Elle a jeté un regard sévère à June.

— Personne ne veut que tu partes, Lily, avant que tu te sentes prête.

Debout à côté du bureau d'August, je tripotais une pile de papiers. June s'est raclé la gorge.

— Il faut que j'aille faire mes exercices, a-t-elle déclaré avant de disparaître.

August s'est assise à son bureau.

— Lily, tu peux me parler. Tu le sais, n'est-ce pas ?

Voyant que je ne répondais pas, elle m'a pris la main, m'a attirée à elle et m'a fait asseoir sur ses genoux. Ils n'étaient pas comme ceux de Rosaleen, aussi moelleux qu'un matelas, mais maigres et anguleux.

Je rêvais de tout lui raconter. D'aller chercher mon sac sous mon lit de camp et d'en tirer les affaires de ma mère. J'avais envie de montrer l'image de la Vierge noire et de tout lui expliquer : Elle appartenait à ma mère, cette image, la réplique de celle que vous collez sur vos pots de miel. Et comme il y a *Tiburon, Caroline du Sud* écrit derrière, je sais qu'elle a dû venir ici. Je voulais lui présenter sa photo et lui demander : L'avez-vous déjà vue ? Prenez votre temps. Réfléchissez bien.

Mais je n'avais pas encore posé la main sur le

cœur de la Vierge noire et j'avais trop peur de tout déballer avant d'avoir au moins fait ça. Je me suis laissée aller contre la poitrine d'August, en repoussant mon envie secrète, trop terrifiée qu'elle me réponde : « Non, je n'ai jamais vu cette femme de ma vie. » Et cela s'arrêterait là. Ne rien savoir du tout valait encore mieux.

Je me suis redressée.

— Je crois que je vais aller aider à la cuisine.

Et j'ai traversé la cour sans un regard en arrière.

Cette nuit-là, quand l'obscurité vibrait du chant des grillons qu'accompagnaient les ronflements de Rosaleen, j'ai pleuré un bon coup. Je n'aurais même pas su dire pourquoi. Tout, je crois. Parce que je détestais mentir à August alors qu'elle était si bonne pour moi. Parce que Rosaleen avait probablement raison avec ses nuages. Parce que j'étais quasi certaine que la Vierge Marie n'était pas en train de me remplacer à l'étalage, comme pour Beatrix.

*
* *

Neil passait presque toutes ses soirées à la maison. Il s'installait avec June dans le salon pendant que nous regardions *Le Fugitif* à la télévision dans le bureau. August disait qu'elle avait hâte que le fugitif retrouve le manchot et qu'on en finisse.

Un soir, pendant la publicité, j'ai fait mine d'aller chercher de l'eau, mais je suis restée plantée dans le couloir, à essayer de saisir ce que June et Neil se racontaient.

— J'aimerais que tu m'expliques pourquoi c'est non, s'est écrié Neil.
— Parce que je ne peux pas.
— Ce n'est pas une raison.
— Peut-être, mais c'est la seule que j'aie.
— Écoute, je ne vais pas attendre toute ma vie.

J'entendais déjà la réponse de June, quand Neil a poussé la porte sans prévenir et m'a surprise collée contre le mur en train d'écouter leurs conversations les plus intimes. Une seconde, j'ai cru qu'il allait me dénoncer, mais il est parti en claquant la porte d'entrée derrière lui.

J'ai filé dans le bureau après avoir entendu un commencement de sanglot monter dans la gorge de June.

*
* *

Un matin, August nous a envoyés Zach et moi dans la campagne à huit kilomètres de là pour rapporter les dernières hausses de ruches à vider. Il faisait une chaleur indescriptible et en plus il devait bien y avoir dix moucherons par centimètre carré d'air.

Zach conduisait le camion en le poussant à son maximum, c'est-à-dire quarante kilomètres de l'heure. Le vent me fouettait les cheveux et emplissait la cabine d'une odeur d'herbe coupée.

Les bords de la route disparaissaient sous le coton fraîchement cueilli, envolé des camions qui les apportaient à l'égreneuse de Tiburon. Zach m'a expliqué que les fermiers avaient planté et récolté leur coton plus tôt cette année à cause de l'anthonome. On aurait dit de la neige ; j'ai regretté qu'il n'y ait pas de blizzard pour rafraîchir un peu l'atmosphère.

Je me suis mise à rêvasser. Zach se garait parce qu'il ne pouvait pas conduire avec toute cette neige et nous faisions une bataille de boules de neige, en nous bombardant de doux coton blanc. Nous construisions un igloo où nous dormions enlacés pour nous tenir chaud, nos bras et nos jambes comme des tresses blanches et noires. Cette dernière pensée m'a tellement secouée que j'en ai frissonné. J'ai collé mes mains sous mes bras : ma transpiration était glacée.

— Ça va ? a demandé Zach.
— Ouais, pourquoi ?
— Tu trembles comme une feuille.
— Ça va. Cela m'arrive de temps en temps.

J'ai regardé par la fenêtre, mais il n'y avait que des champs à perte de vue avec, çà et là, une grange en ruine ou une masure abandonnée.

— C'est encore loin ? ai-je lancé l'air de sous-entendre que l'excursion avait intérêt à se terminer vite.
— Quelque chose ne va pas ?

J'ai refusé de lui répondre, j'ai gardé les yeux fixés sur le pare-brise sale.

Quand nous avons bifurqué dans un chemin de terre, Zach a annoncé que nous étions sur les terres de M. Clayton Forrest qui exposait du miel de la Vierge noire et des bougies en cire d'abeilles dans la salle d'attente de son cabinet d'avocat pour permettre à ses clients d'en acheter. Une partie du travail de Zach consistait à réapprovisionner les points de vente de miel et de bougies.

— M. Forrest me laisse traîner un peu dans son cabinet.

— Ah !

— Il me parle des affaires qu'il a gagnées.

Nous sommes passés dans une ornière et nous avons fait un tel bond sur notre siège que nos têtes ont heurté le plafond de la cabine. Cela, pour on ne sait quelle raison, a transformé mon humeur du tout au tout. Je me suis mise à rire aux éclats. Plus ma tête cognait contre le plafond, plus cela empirait, et j'ai fini par succomber à une énorme crise de fou rire. Je riais comme May pleurait.

Au début, Zach a visé les ornières rien que pour m'entendre, puis il est devenu nerveux parce que je donnais l'impression de ne plus pouvoir m'arrêter. Il s'est raclé la gorge et il a ralenti pour qu'on ne rebondisse plus.

Finalement, mon rire s'est calmé. Me souvenant du plaisir que m'avait procuré mon évanouissement pendant la réunion des Filles de Marie, j'ai regretté de ne pas pouvoir tomber dans les pommes sur-le-champ. J'enviais leurs carapaces aux tortues, leur capacité de disparaître à volonté.

J'étais conscience de la respiration de Zach, de sa chemise tendue sur son torse, de son bras autour du volant. Son aspect dur et sombre. Le mystère de sa peau.

Il était idiot de penser que certaines choses – par exemple, être attiré par des Noirs – ne pouvaient pas se produire. J'aurais cru que cela relevait de l'impossible, comme l'eau remontant une pente, ou le sel ayant un goût sucré. Une loi de la nature, quoi. Peut-être étais-je seulement séduite par l'inaccessible. Ou peut-être que le désir se manifestait à son gré sans prêter attention aux règles qui régissaient nos vies. Il faut imaginer ce qui n'existe pas, avait dit Zach.

Il a arrêté le camion à côté d'un groupe de vingt ruches au milieu d'un bosquet où les abeilles avaient de l'ombre en été et échappaient aux assauts du vent en hiver. Les abeilles étaient beaucoup plus fragiles que je ne l'aurais cru. Quand les fausses-teignes ne les tuaient pas, c'étaient les pesticides ou le mauvais temps.

Zach est descendu du camion et il a déchargé tout un tas d'équipement de l'arrière – casques et hausses supplémentaires, des couvains neufs, ainsi que l'enfumoir qu'il m'a tendu pour que je l'allume. J'ai foulé des camphriers et des azalées sauvages, enjambé des fourmilières en balançant l'enfumoir pendant qu'il soulevait les couvercles des ruches pour vérifier si les cadres étaient pleins.

Il se comportait comme un authentique amoureux des abeilles. Il était d'une douceur et d'une tendresse incroyables. D'un des cadres qu'il a soulevés coulait un miel de la couleur des pruneaux.

— Mais c'est violet !
— Quand le temps devient chaud et que les fleurs se dessèchent, les abeilles se mettent à butiner des baies de sureau. Cela donne du miel violet. Les gens n'hésitent pas à payer deux dollars un pot de miel violet.

Il a trempé le doigt dans le rayon et, levant mon voile, l'a approché de mes lèvres. J'ai ouvert la bouche, laissé son doigt se glisser dedans et je l'ai sucé. Une ombre de sourire est passée sur ses lèvres et une onde de chaleur a envahi mon corps. Il s'est penché vers moi. J'avais envie qu'il soulève mon voile et m'embrasse et, à la manière dont ses yeux ne quittaient pas les miens, j'ai su qu'il en avait envie lui aussi. Nous sommes restés ainsi alors que des abeilles tournoyaient autour de nos têtes avec un bruit de bacon qui grésille, un son qui avait cessé de représenter un danger. J'ai compris qu'il était possible de s'habituer au danger.

Mais, au lieu de m'embrasser, il s'est tourné vers la ruche suivante. L'enfumoir s'était éteint. Je le suivais. Nous ne parlions plus. Nous avons empilé les hausses pleines sur le camion comme si nous avions perdu notre langue. Ni lui ni moi n'avons prononcé un mot avant de passer devant le panneau signalant l'entrée de la ville.

TIBURON, 6 502 habitants
ville natale de Willifred Marchant

— Qui est Willifred Marchant ? ai-je demandé, désireuse de rompre le silence et de voir les choses reprendre leur cours normal.

— Tu veux dire que tu n'as jamais entendu parler de Willifred Marchant ? C'est juste un écrivain, célèbre dans le monde entier qui a écrit trois livres couronnés par le prix Pulitzer à propos des arbres à feuilles caduques de la Caroline du Sud.

J'ai gloussé.

— Ils n'ont jamais été couronnés par le prix Pulitzer.

— Fais attention à ce que tu dis parce qu'à Tiburon, les livres de Willifred Marchant sont pratiquement aussi populaires que la Bible. Chaque année, une journée lui est consacrée et les écoles organisent des cérémonies de plantation d'arbres. Willifred Marchant arrive toujours avec un grand chapeau de paille et un panier de pétales de rose qu'elle jette aux enfants.

— Non!
— Mais si. Miss Willie est très étrange.
— Les arbres à feuilles caduques sont sans doute un sujet intéressant, mais je préférerais écrire sur des gens.
— Oh! c'est vrai, j'avais oublié. Tu as l'intention d'être écrivain. Toi et Miss Willie.
— On dirait que tu m'en crois incapable.
— Je n'ai pas dit ça.
— Tu l'as sous-entendu.
— Qu'est-ce que tu racontes? Pas du tout.

Je me suis détournée pour me concentrer sur ce qu'on voyait par la fenêtre. La loge maçonnique, les bonnes affaires des voitures d'occasion, le garage de pneus Firestone.

Zach a freiné à un stop à côté du Dixie Café, pratiquement installé dans la cour de la Compagnie du bétail. Dieu seul sait pourquoi, cela m'a rendue furieuse. Comment des gens pouvaient-ils prendre leur petit déjeuner, leur déjeuner et leur dîner avec l'odeur des vaches dans les narines? J'ai eu envie de hurler par la vitre : «Mais allez donc bouffer vos foutues céréales ailleurs! Ça pue la bouse de vache.» J'en étais malade.

Zach a franchi le carrefour. Je sentais ses yeux sur l'arrière de mon crâne.

— Tu es furieuse contre moi?

J'avais envie de répondre : «Oui, et comment! parce que tu penses que je n'arriverai jamais à grand-chose.» Mais il est sorti autre chose de ma bouche. Et c'était d'une stupidité affligeante.

— Je ne jetterai jamais de pétales de rose à personne, ai-je dit en me mettant à sangloter avec des hoquets étouffés semblables à ceux de quelqu'un qui se noie.

Zach s'est garé sur le bord de la route.

— Grand Dieu! Mais qu'est-ce qui t'arrive?

Il a passé un bras autour de mes épaules et m'a attirée contre lui.

Je croyais que je pleurais sur mon avenir perdu, celui auquel Mme Henry m'avait encouragée à croire en me couvrant de livres et de listes de lectures pour l'été et en évoquant une bourse à l'université de Columbia – mais, assise près de Zach, j'ai compris que je pleurais à cause de sa fossette, parce que chaque fois que je le regardais, j'avais une drôle de sensation qui circulait de ma taille jusque dans mes rotules. Parce que j'avais agi comme la fille normale que j'étais et que, tout à coup, j'avais traversé une membrane et m'étais retrouvée en plein désespoir. Je pleurais à cause de Zach.

J'ai posé ma tête sur son épaule en me demandant comment il pouvait me supporter. En une seule matinée, j'avais accumulé un rire de fêlée, un désir caché, une humeur de chien, de l'apitoiement sur moi-même, et des pleurs hystériques. Si j'avais essayé de lui montrer mes plus mauvais côtés, je n'aurais pas fait mieux.

Il m'a pressé l'épaule et il a parlé dans mes cheveux.

— Tout ira bien. Tu seras un grand écrivain un jour.

Il a jeté un coup d'œil derrière nous, puis de l'autre côté de la route.

— Bon, rassieds-toi à ta place et essuie tes larmes, a-t-il continué en me tendant un chiffon qui puait l'essence.

*
* *

À notre retour à la maison du miel, nous avons trouvé Rosaleen en train de rassembler ses vêtements pour aller s'installer dans la chambre de May. J'étais partie deux petites heures et tout notre mode de vie était chamboulé.

— Comment ça se fait que tu ailles dormir là-bas ?

— Parce que, la nuit, May a peur toute seule.

Rosaleen dormirait dans le lit jumeau, disposerait du tiroir du bas de la commode de May pour ranger ses affaires et aurait la salle de bains à portée de main.

— Je n'arrive pas à croire que tu me laisses seule ici ! ai-je hurlé.

Attrapant le diable, Zach est sorti avec à toute vitesse pour décharger les hausses du camion. Il devait avoir eu sa dose d'émotion féminine.

— Je ne te quitte pas. Je gagne un matelas, a répliqué Rosaleen en fourrant sa brosse à dents et son tabac à chiquer dans sa poche.

J'ai croisé les bras sur mon chemisier, encore humide des larmes que j'avais versées.

— Très bien, vas-y. Je m'en fiche.

— Lily, ce lit de camp est mauvais pour mon dos. Et au cas où tu l'aurais pas remarqué, les pieds sont déjà tous tordus maintenant. Encore une semaine et il va s'écrouler. Tu vas être très bien sans moi.

Ma poitrine s'est serrée. Bien sans elle. Elle perdait la tête ou quoi ?

— Je n'ai pas envie de descendre de mes nuages,

j'ai dit et, en plein milieu de la phrase, ma voix s'est brisée.

Rosaleen s'est assise sur le lit de camp – ce lit de camp que je haïssais maintenant de toutes mes forces parce qu'il l'avait conduite dans la chambre de May. Elle m'a fait asseoir à côté d'elle.

— Je sais que tu n'en as pas envie, mais le jour venu, je serai là. Je dors peut-être dans la chambre de May, en revanche, je ne pars nulle part.

Elle m'a tapoté le genou comme autrefois. Elle tapotait, et nous ne nous disions rien. J'ai eu la même sensation que dans la voiture de police en route pour la prison. Je n'existerais pas sans sa main sur mon genou.

*
* *

J'ai suivi Rosaleen quand elle a porté ses maigres affaires dans la maison rose, avec l'intention d'inspecter sa nouvelle chambre. Dans la véranda, August était assise sur la balancelle. Elle prenait sa pause orangeade en lisant un nouveau livre emprunté au bibliobus, un livre intitulé *Jane Eyre*.

À l'autre bout de la véranda, May était en train de passer des vêtements entre les rouleaux en caoutchouc de l'essoreuse. Une Lady Kenmore rose flambant neuve, que les sœurs laissaient dans la véranda parce qu'il n'y avait pas assez de place dans la cuisine. Dans les publicités à la télévision, la femme qui utilisait la Lady Kenmore portait une robe du soir et elle paraissait s'amuser. May, elle, avait juste l'air d'avoir chaud et d'être épuisée. Elle a souri quand Rosaleen est passée avec ses affaires.

— Cela ne t'ennuie pas que Rosaleen s'installe ici ? a demandé August en posant le livre sur son ventre.

Puis, elle a pris une gorgée d'orangeade et a passé la main sur l'humidité glacée du verre avant de la presser contre son cou.

— Non. Ça va.

— May dormira mieux avec Rosaleen auprès d'elle. N'est-ce pas, May ?

J'ai jeté un coup d'œil à May qui ne parut pas entendre à cause de l'essoreuse.

Brusquement, je n'avais plus du tout envie de suivre Rosaleen pour la voir fourrer ses vêtements dans la commode de May. J'ai regardé le livre d'August.

— De quoi ça parle ? ai-je demandé, espérant faire la conversation. Là je me trompais complètement.

— D'une jeune fille dont la mère est morte quand elle était petite.

Puis August m'a regardée avec une expression qui m'a soulevé l'estomac, comme la fois où elle m'avait raconté l'histoire de Beatrix.

— Que lui est-il arrivé ? ai-je continué en tâchant d'empêcher ma voix de trembler.

— Je viens juste de commencer. Pour l'instant, elle se sent perdue et triste.

Je me suis tournée vers le jardin où June et Neil ramassaient des tomates. La manivelle de l'essoreuse grinçait. J'entendais les vêtements tomber dans le bac derrière les rouleaux. *Elle sait.* Voilà ce que je pensais. *Elle sait qui je suis.*

J'ai étiré mes bras comme si je repoussais des murs d'air invisibles et, en baissant les yeux, j'ai aperçu mon ombre par terre : une gamine maigre aux cheveux fous frisés par l'humidité, les bras tendus dans la position d'un agent de la circulation. J'ai eu envie de me pencher pour l'embrasser : elle paraissait si petite et si déterminée.

August ne me quittait pas des yeux. Elle semblait attendre que je dise quelque chose.

— Bon, je crois que je vais monter voir le nouveau lit de Rosaleen.

Ça s'est arrêté là. August a repris son livre. Le moment était passé. C'est vrai, cela ne tenait pas debout : comment August Boatwright aurait pu savoir quoi que ce soit sur moi ?

C'est à peu près cet instant-là que June et Neil ont choisi pour se lancer dans une dispute en règle dans le potager. June a crié quelque chose et il a répondu sur le même ton.

— Oh ! Oh ! a fait August en posant son livre.

— Pourquoi ne pas laisser les choses comme elles sont ? hurlait June. Pourquoi toujours revenir là-dessus ? Mets-toi bien ça dans la tête : je ne me marierai pas. Ni hier, ni aujourd'hui, ni demain !

— Mais de quoi as-tu peur ? insistait Neil.

— Si tu veux savoir, je n'ai peur de rien.

— Alors tu es la garce la plus égoïste que j'aie jamais rencontrée.

Et il est reparti vers sa voiture.

— Oh, Seigneur ! a soufflé August.

— Comment oses-tu me traiter ainsi ! Reviens ici. Ne me tourne pas le dos quand je te parle !

Neil a poursuivi son chemin, sans un regard pour June. Zach, qui avait cessé de charger des hausses sur le diable, observait la scène en secouant la tête, incrédule devant cet étalage de faiblesse humaine.

— Si tu pars maintenant, n'espère pas revenir un jour !

Neil montait dans sa voiture quand June s'est brusquement mise à courir avec des tomates dans les mains. Elle a levé un bras et en a balancé une « Splash ! » en plein dans le pare-brise. La seconde a atterri sur la poignée de la porte.

— Ne t'avise pas de revenir ! a-t-elle hurlé alors que Neil s'éloignait, laissant derrière lui une traînée de jus de tomate.

May s'est effondrée en pleurs, l'air si blessée intérieurement que je voyais presque des points rouges à vif sous ses côtes. Avec August, nous l'avons conduite au mur et, pour la énième fois, elle a écrit « June et Neil » sur un bout de papier avant de le coincer entre deux pierres.

*
* *

Nous avons passé le reste de la journée à travailler sur les hausses que Zach et moi avions rentrées. Empilées par six, elles formaient un horizon miniature tout autour de la maison du miel. On se serait cru dans la ville des abeilles, disait August.

Nous avons mis douze fois en marche l'extracteur – du couteau à désoperculer à la cuve à miel. August n'aimait pas que son miel attende trop longtemps, parce qu'il perdait de son parfum. Nous avions deux jours pour tout terminer. Pas un de plus. Au moins, nous n'étions pas obligés d'entreposer le miel dans une pièce chaude spéciale pour l'empêcher de cristalliser, puisque toutes les pièces dont nous disposions étaient à la bonne température. La chaleur de la Caroline avait parfois du bon.

Je commençais à me dire que nous en avions terminé pour la journée, que nous pouvions aller dîner et dire nos prières avec les perles. Mais non, apparemment, nous venions à peine de commencer. August nous a fait charger les hausses vides pour les emporter dans les bois afin de permettre aux abeilles de venir faire leur grand nettoyage. Elle refusait de ranger les hausses pour l'hiver tant que les abeilles n'avaient pas sucé les derniers vestiges de miel dans les rayons. Elle s'est justifiée en expliquant que c'était parce que les restes de miel attiraient les cafards. Je suis sûre qu'en fait elle était ravie d'organiser une soirée de fin d'année pour ses abeilles, de les voir fondre sur les hausses comme si elles venaient de découvrir un paradis du miel.

Pendant tout le temps où nous avons travaillé, je me suis étonnée de la faculté des gens de perdre les pédales lorsqu'il s'agit d'amour. Moi, par exemple. On aurait dit que je pensais à Zach quarante minutes par heure – Zach, une histoire impossible. C'est ce que je me suis répété une bonne centaine de fois : impossible. Eh bien vous voulez que je vous dise : il n'y a rien de mieux pour alimenter les feux de la passion.

*
* *

Cette nuit-là, cela m'a fait tout drôle de me retrouver seule dans la maison du miel. Les ronflements de Rosaleen me manquaient comme le bruit des vagues de l'océan quand on a l'habitude de dormir avec. Je n'avais pas mesuré à quel point ils me réconfortaient. Le silence produisait un drôle de bourdonnement spongieux à vous percer les tympans.

J'ignorais si c'était le vide, la chaleur étouffante, ou le fait qu'il ne soit que 9 heures, mais je n'arrivais pas à trouver le sommeil malgré ma fatigue. J'ai enlevé mon haut et mon slip et je me suis étendue sur des draps humides. J'aimais être nue. C'était une sensation libératrice.

J'ai alors imaginé que j'entendais une voiture s'engager dans l'allée. J'ai pensé qu'il s'agissait de Zach. Et, à l'idée qu'il se déplaçait dans la nuit juste à l'extérieur de la maison du miel, ma respiration s'est accélérée.

Je me suis levée pour m'approcher du miroir sur le mur. Une lumière perlée pénétrait par la fenêtre ouverte derrière moi, épousait mon corps, m'auréolait, non seulement la tête, mais les épaules, les côtes et les cuisses. J'étais bien la dernière personne à mériter une auréole, mais j'ai examiné l'effet que cela faisait : j'ai pris mes seins dans mes mains, étudiant mes tétons brun-rose, les courbes de ma taille, chacun de mes reliefs. C'était la première fois que j'avais l'impression d'être autre chose qu'une gamine osseuse.

Lorsque j'ai fermé les yeux, le ballon de nostalgie a fini par éclater dans ma poitrine. Dès cet instant, je me suis mise à penser alternativement à Zach et à ma mère. Ma mère qui m'appelait, qui me disait *Lily, petite fille. Tu es ma fleur.*

Quand je me suis retournée vers la fenêtre, personne ne s'y tenait. Non que j'aie espéré le contraire.

*
* *

Deux jours plus tard, après que nous nous étions épuisés à récolter le reste de miel, Zach est arrivé avec un carnet tout à fait ravissant – vert avec des boutons de rose sur la couverture. Je sortais de la maison rose quand il est venu à ma rencontre.

— C'est pour toi. Pour que tu te lances dans l'écriture.

C'est là que j'ai compris que jamais je n'aurais meilleur ami que Zachary Taylor. Je l'ai pris dans mes bras et j'ai posé ma tête sur sa poitrine. Il a lâché un « ouah ! », puis il m'a attirée contre lui et nous sommes restés comme ça, enlacés. Il m'a caressé le dos jusqu'à ce que j'en aie le vertige.

Puis il s'est dégagé.

— Lily, je t'aime plus que n'importe quelle fille que j'ai connue, mais il faut que tu comprennes que certains seraient prêts à tuer des garçons comme moi rien que parce qu'ils regardent des filles comme toi.

Je n'ai pas pu m'empêcher de lui toucher le visage, à l'endroit où sa fossette formait un creux.

— Je suis désolée.

— Moi aussi.

Pendant des jours, j'ai trimballé le carnet partout. Je n'arrêtais pas d'écrire. Une histoire dans laquelle Rosaleen perdait quarante-deux kilos et était si tirée à quatre épingles que personne ne pouvait la reconnaître à une séance d'identification de la police. Une autre où August conduisait un mielobus, comme un bibliobus, à part qu'elle distribuait des pots de miel à la place des livres. Mais ma préférée, c'était celle où Zach devenait l'avocat casseur et avait sa propre émission de télé comme Perry Mason. Je la lui ai lue pendant le déjeuner un jour, et il l'a écoutée avec encore plus d'attention qu'un enfant à l'heure des contes.

— Poussez-vous, Willifred Marchant.

C'est tout ce qu'il a dit.

8

> « Les abeilles dépendent non seulement du contact physique avec la colonie, mais elles ont également besoin de sa compagnie et de son soutien. Isolez une abeille de ses sœurs et elle ne tardera pas à mourir. »
>
> W. Longgood.

August a arraché la page « juillet » du calendrier accroché près de son bureau dans la maison au miel. J'ai failli lui signaler que, pendant cinq jours, nous étions encore en juillet, puis je me suis dit qu'elle devait le savoir. Sans doute était-elle impatiente de voir juillet se terminer pour qu'août, son mois à elle, commence. Comme juin était celui de June et mai, celui de May.

August m'avait expliqué que, lorsqu'elles étaient petites, et que leur mois arrivait, leur mère les dispensait de leurs tâches à la maison et les laissait manger tous leurs aliments préférés même s'ils leur abîmaient les dents – et les autorisait à rester debout une heure de plus chaque soir pour faire ce qu'elles voulaient. Comme August avait envie de lire, pendant tout le mois, elle s'installait sur le canapé dans le silence du salon avec un livre quand ses sœurs étaient montées se coucher. À l'en croire, cela avait été le grand événement de sa jeunesse.

Ensuite, j'ai passé un bon moment à essayer de trouver de quel mois j'aurais aimé porter le nom. J'ai choisi octobre, parce que c'est un mois doré avec un temps plus agréable que la moyenne et que ces initiales auraient été O.O. – comme October Owens – ce qui donnait un monogramme intéressant. J'aurais employé le mois à dévorer des gâteaux au chocolat à trois étages au petit déjeuner et, le soir, j'aurais consacré mon heure supplémentaire à écrire des histoires et des poèmes de qualité.

August était plantée à côté de son bureau avec la page de juillet dans la main. Elle portait la même robe blanche avec le foulard citron vert noué à la taille que le jour de mon arrivée. Le foulard n'avait pas d'autre utilité que d'ajouter une touche de chic. Elle fredonnait leur chanson.

Elle avait dû avoir une maman gentille et douce.

— Allons, Lily, il faut qu'on colle des étiquettes sur tous ces pots de miel, et il n'y a que nous deux pour le faire.

Zach passait la journée à livrer du miel en ville et à récolter l'argent des ventes du mois précédent. « L'or du miel », c'était comme ça que Zach l'appelait. Même si la grande vague du miel était finie, les abeilles continuaient à butiner le nectar, à vaquer à leurs occupations. (Il est impossible d'empêcher une abeille de travailler.) Zach disait que le miel d'August rapportait cinquante cents la livre. Elle devait ruisseler d'or du miel. Pourquoi n'habitait-elle pas un manoir rose vif?

En aidant August à ouvrir un carton contenant la nouvelle livraison d'étiquettes de la Madone noire, j'ai examiné un rayon. On n'imagine pas à quel point les abeilles sont intelligentes, davantage même que les dauphins. Elles s'y connaissent suffisamment en géométrie pour construire des rangées et des rangées d'hexagones parfaits, aux angles si exacts qu'on pouvait les croire tracés à la règle. Elles transforment un banal jus de fleur en un produit que le monde entier aime mettre sur ses crêpes. Et j'ai pu vérifier de mes propres yeux qu'il n'a fallu qu'un quart d'heure à environ cinquante mille abeilles pour nettoyer les hausses qu'August leur avait laissées – et elles se passaient la nouvelle dans une sorte de langage abeille évolué. Mais surtout, elles sont capables de se tuer au travail. Parfois on a envie de leur dire : « Du calme, soufflez un peu, vous ne l'avez pas volé. »

Pendant qu'August plongeait la main dans le carton aux étiquettes, j'ai regardé l'adresse de l'expéditeur : boutique cadeaux du couvent de la Sainte-Vierge, boîte postale 45, St. Paul, Minnesota. Ensuite elle a sorti une grosse enveloppe du tiroir de son bureau et en a tiré des dizaines d'étiquettes différentes, plus petites, avec des lettres d'imprimerie : MIEL DE LA MADONE NOIRE – Tiburon, Caroline du Sud.

J'étais chargée de passer une éponge humide au verso des deux étiquettes et de les tendre à August pour qu'elle les colle sur les pots, mais je me suis arrêtée une minute pour bien regarder l'image de la Madone noire, que j'avais si souvent examinée collée sur le petit bloc de bois de ma mère. J'admirai le foulard doré élégant drapé sur sa tête, décoré d'étoiles rouges. Elle avait des yeux bons et mystérieux et une peau brun foncé avec un reflet, plus foncé qu'un toast, un peu comme un toast beurré. Quand je songeais que ma mère avait regardé cette même image, cela me faisait toujours tressaillir.

Je préférais ne pas imaginer ce qu'il serait advenu de moi si je n'avais pas aperçu l'image de la madone noire au bazar restaurant. À l'heure qu'il est, j'aurais déjà dormi au bord de tous les ruisseaux de la Caroline du Sud. Bu de l'eau stagnante avec les vaches et fait pipi derrière des arbres à chapelets en rêvant de papier-toilette.

— J'espère que vous ne le prendrez pas mal. Mais je n'ai jamais pensé que la Vierge Marie puisse être de couleur avant de voir cette image.

— Une Vierge au visage noir est moins inhabituelle que tu ne le crois. En Europe, on en compte des centaines, en France et en Espagne, par exemple. Celle que nous collons sur notre miel est vieille comme le monde. C'est la Madone noire de Breznichar en Bohême.

— Comment l'avez-vous su?

Elle a souri comme si la question venait de réveiller un doux souvenir oublié depuis longtemps.

— Eh bien, tout a commencé avec les images pieuses de ma mère. Elle les collectionnait, comme tout bon catholique à l'époque... Tu sais, ces cartes avec des images de saints dessus. Elle les échangeait comme le faisaient les petits garçons avec leurs cartes de base-ball. (August eut un gros rire à cette pensée.) Elle devait posséder une bonne douzaine d'images de la Madone noire. J'adorais jouer avec ses images... surtout avec les

Madones noires. Puis, quand je suis allée à l'école, j'ai lu tout ce que je pouvais glaner sur elles. C'est comme ça que j'ai découvert l'existence de la Vierge noire de Breznichar, en Bohême.

J'ai en vain essayé de prononcer ce nom.

— Je ne peux pas prononcer son nom, mais j'adore son image.

J'ai mouillé le verso de l'étiquette et j'ai regardé August la coller sur le pot, puis placer la seconde en dessous, comme si elle avait fait ça dix mille fois.

— Qu'est-ce que tu aimes à part ça, Lily ?

Personne ne m'avait jamais posé cette question. Comme ça, à brûle-pourpoint, j'ai failli répondre que j'aimais la photo de ma mère, appuyée contre la voiture avec ses cheveux exactement comme les miens, ainsi que ses gants et sa Vierge noire au nom imprononçable... Je me suis retenue.

— Eh bien, j'aime Rosaleen, j'aime écrire des histoires et des poèmes... Il suffit qu'on me donne quelque chose à écrire et je suis contente.

Ensuite, il a fallu que je réfléchisse.

— C'est peut-être idiot mais, après l'école, j'aime boire du Coca-Cola avec des cacahuètes grillées dedans. Et quand j'ai fini, j'adore retourner la bouteille pour voir d'où elle vient. Une fois j'en ai eu une qui venait du Massachusetts, que j'ai gardée comme hommage au chemin qu'on peut parcourir dans une existence.

» J'aime aussi le bleu – le bleu vif comme le chapeau que May portait à la réunion des Filles de Marie. Et depuis que je suis ici, j'ai appris à aimer les abeilles et le miel.

J'avais envie d'ajouter et vous, je vous aime, mais j'étais trop embarrassée.

— Tu savais que, dans la langue esquimau, il y a trente-deux mots pour le verbe aimer, tandis que nous n'en avons qu'un seul. Nous sommes tellement limités qu'il faut utiliser le même mot pour le fait d'aimer Rosaleen et le Coca avec des cacahuètes. N'est-ce pas dommage que nous n'ayons pas davantage de moyens de l'exprimer ?

J'ai acquiescé en me demandant s'il y avait des limites à ses connaissances. Probablement que l'un des livres qu'elle lisait les soirs du mois d'août parlait d'Esquimaux.

— Nous devrions en inventer d'autres, a-t-elle repris en souriant. Tu sais que moi aussi j'aime les cacahuètes dans mon Coca ? Et que le bleu est ma couleur préférée ?

Qui se ressemble, s'assemble. C'est exactement ce que j'ai ressenti.

Nous travaillions sur des pots de miel de nyssa que Zach et moi avions récolté sur les terres de Clayton Forrest, avec quelques pots de miel violet issu de la ruche dont les abeilles s'étaient nourries de sureau. Les nuances dorées du miel mettaient en valeur la peau de la Madone de Bohême. Malheureusement, le miel violet ne lui allait pas vraiment au teint.

— Comment se fait-il que vous mettiez la Vierge noire sur votre miel ?

Dès le début, cela avait éveillé ma curiosité. Généralement les gens se contentaient de coller des images d'ours dessus.

August s'est tue. Un pot à la main, elle a regardé dans le lointain comme si elle cherchait la réponse et que la trouver serait le moment essentiel de la journée.

— Je regrette que tu n'aies pas vu les Filles de

Marie le jour où elles ont découvert cette étiquette. Tu sais pourquoi ? Parce qu'en la regardant elles ont compris pour la première fois de leur vie que le divin pouvait avoir la peau noire. Tu vois, Lily, tout le monde a besoin d'un Dieu qui lui ressemble.

Je regrettais de ne pas avoir été là le jour où les Filles de Marie avaient fait cette grande découverte. Elles avaient dû sauter en l'air, coiffées de leurs superbes chapeaux. Plumes au vent.

Parfois, je me surprenais à agiter nerveusement le pied – Rosaleen appelait ça « le pendule »... Et là, j'ai remarqué qu'il bougeait drôlement vite. Généralement cela arrivait le soir, quand nous récitions nos prières devant Notre-Dame des Chaînes. Comme si mes pieds avaient envie de faire le tour de la pièce au rythme d'une conga.

— Comment avez-vous eu la statue de la Vierge noire dans le salon ?

— À vrai dire, je l'ignore. Je sais seulement qu'elle est entrée un jour dans notre famille. Tu te souviens de l'histoire d'Obadiah qui a emporté la statue dans la maison de Dieu et des esclaves qui ont cru que c'était Marie qui venait parmi eux ?

J'ai hoché la tête. Je me rappelais le moindre détail. J'y avais songé une centaine de fois depuis qu'August l'avait racontée. Obadiah à genoux dans la boue, penché au-dessus de la statue rejetée par le fleuve. La statue fièrement dressée dans la maison de Dieu, le poing en l'air et tous les gens venant un à un toucher son cœur, espérant y puiser un peu de force pour continuer.

— Eh bien, a poursuivi August sans cesser de coller ses étiquettes, elle n'est guère que la figure de proue d'un vieux bateau, mais les gens avaient besoin de réconfort et de secours. Si bien que, lorsqu'ils la regardaient, ils voyaient Marie, et c'est ainsi que l'esprit de Marie s'est emparé d'elle. En fait, son esprit est partout. Partout, Lily. Dans les pierres, dans les arbres et même dans les gens... parfois même il se concentre dans un point et rayonne sur toi d'une manière particulière.

Je n'avais jamais vu les choses sous cet angle, et cela me choqua, comme si je ne connaissais rien au monde dans lequel je vivais. Je me suis dit que les profs de l'école ne devaient pas être plus avancés que moi, puisqu'ils racontaient que tout se résumait à du carbone, de l'oxygène et du minéral – la version la plus barbante qu'on puisse imaginer. En fait, le monde débordait certainement de Vierges masquées, assises incognito, et de cœurs rouges dissimulés que l'on pouvait, si seulement on savait les voir, frotter et toucher.

August a rangé les pots étiquetés dans un carton qu'elle a posé par terre avant de sortir d'autres pots.

— J'essaie juste de t'expliquer pourquoi les gens ont pris un tel soin de Notre-Dame des Chaînes, pour la transmettre d'une génération à la suivante. Le fin mot de l'histoire, c'est qu'elle est entrée en possession de la famille de ma grand-mère, après la Guerre civile.

» Quand j'étais plus jeune que toi, June, May et moi – et April, parce qu'elle vivait encore à l'époque – nous séjournions tout l'été chez notre grand-mère. Nous nous asseyions sur le tapis du salon et Grand-maman – c'est comme ça que nous l'appelions – nous racontait l'histoire. Chaque fois qu'elle terminait, May disait : « Grand-maman, raconte-la encore. » Et elle recommençait. Je te jure que, si tu posais un stéthoscope sur ma poitrine, tu entendrais la voix de ma grand-mère raconter encore et encore cette histoire.

J'étais tellement captivée par ce que disait August que j'avais cessé d'humidifier les étiquettes. J'aurais tant aimé avoir en moi une histoire comme ça, si forte qu'on l'entendrait avec un stéthoscope, au lieu de la mienne – celle où je mettais fin à la vie de ma mère et, par la même occasion, à la mienne aussi.

— Tu peux écouter en travaillant, a dit August avec un sourire. Donc, après la mort de Grand-maman, Notre-Dame des Chaînes a été transmise à ma mère. Elle était installée dans sa chambre. Mon père avait horreur de la voir là. Il voulait s'en débarrasser, mais maman répliquait : « Si elle part, moi aussi. » Je pense que c'est à cause de la statue que ma mère est devenue catholique : pour pouvoir s'agenouiller devant elle sans avoir l'impression d'agir bizarrement. Nous la surprenions en train de bavarder avec Notre-Dame comme deux voisines devant un thé glacé. Mère la taquinait et lui disait : « Tu sais ? Tu aurais mieux fait d'avoir une fille. »

August a posé le pot et un voile de chagrin et d'amusement mêlés est passé sur son visage. *Sa mère lui manque*, ai-je pensé.

J'ai arrêté de mouiller les étiquettes, craignant de prendre de l'avance sur elle. Quand August a repris un pot, j'ai enchaîné :

— Est-ce que vous avez grandi dans cette maison ?

Je voulais tout savoir d'elle.

— Non, mais ma mère, oui. C'est ici que je passais mes étés. La maison appartenait à mes grands-parents, ainsi que toute la propriété autour. Grand-maman élevait des abeilles, elle aussi, exactement au même endroit qu'aujourd'hui. Personne dans le coin n'avait encore jamais vu d'apicultrice avant elle. Elle aimait à dire que les femmes étaient plus douées en apiculture parce qu'elles avaient en elles une aptitude à aimer les créatures qui piquent. « Cela vient des années d'amour consacrées aux enfants et aux maris », prétendait-elle.

August a ri et moi aussi.

— C'est votre Grand-maman qui vous a appris à soigner les abeilles ?

August a retiré ses lunettes et les a nettoyées avec son foulard.

— Elle m'a appris davantage sur les abeilles que la seule façon de les élever. Elle n'arrêtait pas de me raconter des histoires d'abeilles.

Cela m'a fait dresser l'oreille.

— Par exemple ?

August s'est tapoté le front comme si elle essayait d'extraire une histoire des étagères au fond de sa tête. Puis son regard a brillé.

— Eh bien, un jour Grand-maman m'a dit qu'elle était allée voir les ruches le soir de Noël et qu'elle avait entendu les abeilles chanter l'histoire de Noël tout droit sortie de l'Évangile selon saint Luc. (August s'est mise à fredonner :) « *Marie enfanta son fils premier-né, l'enveloppa de langes et le coucha dans une crèche.* »

J'ai gloussé.

— Vous croyez que c'est vraiment arrivé ?

— Eh bien, oui et non. Certaines choses arrivent vraiment, Lily. Et puis il y en a d'autres, comme celle-là, qui n'arrivent pas de façon attendue, mais elles se produisent quand même. Tu vois ce que je veux dire ?

J'étais dans le noir total.

— Pas tout à fait.

— Ce que je veux dire, c'est que les abeilles ne chantaient pas véritablement les paroles tirées de Luc, et pourtant, si tu as les bonnes oreilles, tu peux écouter une ruche et entendre l'histoire de Noël quelque part en toi. Tu peux entendre des choses de l'autre côté du monde, que personne d'autre ne perçoit. Grand-maman possédait ce genre d'oreilles. En revanche, ma mère n'avait pas vraiment ce don. Je crois qu'il a sauté une génération.

Je mourais d'envie d'en savoir plus long sur sa mère.

— Je parie que votre mère élevait aussi des abeilles.

Elle parut amusée.

— Grand Dieu, non ! Cela ne l'intéressait pas du tout. Elle est partie d'ici dès qu'elle a pu pour s'installer chez une cousine à Richmond. Elle a trouvé un emploi dans une blanchisserie d'hôtel. Tu te rappelles que le jour de ton arrivée, je t'ai dit que j'avais grandi à Richmond ? Eh bien, c'est de là que venait mon père. Il a été le premier dentiste noir de la ville. Il a rencontré ma mère quand elle est allée le consulter pour une rage de dents.

J'ai réfléchi aux hasards de la vie. Sans rage de dents, August ne serait pas là. Ni May, ni June, ni le miel de la Madone noire. Et je ne serais pas là à bavarder avec August.

— J'aimais Richmond, mais mon cœur a toujours été ici. Quand j'étais petite, j'avais hâte de revenir passer l'été et quand Grand-maman est morte, elle nous a légué cette propriété à June, May et moi. Cela fait près de dix-huit ans maintenant que j'élève des abeilles.

Le soleil illuminait la fenêtre de la maison du miel, malgré un nuage qui passait de temps à autre. Pendant un moment nous avons travaillé dans un silence jaune car je craignais de lasser August avec toutes mes questions. Finalement je n'ai pas pu me retenir.

— Que faisiez-vous en Virginie avant de venir ici ?

Elle m'a jeté un regard taquin d'un air qui signifiait « Mon Dieu, comme tu es curieuse », puis elle s'est lancée sans ralentir dans sa tâche.

— J'ai étudié à l'École normale noire du Maryland. June aussi, mais c'était dur de trouver un travail, parce qu'il n'y avait pas beaucoup de postes d'enseignants de couleur. J'ai fini par travailler pendant neuf ans comme gouvernante. Et puis j'ai décroché un poste de professeur d'histoire. Cela a duré six ans. Jusqu'à ce que nous venions nous installer ici.

— Et June ?

Elle a ri.

— June... tu n'aurais jamais pu l'obliger à tenir une maison de Blancs. Elle est allée travailler dans une entreprise de pompes funèbres où elle préparait les corps et les coiffait.

Cela me parut être le job idéal pour June. Au moins avec les morts, elle n'avait pas de problèmes relationnels.

— May raconte que June a failli se marier une fois.

— C'est vrai. Il y a environ dix ans.
— Je me demandais...
Je me suis interrompue pour peser mes mots.
— Tu te demandes si j'ai failli me marier.
— Oui. C'est ça.
— En fait, j'ai décidé de ne pas me marier du tout. J'avais déjà suffisamment de contraintes dans ma vie pour veiller au bien-être de quelqu'un. Non que je sois contre le mariage, Lily. Je suis simplement contre la façon dont cela s'organise.

Eh bien, il n'y a pas que le mariage à être organisé comme ça, me suis-je dit. Et veiller au bien-être de T. Ray alors que nous n'étions que père et fille? «Ressers-moi du thé, Lily. Cire mes chaussures, Lily. Va me chercher les clés du camion, Lily.» J'espérais sincèrement qu'elle ne sous-entendait pas que ce genre de choses se passait dans un couple.

— Vous n'avez jamais été amoureuse?
— Être amoureux et se marier sont deux choses différentes. J'ai été amoureuse une fois, bien sûr. Personne ne pourrait traverser la vie sans tomber amoureux.

— Mais vous ne l'aimiez pas assez pour l'épouser?

Elle m'a souri.

— Je l'aimais, c'est sûr. Mais j'aimais encore plus ma liberté.

Nous avons collé des étiquettes jusqu'à ce qu'il ne reste plus de pots. Puis, pour rire, j'en ai humidifié une de plus et je me la suis collée sur mon T-shirt entre les deux seins.

August a regardé la pendule et a annoncé que nous avions tellement bien travaillé qu'il nous restait une bonne heure avant le déjeuner.

— Viens. Allons faire notre patrouille des ruches.

*
* *

J'avais souvent fait des rondes avec Zach mais je n'étais pas retournée aux ruches avec August depuis la première fois. J'ai enfilé un long pantalon en coton qui avait appartenu à June et la chemise blanche d'August dont j'ai dû replier les manches au moins dix fois. Ensuite j'ai coiffé le casque colonial en laissant tomber le voile devant mon visage.

Nous nous sommes dirigées vers les bois à côté de la maison rose, les épaules encore drapées de ses histoires. Je pouvais les sentir à certains endroits, tel un châle.

— Il y a un truc que je ne comprends pas.
— Quoi donc?
— Comment se fait-il que vous ayez peint votre maison en rose alors que votre couleur préférée est le bleu?

Elle a ri.

— C'est à cause de May. Elle m'accompagnait le jour où je suis allée choisir la couleur au magasin. Je m'apprêtais à opter pour un ton caramel, quand May est tombée en arrêt devant un échantillon de rose des Caraïbes. Il lui donnait envie de danser le flamenco. J'ai rarement vu couleur de plus mauvais goût, cela va faire jaser toute la ville, me suis-je dit, mais si cela rend May de bonne humeur, il faut la prendre.

— Et moi qui croyais que vous aimiez le rose.

Elle a ri de nouveau.

— Tu sais, Lily, certaines choses ne sont pas

si importantes que ça. Comme la couleur d'une maison. Quelle place cela tient-il dans toute une vie ? En revanche donner le moral à quelqu'un... ça, c'est important. Le problème avec les gens, c'est...

— Qu'ils ne savent pas distinguer ce qui est important de ce qui ne l'est pas, ai-je poursuivi, toute fière d'avoir achevé sa phrase.

— J'allais dire : s'ils savent ce qui est important, le problème, c'est qu'ils ne le choisissent pas. Et ça, c'est dur, Lily. J'ai beau aimer May de tout mon cœur, j'ai quand même eu du mal à opter pour ce rose des Caraïbes. Le plus dur dans la vie est de choisir ce qui compte.

Il n'y avait aucune abeille vagabonde. Les ruches ressemblaient à un quartier abandonné, écrasé de chaleur. On avait l'impression que les abeilles s'offraient une bonne sieste à l'intérieur. Peut-être que tout cet excès de travail avait fini par avoir raison d'elles.

— Où sont-elles ?

August m'a fait signe de me taire. Elle a soulevé son casque et a collé sa joue contre le sommet de la ruche.

— Viens écouter, a-t-elle murmuré.

J'ai retiré mon casque, que j'ai coincé sous mon bras, et j'ai placé mon visage auprès du sien, si bien que nous nous sommes pratiquement retrouvées nez à nez.

— Tu entends ?

J'ai perçu un bruit. Un bourdonnement parfait, haut perché et rond, comme une bouilloire qui se met à chauffer.

— Elles rafraîchissent les ruches, a-t-elle expliqué. (Son haleine sentait la menthe verte.) C'est le bruit que font cent mille ailes d'abeilles qui ventilent l'air.

Elle a fermé les yeux à la manière des spectateurs s'abreuvant de musique pour intello à un concert chic. J'espère ne pas être trop ringarde en affirmant n'avoir jamais entendu de son aussi parfait sur ma hi-fi à la maison. Il faudrait que vous l'entendiez de vos propres oreilles : cette perfection d'accords, ces harmoniques, ces variations de volume. Nous avions les oreilles collées contre une boîte à musique géante.

Puis tout le côté de ma tête s'est mis à vibrer comme si la musique venait de pénétrer mes pores. La peau d'August palpitait légèrement. Quand nous nous sommes redressées, ma joue me piquait et me démangeait.

— Tu écoutais l'air conditionné des abeilles. Peu de gens soupçonnent la complexité de la vie d'une ruche. Les abeilles ont une vie secrète dont nous ignorons tout.

Cela me plaisait cette idée que les abeilles aient une vie secrète, comme celle que je menais.

— Quels autres secrets ont-elles ?

— Eh bien, par exemple, chacune a un rôle précis à jouer.

Et August m'a tout expliqué. Les bâtisseuses faisaient partie du groupe qui fabriquait les rayons. Je lui ai fait remarquer qu'à en juger par leurs hexagones, elles devaient être capables de calculer de tête, et elle a souri en disant que oui, les bâtisseuses avaient un vrai don pour les maths.

Les butineuses, elles, possédaient un bon sens de l'orientation et un cœur solide pour sortir récolter le nectar et le pollen. Il y avait aussi un groupe qu'on appelait les nettoyeuses dont le travail pathétique était de sortir les abeilles mortes de la ruche qu'elles devaient maintenir propre. Le rôle des nourrices était d'alimenter toutes les larves. Elles devaient être pleines d'abnégation, telles ces femmes aux réunions paroissiales qui vous disaient : « Non, prends donc le blanc. J'adore le cou et le gésier. » Les seuls mâles étaient les faux bourdons qui attendaient de s'accoupler avec la reine.

— Et, bien entendu, il y a la reine et sa suite.

— Sa suite ?

— Oh, oui, comme des dames d'honneur. Elles la nourrissent, la lavent, lui tiennent chaud ou la rafraîchissent – selon ses besoins. Elles ne cessent de voler autour d'elle, d'en prendre soin. Je les ai même vues la caresser.

August remit son casque.

— J'imagine que j'aimerais aussi mon confort si, au fil des semaines, je ne faisais rien d'autre que de pondre des œufs toute la journée.

— C'est tout ce qu'elle fait... pondre des œufs ?

Je ne savais pas trop ce que j'attendais : qu'elle distribue des ordres royaux du haut de son trône ? Peut-être pas mais tout juste.

— La ponte est le plus important, Lily. Elle est la mère de toutes les abeilles de la ruche et elles dépendent toutes d'elle pour sa survie. Peu importe leur tâche – elles savent que la reine est leur mère. Elle est la mère de milliers d'enfants.

La mère de milliers d'enfants.

Je remettais mon casque quand August a soulevé le couvercle de la ruche. J'ai sursauté en voyant les abeilles jaillir tout d'un coup en spirales désordonnées et bruyantes.

— Ne bouge pas d'un millimètre. Rappelle-toi ce que je t'ai dit. N'aie pas peur.

Une abeille m'a foncé droit dans le front, s'est cognée contre mon voile et a rebondi.

— Elle te lance un petit avertissement. Quand elles te foncent dans le front, elles te disent, *Je t'ai à l'œil, alors fais attention.* Envoie-leur de l'amour et tout ira bien.

Je vous aime, je vous aime, répétais-je dans ma tête. JE VOUS AIME. J'ai essayé de le dire de trente-deux manières différentes.

August a tiré les cadres sans même enfiler ses gants. Pendant qu'elle travaillait, les abeilles nous tournaient tellement autour qu'elles finirent par souffler une douce brise sur nos visages. Cela m'a rappelé la façon dont les abeilles avaient jailli des murs de ma chambre en m'isolant au milieu d'un tourbillon d'ailes.

J'ai regardé les ombres sur le sol. La tornade des abeilles. Moi, raide comme un piquet. August, penchée sur la ruche, qui inspectait les cadres, cherchait la présence de cire dans les rayons, son casque en demi-lune suivant le mouvement.

Les abeilles ont commencé à atterrir sur mes épaules comme des oiseaux sur des fils électriques. Elles s'alignaient sur mes bras et parsemaient mon voile au point que je voyais à peine au travers. *Je vous aime. Je vous aime.* Elles me couvraient le corps, s'entassaient dans les revers de mon pantalon.

Ma respiration s'est accélérée et quelque chose s'est enroulé autour de ma poitrine et a serré, serré. Puis, soudain, comme si quelqu'un venait de débrancher le bouton panique, je me suis sentie devenir toute molle. Un calme anormal s'est emparé de mon esprit et j'ai eu l'impression qu'une partie de moi venait de se détacher de mon corps pour s'asseoir sur une branche d'arbre afin d'observer le spectacle en toute sécurité. L'autre partie dansait avec les abeilles. Je ne bougeais pas un cil, mais mentalement je tournoyais avec elles. Je faisais partie de la ronde de conga des abeilles.

J'ai pratiquement oublié où j'étais. Les yeux fermés, j'ai lentement levé les bras à travers la nuée. Tête rejetée en arrière, bouche ouverte, je flottais quelque part, dans un endroit de rêve, où la vie semblait lointaine. Avec la sensation de vertige que l'on a après avoir mâché de l'écorce d'angélique épineuse.

Perdue au milieu des abeilles, j'avais l'impression qu'on venait de me lâcher au milieu d'un champ de trèfle enchanté qui m'immunisait contre tout, comme si August m'avait aspergée avec l'enfumoir et m'avait apaisée au point que je ne pouvais plus que me balancer d'avant en arrière, les bras levés.

Puis, sans prévenir, l'immunité s'est dissipée, et j'ai senti le trou creusé entre mon nombril et mon sternum commencer à me faire mal. L'endroit de l'absence de mère. J'ai vu ma mère dans le placard, la fenêtre coincée, la valise par terre. J'ai entendu les cris, puis l'explosion. Je me suis pliée en deux. J'ai baissé les bras, mais je n'ai pas ouvert les yeux. Comment allais-je pouvoir vivre le reste de mon existence en sachant tout cela ? Que faire pour me débarrasser de ces fantômes ? Pourquoi n'était-il pas possible de revenir en arrière pour réparer ses erreurs ?

Je me souviendrais ensuite des plaies que Dieu aimait à infliger au début de sa carrière – celles qui étaient destinées à amener le pharaon à changer d'avis et à laisser Moïse sortir son peuple d'Égypte. *Laisse partir mon peuple*, disait Moïse. J'avais vu l'invasion des sauterelles au cinéma, le ciel rempli de hordes d'insectes ressemblant à des avions Kamikazes. Dans ma chambre à la ferme, quand les abeilles étaient sorties la première nuit, j'avais imaginé qu'elles avaient été envoyées comme une plaie spéciale à l'intention de T. Ray. Dieu lui disait : *Laisse partir ma fille*. Peut-être était-ce exactement ce qu'elles avaient été – une plaie qui m'avait libérée.

Mais, là, cernée par les abeilles, à l'endroit douloureux de l'absence de la mère, j'ai su que ces abeilles n'avaient rien d'une plaie. C'était comme si la suite de la reine, dans sa frénésie d'amour, me caressait dans un millier d'endroits. *Regardez qui est là, c'est Lily. Elle est si lasse, si perdue. Venez sœurs abeilles.* J'étais l'étamine au milieu d'une fleur en mouvement. Le centre de leur amour consolateur.

— Lily... Lily... (J'entendais mon nom dans le lointain.) Lily !

J'ai rouvert les yeux. August me regardait fixement à travers ses lunettes. Les abeilles s'étaient débarrassées du pollen collé à leurs pattes et commençaient à se réinstaller dans la ruche. Des minuscules grains de pollen dérivaient autour de moi.

— Ça va ?

J'ai hoché la tête. Est-ce que ça allait ? Je n'en avais pas la moindre idée.

— Tu sais qu'il faut que nous ayons une conversation sérieuse, nous deux. Et cette fois pas à propos de moi. À propos de toi.

Je regrettais de ne pouvoir faire comme les abeilles, lui foncer dans le front et le tapoter d'un doigt, en guise d'avertissement. *Je t'ai à l'œil. Fais attention. Ne va pas plus loin.*

— Peut-être.
— Et si nous le faisions maintenant?
— Non, pas maintenant.
— Mais Lily...
— Je meurs de faim. Je crois que je vais rentrer à la maison pour voir si le déjeuner est prêt.

Je n'ai pas attendu sa réponse. En repartant vers la maison rose, je sentais presque la fin de la partie. J'ai touché l'image de la Vierge noire sur mon T-shirt. Elle commençait à se décoller.

*
* *

Toute la maison sentait le gombo frit. Rosaleen mettait le couvert dans la cuisine pendant que May sortait de la friture les fruits dorés. Je ne savais pas à quoi on devait les gombos, puisque notre ordinaire se composait presque exclusivement de sandwichs au rôti de porc froid.

May n'avait pas eu de crise de larmes depuis que June avait lancé ses tomates, et nous retenions toutes notre souffle. Je redoutais qu'une chose aussi simple que des gombos brûlés ne fasse déborder le vase.

J'ai déclaré que j'avais faim et Rosaleen m'a demandé d'attendre. Sa lèvre inférieure était gonflée de Red Rose. L'odeur la suivait dans la cuisine comme au bout d'une laisse, un mélange de poivre de la Jamaïque, de terre fraîchement retournée et de feuilles pourries. Entre les gombos et le tabac à chiquer, c'est à peine si je pouvais respirer. Rosaleen a traversé la véranda, s'est penchée par la porte et a craché un petit filet sur les hortensias.

Personne n'était capable de cracher comme Rosaleen. Un jour j'ai rêvé qu'elle gagnait cent dollars dans un concours de crachats et qu'avec ses gains, nous descendions ensemble dans un joli motel d'Atlanta où nous nous faisions servir à dîner dans la chambre. J'ai toujours eu envie de descendre dans un motel, mais, là, vous m'auriez annoncé que je pouvais choisir n'importe quel motel de luxe avec piscine chauffée et télévision dans les chambres, j'aurais refusé tout net, pour rester dans la maison rose.

Pourtant, parfois, juste après mon réveil, je songeais à mon ancienne maison et cela me rendait nostalgique une seconde ou deux jusqu'à ce que je me revoie agenouillée par terre sur le gruau qui me rentrait dans les genoux ou en train d'essayer de contourner un bon gros tas d'humeur de chien de T. Ray pour finir par tomber en plein dedans. Je le revoyais se ruer sur moi, en hurlant : Nom de Dieu de nom de Dieu de nom de Dieu. J'ai pris la gifle de ma vie le jour où je me suis exclamée : Mais c'est quoi son nom à la fin ! Une rapide balade sur le chemin des souvenirs et la nostalgie fichait le camp à tire-d'aile. La maison rose aurait toujours ma préférence.

Zach est entré dans la cuisine sur les talons d'August.

— Eh bien ! Des gombos et des côtelettes de porc pour le déjeuner. En quel honneur ? s'est enquise August.

May s'est approchée d'elle.

— Cela fait cinq jours que je ne suis pas allée au mur.

Je voyais bien qu'elle en était drôlement fière, qu'elle avait envie de croire que ses jours de pleurs hystériques étaient derrière elle. Et ce déjeuner de gombos était une manière de célébrer l'événement.

August lui a souri.

— Cinq jours, vraiment ? Cela mérite en effet une fête.

Le visage de May s'est illuminé.

Zach s'est affalé sur une chaise.

— Tu as fini de livrer le miel ?

— J'ai tout fait sauf le cabinet de M. Clayton.

Il s'est mis à tripoter tout ce qui lui tombait sous la main. D'abord le set de table, puis un fil de sa chemise. Comme s'il brûlait de dire quelque chose.

August l'a regardé attentivement.

— Tu es préoccupé ?

— Vous ne croirez jamais ce qu'on raconte en ville. Il paraît que Jack Palance vient à Tiburon ce week-end et qu'il amène une femme de couleur avec lui.

Nous nous sommes toutes regardées.

— Qui est Jack Palance ? a demandé Rosaleen, la bouche pleine.

Elle venait d'entamer une côtelette de porc sans même nous attendre. J'ai cherché à attirer son attention, pour lui montrer ma bouche fermée, dans l'espoir qu'elle comprendrait le message.

— C'est une vedette de cinéma, a dit Zach.

— C'est complètement idiot, a grommelé June. Qu'est-ce qu'une vedette de cinéma viendrait faire à Tiburon ?

Zach a haussé les épaules.

— Il paraît que sa sœur vit ici. Il vient lui rendre

visite et a l'intention d'emmener cette femme au cinéma vendredi. Pas au balcon, mais en bas dans la section blanche.

August s'est tournée vers May.

— Pourquoi n'irais-tu pas cueillir quelques tomates pour notre déjeuner? a-t-elle suggéré. (Puis elle a attendu que May soit sortie. Apparemment elle craignait que la tentative d'intégration de Jack Palance au cinéma ne fiche la fête en l'air.) Est-ce que cela fait réagir en ville?

Son regard était devenu grave.

— Oui, à la quincaillerie Garret, des Blancs parlaient de former un cordon devant le cinéma.

— Seigneur, ça recommence, s'est exclamée Rosaleen.

June s'est contentée de soupirer et August de secouer la tête, lorsque j'ai soudain pris conscience de l'importance qu'on accordait à la couleur de la peau. Depuis quelque temps, il semblait que la couleur de la peau était devenue le soleil et tout le reste de l'univers, des planètes en orbite. Depuis la fin des cours, on ne parlait que de ça tous les jours. J'en avais ma claque.

À Sylvan, une rumeur avait couru au début de l'été qu'un car de gens de New York viendrait mettre fin à la ségrégation raciale à la piscine de la ville. Je ne vous dis pas la panique. Nous nous retrouvions avec une nouvelle urgence sur les bras – il n'y avait rien de pire pour l'esprit sudiste que des gens du nord viennent nous dicter notre conduite. Plus tard, il y avait eu cet incident avec les hommes de la station Esso. Selon moi, Dieu aurait intérêt à supprimer carrément la couleur de la peau.

Au retour de May, August a lancé :

— Bon appétit tout le monde!

Ce qui signifiait que Jack Palance n'était pas un sujet de conversation pour le déjeuner.

Pendant que Rosaleen et May coupaient en tranches les tomates que cette dernière avait rapportées, August est partie dans le bureau mettre un disque de Nat King Cole à plein volume. Elle était folle de Nat King Cole et elle est revenue en fronçant les sourcils comme ces gens qui viennent de croquer quelque chose de si délicieux que cela en paraît douloureux. June a eu une moue méprisante. Elle ne jurait que par Beethoven et toute sa clique.

— Cela m'empêche de réfléchir, a-t-elle déclaré après être allée baisser le son.

— Tu sais? lui a dit August. Tu réfléchis trop. Cela te ferait un bien fou de cesser de réfléchir et de te laisser de temps en temps guider par tes émotions.

June a répliqué qu'elle déjeunerait dans sa chambre, merci.

C'était tant mieux, parce que je contemplais les tomates que May et Rosaleen coupaient en tranches en répétant dans ma tête: *Des tomates, June? Comment? Vous n'aimez pas ça?* Là au moins, j'y avais échappé.

Nous avons mangé à nous en faire exploser la panse, comme c'est l'usage en Caroline du Sud dans les réunions de famille. Puis Zach s'est levé de table en annonçant qu'il allait livrer une douzaine de pots de miel au cabinet de Clayton Forrest.

— Je peux venir?

August a renversé son thé, ce qui ne lui ressemblait pas du tout. On ne voyait pas August renverser quelque chose. May, d'accord, mais August, non. Le thé a coulé en travers de la table et goutté par terre. Un instant, j'ai craint que cela ne déclenche une crise chez May. Mais elle s'est contentée de se lever, en fredonnant *Oh! Susanna* assez calmement, pour prendre un torchon.

— Je ne sais pas, Lily.
— S'il vous plaît.

Tout ce que je voulais en fait, c'était passer un peu de temps avec Zach et enrichir mon univers en visitant le cabinet d'un vrai avocat.

— Bon, d'accord.

*
* *

Le cabinet se trouvait derrière Main Street, que Rosaleen et moi avions remontée plus de trois semaines auparavant. Il ne ressemblait pas à l'idée que je me faisais d'un cabinet. Il s'agissait d'une grande bâtisse, blanche aux volets noirs, entourée d'un porche avec de grands fauteuils à bascule, qui devaient être destinés aux gens qui s'écroulaient de soulagement après avoir gagné leur procès. Il y avait une pancarte plantée dans la pelouse : CLAYTON FORREST, AVOCAT.

La secrétaire était une dame blanche qui devait friser les quatre-vingts ans. Assise derrière un bureau à la réception, elle se mettait un rouge à lèvres écarlate. Les boucles serrées de sa permanente présentaient une légère nuance bleutée.

— Bonjour, Miss Lacy, a dit Zach. J'apporte du miel.

Elle a rebouché son tube de rouge à lèvres, l'air un peu agacée.

— Encore du miel ! (Elle a poussé un soupir exagéré et a ouvert un tiroir.) L'argent de la dernière livraison est là-dedans, a-t-elle fait avant de lâcher une enveloppe sur le bureau.

— Tu es nouvelle, a-t-elle observé en me toisant.

— Je m'appelle Lily.

— Elle habite chez August.

— Dans sa maison ?

J'avais envie de lui répondre que son rouge à lèvres saignait dans les rides autour de sa bouche.

— Oui, madame, j'habite là-bas.

— Bien, il faut que j'y aille. (Elle a attrapé son sac et s'est levée.) J'ai rendez-vous chez le dentiste. Posez les pots là-bas sur la table.

Je l'imaginais dans la salle d'attente en train de chuchoter la nouvelle aux clients venus faire soigner leurs caries. Cette petite Blanche, Lily, qui habite avec les sœurs de couleur Boatwright... Cela ne vous paraît pas bizarre ?

Elle partait quand M. Forrest est sorti de son bureau. La première chose que j'ai remarquée, c'était ses bretelles rouges. Je n'avais jamais vu d'homme mince porter des bretelles. Et je trouvais très jolie la façon dont elles étaient assorties à son nœud-papillon rouge. Il avait les cheveux blond-roux, des sourcils en broussaille qui tombaient sur ses yeux bleus, et des rides d'expression qui signalaient un homme gentil. Tellement gentil qu'apparemment il ne pouvait se résoudre à se débarrasser de Miss Lacy.

Il m'a regardée.

— Et qui est cette jolie jeune fille ?

— Lily euh... (Je n'arrivais pas à me souvenir du nom que j'utilisais. Je crois que c'était parce qu'il m'avait qualifiée de jolie. Cela m'avait causé un choc.) Lily, tout court. (Je devais paraître gauche, avec un pied coincé derrière l'autre.) J'habite chez August jusqu'à ce que je parte vivre chez ma tante en Virginie. (Vu qu'il était avocat, je craignais qu'il ne me demande de me soumettre au détecteur de mensonges.)

— Excellent. August est une bonne amie à moi. J'espère que vous appréciez votre séjour ?

— Oui, monsieur. Beaucoup.

— Sur quelle affaire travaillez-vous ? a demandé Zach en fourrant l'enveloppe de la recette dans sa poche et en posant le carton de pots sur la table près de la fenêtre. Elle portait un écriteau : « MIEL À VENDRE ».

— Rien que de l'ordinaire. Des actes, des testaments. D'ailleurs j'ai quelque chose pour toi. Viens dans le bureau que je te montre.

— Je vais attendre ici et ranger les pots, ai-je dit parce que je détestais m'imposer mais surtout parce que je me sentais singulièrement mal à l'aise avec lui.

— Vous êtes sûre ? Vous êtes la bienvenue.

— J'en suis sûre. Je serai très bien ici.

Ils ont disparu dans un couloir. J'ai entendu une porte se fermer. Un Klaxon dans la rue. J'ai empilé les pots : sept en bas, quatre au milieu et un en haut. Mais, comme la pyramide paraissait bancale, j'ai tout défait et me suis contentée de les aligner, simplement.

Je me suis approchée des photos qui recouvraient tout un mur. Un diplôme de l'université de Caroline du Sud et un autre de l'université Duke. Une photo de M. Forrest, sur un bateau, tenant un poisson d'environ ma taille. M. Forrest serrant la main de Bobby Kennedy. Et enfin, M. Forrest et une petite fille blonde au bord de la mer. La fillette sautait par-dessus une vague, les embruns formant un éventail bleu derrière elle, semblable à une queue de paon d'eau, et lui la soulevait en la tenant par la main avec un sourire. Lui devait connaître sa couleur préférée, savoir ce qu'elle mangeait au goûter, tout ce qu'elle aimait.

Je suis allée m'asseoir sur l'un des deux canapés rouges. *Williams*. Mon nom inventé me revenait enfin. J'ai compté les plantes dans la pièce. Quatre. Les planches entre le bureau et la porte d'entrée. Quinze. En fermant les yeux, j'ai imaginé l'océan, argenté, l'écume blanche, la lumière partout. Je me suis vue en train de sauter par-dessus une vague. T. Ray me tenait par la main, m'aidait. Il a fallu que je me concentre drôlement pour voir tout ça.

Trente-deux façons de dire aimer.

Était-il impensable qu'il m'en dise une, même celle réservée aux choses de moindre importance comme des cacahuètes dans son Coca? Était-il vraiment impossible que T. Ray sache que j'aimais le bleu? Ou, si je lui manquais, qu'il se dise: Oh! pourquoi n'ai-je pas su mieux l'aimer?

Le téléphone de Miss Lacy était sur son bureau. J'ai décroché et composé le numéro de l'opératrice. «C'est pour un appel en PCV», ai-je dit en donnant le numéro. Puis, les yeux fixés sur la porte dans le couloir, j'ai compté les sonneries: Trois, quatre, cinq, six.

— Allô?

J'ai eu la gorge serrée en entendant sa voix. J'ai senti mes jambes se dérober. Je me suis écroulée dans le fauteuil de Miss Lacy.

— J'ai un appel en PCV de la part de Lily Owens, a annoncé l'opératrice. Est-ce que vous l'acceptez?

— Et comment que je l'accepte, il a dit. (Puis,

sans me laisser le temps de dire ouf, il a enchaîné :)
Lily, mais où es-tu, nom de Dieu?

J'ai dû éloigner le combiné de mon tympan de crainte qu'il ne le perce.

— T. Ray, je suis navrée d'avoir dû partir, mais...

— Dis-moi où tu es, tu m'entends? Tu as une idée des ennuis dans lesquels tu t'es fourrée? Sortir Rosaleen de l'hôpital... bordel de merde! À quoi tu pensais?

— Je voulais seulement...

— Comme une vraie gourde, tu as cherché les ennuis et tu les as trouvés. À cause de toi, je ne peux plus marcher dans la rue à Sylvan sans qu'on me dévisage. Il a fallu que j'arrête tout pour te chercher et, pendant ce temps, les pêches pourrissent sous mon nez.

— Arrête de hurler, tu veux? J'ai dit que j'étais désolée.

— Tes excuses ne sauveront pas une récolte foutue! Je te jure, Lily...

— J'ai appelé parce que je me posais une question.

— Où es-tu? Réponds-moi.

J'ai serré l'accoudoir du fauteuil à en avoir mal aux articulations.

— Sais-tu quelle est ma couleur préférée?

— Tout ce que je sais, c'est que je vais te mettre la main dessus et que, ce jour-là, tu ne pourras plus t'asseoir avant longtemps...

J'ai raccroché et je suis allée me réinstaller dans le canapé. Sous les stores vénitiens, j'ai contemplé l'ourlet de lumière de la fin d'après-midi. Je me répétais : *Ne pleure pas. T'as pas intérêt à pleurer. Qu'est-ce que ça peut faire qu'il ne connaisse pas ta couleur préférée ?*

*
* *

Zach est revenu avec un grand livre brun qui paraissait moisi de vieillesse. « Regarde ce que M. Clayton m'a donné », a-t-il dit, et franchement, à voir son expression de fierté, on aurait cru qu'il venait de donner le jour à un bébé de trois kilos.

Il a tourné le livre pour que je puisse lire le titre au dos. *Rapports légaux 1889, Caroline du Sud.* Lorsque Zach a frotté la couverture, des morceaux sont tombés par terre.

— C'est le début de ma bibliothèque juridique.
— Génial.

M. Forrest s'est approché et m'a considérée avec une telle insistance que j'ai cru que j'avais la goutte au nez.

— Zach prétend que vous êtes du comté de Spartanburg et que vos deux parents sont morts ?
— Oui, monsieur.

Je n'avais surtout pas envie de me retrouver dans le box des témoins, là, dans son cabinet, à subir un interrogatoire en règle. Sinon, dans moins d'une heure, Rosaleen et moi reprendrions le chemin de la prison.

— Qu'est-ce qui vous amène…
— Il faut vraiment que je rentre. (J'ai posé la main sur mon ventre.) Un petit problème féminin.

Je me suis efforcée de paraître ultra féminine et mystérieuse, un peu gênée par des problèmes internes qu'ils ne pouvaient ou ne voulaient pas imaginer.

D'expérience, je savais depuis près d'un an que les mots « problèmes féminins » m'ouvraient toutes les portes.

— Oh! a fait Zach. Alors allons-y.

— Ravie de vous avoir rencontré, monsieur Forrest, lui ai-je lancé en me tenant le ventre.

Avec une légère grimace de douleur, je me suis lentement dirigée vers la porte.

— Croyez-moi, Lily, tout le plaisir était pour moi.

*
* *

N'avez-vous jamais écrit une lettre dont vous savez que vous ne la posterez jamais tout en ayant besoin de l'écrire quand même? De retour dans ma chambre dans la maison du miel, j'ai entrepris, en cassant trois mines de crayon, d'écrire une lettre à T. Ray. Et les mots... eh bien, on aurait dit qu'ils avaient été imprimés au fer rouge sur le papier.

Cher T. Ray,
J'en ai ras le bol que tu me hurles dessus. Je ne suis pas sourde. J'ai seulement eu la bêtise de t'appeler.

Si tu étais torturé par des Martiens et que la seule chose qui puisse te sauver, ce soit de leur dire ma couleur préférée, tu mourrais sur-le-champ. Qu'est-ce que je croyais? Il suffisait que je me rappelle la carte pour la fête des pères que je t'ai dessinée quand j'avais neuf ans et que j'espérais encore être aimée. Tu te souviens? Bien sûr que non. Moi si, parce que je me suis à moitié tuée en la fabriquant.

Je ne t'ai jamais dit que j'avais passé la moitié de la nuit le nez dans un dictionnaire pour chercher des mots qui aillent avec les lettres de papa. J'ai eu l'idée, au cas où cela t'intéresserait, grâce à Mme Poole qui nous a fait faire ça avec le mot Joie à l'école du dimanche. J—Jésus; O—ouverture aux autres; I—intérêt pour les autres; E—et, en dernier lieu, soi-même. C'est l'ordre à suivre dans la vie, a-t-elle dit, et si on le respecte, on connaît la joie. Eh bien, j'ai essayé, je n'ai pas arrêté de me faire passer après tout le monde, et j'attends toujours que la joie m'inonde. L'exercice n'a donc servi qu'à me donner l'idée pour ta carte. J'ai pensé que, si j'épelais le sens de papa, cela t'aiderait. Je tentais de te dire, allez, essaie ces trucs-là, cela me ferait tellement plaisir. J'ai utilisé des mots comme « Parfait et Adorable ».

Je croyais que tu allais poser ma carte en évidence sur ta commode, mais le lendemain je l'ai trouvée sur la table du téléphone, tu avais pelé une pêche dessus et le papier était tout poisseux. J'ai toujours eu envie de te dire combien c'était abominable de ta part.

P — pitoyable caricature de père
A — abominable
P — pathétique
A — affreux

En l'occurrence, je ne respecte pas la philosophie prônée par Mme Poole, mais te dire ça en face me donne de la joie.

Affectueusement, Lily.
PS : Je ne crois pas une seconde que ma mère m'ait abandonnée.

J'ai relu la lettre, puis je l'ai déchirée en petits morceaux. Une sensation de soulagement m'a envahie. Pas de la joie – ça, c'était un mensonge. J'ai même failli écrire une autre lettre pour dire que j'étais désolée.

*
* *

Cette nuit-là, alors que tout le monde dormait dans la maison rose, j'y suis entrée sur la pointe des pieds parce que j'avais envie d'aller aux toilettes. Je n'ai jamais eu peur de me perdre dans la maison parce que August laissait toujours un chemin de veilleuses entre la cuisine et les toilettes.

Comme j'étais pieds nus, ceux-là étaient humides de rosée. Assise sur le siège, m'efforçant de faire pipi sans bruit, j'ai aperçu des pétales blancs collés à mes orteils. Au-dessus de ma tête, les ronflements de Rosaleen traversaient le plafond. Vider sa vessie procure toujours un vif soulagement. C'est mieux que de faire l'amour, ça, c'est Rosaleen qui me l'a dit. C'était bon, d'accord, mais j'espérais sincèrement qu'elle se trompait.

Je prenais la direction de la cuisine quand quelque chose m'a poussée à faire demi-tour. Je suis partie vers le salon. Lorsque j'y suis entrée, j'ai soupiré si profondément et avec tellement de satisfaction qu'un instant, je n'ai pas cru que ce son sortait de mes poumons.

La bougie dans le verre rouge posé à côté de la statue brûlait toujours, on aurait dit un minuscule cœur rouge au fond d'une caverne, qui envoyait des pulsations de lumière vers le monde. August la laissait allumée jour et nuit. Cela me rappelait la flamme éternelle de la tombe de John Kennedy et qui ne s'éteindrait jamais, quoi qu'il arrive.

Notre-Dame des Chaînes paraissait différente au milieu de la nuit, son visage était plus vieux et plus sombre, son poing plus gros que dans mon souvenir. J'ai songé à tous les endroits où elle s'était rendue, à toutes les choses tristes qu'on lui avait murmurées, ce qu'elle avait supporté.

Parfois, pendant nos prières avec les perles, je ne savais plus comment on se signait ; je me trompais ce qui n'avait rien d'étonnant pour quelqu'un qui a été élevé dans la religion baptiste. Chaque fois que cela arrivait, je posais la main sur mon cœur comme nous le faisions à l'école pour le serment de loyauté. J'estimais que cela se valait et, c'est ce qui s'est passé à ce moment-là... ma main s'est automatiquement posée sur mon cœur.

Aide-moi, je t'en prie. Dis-moi ce que je dois faire. Pardonne-moi. Est-ce que ma mère est là-haut avec Dieu ? Empêche-les de nous retrouver. Et s'ils nous retrouvent, empêche-les de nous emmener. S'ils nous retrouvent, empêche Rosaleen de se faire tuer. Fais que June m'aime. Fais que T. Ray m'aime. Aide-moi à cesser de mentir. Rends le monde meilleur. Arrache la méchanceté du cœur des gens.

Je me suis approchée et j'ai aperçu le cœur sur sa poitrine. J'entendais les abeilles agiter leurs ailes dans la boîte à musique obscure. Je nous revoyais, August et moi, l'oreille collée contre la ruche. Je me suis souvenue de sa voix la première fois qu'elle avait raconté l'histoire de Notre-Dame des Chaînes. *Envoie-leur du secours, envoie-leur du réconfort, envoie-leur la liberté.*

Du doigt, j'ai effleuré le contour du cœur de la Vierge noire. Puis, les pétales collés aux orteils, j'ai pressé ma paume contre son cœur.

Je vis dans une ruche d'obscurité et tu es ma mère. Tu es la mère de milliers d'enfants.

9

> « La solidité de la société des abeilles dépend de la communication – d'une capacité innée d'envoyer et de recevoir des messages, de coder et de décoder des données. »
>
> James L. Gould et Carol Grant Gould.

Le 28 juillet fut un jour à marquer d'une pierre blanche. Avec le recul, cela me fait penser à ces gens qui descendent les chutes du Niagara dans des tonneaux. Depuis que j'avais entendu parler de ça, j'imaginais des gens blottis à l'intérieur, dansant tranquillement sur l'eau comme un canard en caoutchouc dans le bain d'un enfant, quand, soudain, les eaux s'agitaient et le tonneau se mettait à rouler dans tous les sens alors qu'un rugissement enflait au loin. Je sais qu'ils devaient se dire là-dedans : « Bordel de merde, mais qu'est-ce que je fiche ici ? »

À 8 heures du matin, le thermomètre affichait 34° avec le projet ambitieux d'atteindre les 39° avant midi.

August m'a réveillée en me secouant par l'épaule, en m'annonçant qu'il allait faire une chaleur à crever, et qu'il fallait arroser les abeilles.

Je suis montée dans le camion sans avoir pris le temps de me coiffer, May m'a tendu un toast beurré et un jus d'orange par la vitre et Rosaleen des thermos d'eau pendant que August sortait de l'allée. Je me faisais l'effet d'être une équipe de la Croix-Rouge partant en mission pour sauver le royaume des abeilles.

August avait placé plusieurs litres d'eau sucrée déjà prête à l'arrière du camion.

— Quand on dépasse les 36°, les fleurs se dessèchent et les abeilles n'ont plus de quoi se nourrir. Elles restent à l'intérieur de la ruche pour se ventiler. Il leur arrive de rôtir.

J'avais l'impression que nous aussi, nous allions rôtir. Je ne me serais pas risquée à toucher la poignée de la portière, par peur d'attraper une brûlure au troisième degré. La sueur coulait entre mes seins et trempait la ceinture de mon slip. August a branché la radio pour avoir le bulletin météo. Nous avons entendu que *Ranger 7* avait fini par atterrir sur la lune dans un endroit baptisé la Mer des nuages, que la police recherchait les corps de trois travailleurs des droits civiques dans le Mississippi, et qu'il venait de se produire des choses horribles dans le golfe du Tonkin. Les informations se terminèrent par la rubrique «plus près de chez nous» qui annonçait que des Noirs de Tiburon, Florence et Orangeburg marchaient ce jour-là jusqu'à Columbia pour demander au gouverneur de faire appliquer la loi sur les droits civiques.

August a éteint la radio. Trop, c'était trop. On ne peut pas secourir le monde entier.

— J'ai déjà arrosé les ruches autour de la maison. Zach s'occupe de celles situées à l'est du comté. Nous deux, nous allons à l'ouest.

Sauver les abeilles nous a pris toute la matinée. Parfois, nous nous enfoncions dans des bois – il n'y avait même plus de chemins – et nous tombions sur vingt-cinq ruches posées sur des lattes, semblables à une petite ville abandonnée. Nous levions alors les couvercles pour remplir les nourrisseurs d'eau sucrée, avant d'en couvrir les bords de sucre en poudre dont nos poches étaient pleines.

J'ai même trouvé le moyen de me faire piquer au poignet en replaçant le couvercle d'une ruche. August a aussitôt retiré le dard.

— Pourtant je leur envoyais de l'amour.

Je me sentais trahie.

— La chaleur désoriente les abeilles, peu importe l'amour que tu leur envoies.

Elle tira de sa poche libre un petit flacon d'huile d'olive et de pollen d'abeille et me frotta avec – son remède breveté. Un truc que j'espérais ne jamais avoir à tester.

— Considère-toi comme initiée. On ne devient une vraie apicultrice que le jour où l'on se fait piquer.

Une vraie apicultrice. À ces mots, un profond sentiment de plénitude m'a envahie et, juste à ce moment-là, une nuée de merles a jailli d'une clairière voisine, emplissant le ciel tout entier. *Les miracles ne cessaient-ils donc jamais ?* J'allais ajouter ça à ma liste de carrières. Écrivain, professeur d'anglais, et apicultrice.

— Vous croyez que je pourrais élever des abeilles un jour ?

— Ne m'as-tu pas dit cette semaine qu'une des

choses que tu aimais, c'était les abeilles et le miel ? Eh bien, si c'est le cas, tu seras une bonne apicultrice. En fait, Lily, même si tu n'es pas très douée dans un domaine, ta seule passion pour lui te suffira.

La douleur de la piqûre a irradié jusqu'à mon coude – incroyable la punition que peut vous infliger une créature aussi minuscule. Je suis assez orgueilleuse pour prétendre que je ne me suis pas plainte. Une fois piqué, inutile de geindre, vous ne pourrez pas revenir en arrière. Je me suis reconcentrée sur l'opération de sauvetage des abeilles.

Après avoir arrosé toutes les ruches de Tiburon et répandu suffisamment de sucre pour faire prendre vingt-cinq kilos à un humain, nous sommes rentrées à la maison, crevant de chaud, de faim et presque noyées dans notre sueur.

*
* *

En nous engageant dans l'allée, nous avons aperçu Rosaleen et May qui sirotaient un thé sucré dans la véranda. May nous a signalé que des sandwiches aux côtelettes de porc et au coleslaw nous attendaient dans le réfrigérateur. Pendant notre repas, June s'est mise à jouer du violoncelle là-haut dans sa chambre, comme si quelqu'un venait de mourir.

Nous avons tout avalé en silence. Puis, au moment de sortir de table – nous nous demandions comment remettre nos corps fourbus en position debout – nous avons entendu des couinements et des rires, comme dans une cour de récréation. August et moi nous sommes traînées dans la véranda et avons découvert

May et Rosaleen qui s'amusaient à passer en courant sous le jet d'eau, pieds nus et habillées de pied en cap.

Elles étaient déchaînées. La robe de Rosaleen lui collait au corps et May recueillait de l'eau dans sa jupe pour s'en asperger la figure.

— Eh bien, regardez-moi ça ? a dit August.

Nous voyant, Rosaleen s'est saisie du tuyau d'arrosage et l'a dirigé vers nous.

— Un pas de plus et on vous asperge !

Et nous avons reçu un jet d'eau glacée en pleine poitrine.

Rosaleen a baissé le tuyau et rempli la robe de May.

— Un pas de plus et on vous asperge, a répété May, en nous poursuivant pour nous jeter le contenu de sa jupe.

Croyez-moi : nous n'avons pas protesté trop fort. Et à la fin nous sommes restées plantées là à nous faire arroser par deux Noires complètement givrées.

Puis nous nous sommes toutes transformées en nymphes des eaux et avons dansé sous le jet frais, à la manière des Indiens autour du feu. Des écureuils et des roitelets se sont approchés aussi près que possible pour s'abreuver dans les flaques. Et les brins d'herbe semblaient relever la tête et reverdir.

Soudain, la porte de la véranda a claqué et June est apparue, en rogne. Je devais être ivre d'eau, d'air et de danse, parce que, saisissant le tuyau d'arrosage, je lui ai lancé :

— Un pas de plus et on vous asperge.

Et je l'ai arrosée.

Elle a hurlé. Je savais que je m'engageais en terrain

miné, mais je ne pouvais pas m'en empêcher. J'étais les pompiers et June un brasier gigantesque.

Elle m'a arraché le tuyau des mains et a dirigé le jet sur moi. De l'eau est entrée dans mon nez et cela m'a brûlé. J'ai tiré sur le tuyau et nous avons fini par nous le disputer pendant qu'il nous inondait le ventre et le menton. Nous sommes tombées à genoux, luttant toujours, le geyser oscillant entre nous. Les yeux de June étaient fixés sur moi, tout proches, avec des perles d'eau sur ses cils. J'ai entendu May commencer à fredonner *Oh! Susanna*. J'ai ri pour qu'elle comprenne que tout allait bien, mais je refusais de lâcher prise. Pas question de laisser June Boatwright gagner la partie.

— On prétend que, si on braque un jet d'eau sur deux chiens en train de copuler, ils se séparent... Apparemment cela ne marche pas à tous les coups, a murmuré Rosaleen.

August a éclaté de rire, et les yeux de June se sont adoucis. Malgré ses efforts pour garder son sérieux, elle a craqué. Tout juste si elle ne s'est pas frappé le front en se disant : « Attends, je suis en train de lutter pour un tuyau d'arrosage avec une gamine de quatorze ans. C'est ridicule. »

Elle a lâché prise et s'est allongée dans l'herbe, saisie d'un énorme fou rire. Je me suis laissée tomber à côté d'elle en riant aussi. Nous ne pouvions plus nous arrêter. Je ne savais pas trop ce qui nous faisait rire – j'étais juste contente que nous le fassions ensemble.

— Seigneur, j'ai la tête qui tourne, comme si on venait de me vider par les pieds, a murmuré June en se relevant.

Rosaleen, May et August jouaient de nouveau les nymphes des eaux. J'ai contemplé l'endroit où nous avions été étendues côte à côte, l'herbe trempée écrasée, les dépressions parfaites de la terre. Je les ai soigneusement enjambées et, ce voyant, June m'a imitée, puis à mon grand étonnement, m'a serrée dans ses bras. June Boatwright m'a serrée dans ses bras alors que nos vêtements trempés faisaient des gargouillis et des bruits de succion…

*
* *

Si la température dépasse les 40 °C en Caroline du Sud, il faut aller se coucher. C'est la règle. Si certains jugent cette attitude de la dernière fainéantise, elle nous permet en fait d'accorder à notre esprit du temps pour chercher de nouvelles idées, s'interroger sur le sens de la vie, et laisser naître ce qui est nécessaire. En CM2, il y avait un garçon de ma classe qui avait une plaque en acier dans le crâne et qui se plaignait tout le temps que les réponses aux examens ne traversaient pas la plaque. « Ça va, on a compris ! » lui répétait notre institutrice.

Pourtant, d'une certaine manière, ce garçon avait raison. Car tous les êtres humains sur terre ont une plaque en acier dans le crâne. Mais si vous vous allongez et restez le plus immobile possible, elle s'ouvrira, telles les portes d'un ascenseur, pour laisser entrer toutes les pensées secrètes qui patientent depuis si longtemps et qui presseront le bouton pour monter jusqu'au sommet. Les vrais problèmes dans la vie surviennent quand ces portes cachées demeurent trop longtemps fermées.

En principe, August, May, June et Rosaleen étaient dans la maison rose, allongées dans leur chambre sous les ventilateurs, toutes lumières éteintes. Dans la maison du miel, je me suis étendue sur mon lit de camp en me disant que je pouvais songer à tout ce que je voulais, sauf à ma mère – et, bien entendu, elle a été la seule à vouloir prendre l'ascenseur.

Je sentais les choses se désagréger autour de moi. Tous les bords effilochés de mon royaume des nuages. Il suffisait que je tire le mauvais fil pour me retrouver dans la panade jusqu'au cou. Depuis que j'avais appelé T. Ray, je mourais d'envie d'en parler à Rosaleen. *Si tu penses que mon départ a incité T. Ray à s'interroger sur son cœur ou à modifier sa façon d'être, tu crois au Père Noël.* Mais je n'arrivais pas à me résoudre à reconnaître que cela me travaillait suffisamment pour l'appeler.

Et pourquoi n'aurais-je pas vécu ici comme si je n'avais rien à cacher ? Allongée sur le lit de camp, je fixais le carré éblouissant de la fenêtre, épuisée. Cela demande tant d'énergie de tenir les choses à distance. « Laisse-moi monter, disait ma mère. Laisse-moi monter dans ce fichu ascenseur. »

Bon, d'accord. J'ai pris mon sac et j'ai examiné la photo de ma mère. Je me demandais quel effet cela faisait d'être en elle, un simple brin de chair nageant dans son obscurité, les choses qui s'étaient déroulées en silence entre nous.

Mon besoin d'elle était toujours présent, mais moins fort et moins violent qu'auparavant. En enfilant ses gants, je me suis rendu compte qu'ils me serraient maintenant. À seize ans, j'aurais l'impression d'avoir des gants de bébé. Je serais Alice au Pays des merveilles après qu'elle a mangé le gâteau et doublé de taille. Mes paumes feraient exploser leurs coutures et je ne les porterais jamais plus.

J'ai retiré les gants de mes mains trempées de sueur et la peur m'a envahie. La vieille culpabilité à vif, le collier de mensonges que je ne pouvais cesser de porter, la crainte d'être bannie de la maison rose sont revenues en force.

Non, ai-je dit. Le mot a mis longtemps à remonter dans ma gorge. Un murmure effrayé. Non, je n'y penserai pas. Je ne ressentirai pas ça. Je ne laisserai pas ça fiche tout en l'air. *Non*.

S'allonger pour échapper à la chaleur était finalement une idée débile. J'ai laissé tomber et je suis allée dans la maison rose pour boire quelque chose de frais. Si je parvenais à entrer au Paradis malgré tout ce que j'avais fait, j'espérais que Dieu m'accorderait quelques minutes d'entretien, histoire que je lui dise le fond de ma pensée : *Écoutez, je sais que vous vouliez bien faire en créant le monde et tout ça, mais avouez qu'il vous a complètement échappé. Vous ne croyez pas que vous auriez dû vous en tenir à votre idée initiale de paradis ?* La vie des gens était un vrai foutoir.

Quand je suis entrée dans la cuisine, May était assise par terre, jambes allongées, avec une boîte de crackers sur les genoux. Normal – il n'y avait que May et moi pour être incapables de rester cinq minutes tranquilles au lit.

— J'ai vu un cafard, a-t-elle annoncé, en plongeant la main dans un sac de guimauve que je n'avais pas encore remarqué.

Elle en a sorti un bout et s'est mise à le détailler en petits morceaux. Quelle folle, cette May !

J'ai ouvert la porte du réfrigérateur et je suis restée plantée là à regarder son contenu comme si j'attendais que la bouteille de jus de pamplemousse me saute dans la main. Je n'avais pas encore intégré ce que May fabriquait. Le cerveau met souvent du temps à reconnaître les trucs importants.

J'avais presque vidé mon verre de jus de fruits quand j'ai pris conscience de la présence du petit chemin de miettes de crackers et de guimauve que May construisait par terre de l'évier à la porte.

— Les cafards vont suivre ce chemin jusqu'à la porte. Ça marche à tous les coups.

Je ne sais pas combien de temps je suis restée à fixer cette ligne par terre, avec May qui me regardait, en attendant que je réagisse. Je ne savais que dire. Le bourdonnement régulier du réfrigérateur a envahi la pièce. Je restais là à attendre que cela me revienne... « Ta mère était complètement givrée quand il s'agissait d'insectes, avait dit T. Ray. Elle fabriquait des sentiers de miettes de crackers et de guimauve pour attirer les cafards dehors. »

J'ai de nouveau regardé May. *Ma mère ne pouvait pas avoir appris l'astuce des cafards de May, tout de même ?*

Depuis que j'avais posé un pied dans la maison rose, une partie de moi n'avait cessé d'être convaincue que ma mère y était venue. Non, pas convaincue. Disons que j'en rêvais, que je prenais mes désirs pour la réalité. Maintenant que l'idée semblait se vérifier, elle me paraissait tirée par les cheveux, délirante. *Impossible.*

Je me suis assise à la table. Les ombres de fin d'après-midi pénétraient dans la pièce. Couleur pêche, elles allaient et venaient, et le silence régnait dans la cuisine. Même le bourdonnement du réfrigérateur s'était tu. May s'était remise au travail. Elle ne semblait pas consciente de ma présence.

Ma mère avait pu apprendre ce truc dans un livre, le tenir de sa propre mère. Comment savoir si toutes les familles n'utilisaient pas cette astuce pour se débarrasser des cafards ? Je me suis levée et me suis approchée de May. Mes genoux tremblaient. J'ai posé la main sur son épaule. *Bon, on y va.*

— May, as-tu connu une certaine Deborah ? Deborah Fontanel ? Une femme blanche de Virginie. Ce devait être il y a longtemps.

Il n'y avait pas la moindre trace de fourberie en May et on pouvait compter sur elle pour répondre sans détour.

— Oh ! oui, Deborah Fontanel, a-t-elle répondu sans lever les yeux. Elle habitait dans la maison du miel. C'était un amour.

Et voilà. Ça y était.

Un instant, j'ai eu le vertige. Il a fallu que je me raccroche au comptoir pour ne pas tomber. Par terre, le sentier de miettes et de guimauve paraissait presque vivant.

J'avais un million d'autres questions, mais May s'était mise à fredonner *Oh ! Susanna*. Elle a posé la boîte de crackers et s'est lentement relevée, en commençant à renifler. L'allusion à Deborah Fontanel avait déclenché une crise.

— Je crois que je vais aller passer un moment devant le mur.

Et c'est ainsi qu'elle m'a laissée, debout dans la cuisine, brûlante et le souffle coupé, avec mon univers sens dessus dessous.

En revenant vers la maison du miel, je me suis concentrée sur la sensation de mes pas sur la boue séchée de l'allée, sur les racines des arbres et l'herbe fraîchement arrosée, sur la terre sous mes pieds, solide, vivante, vieille comme le monde, présente chaque fois que mon pied se posait. Là, toujours là. Tout ce qu'une mère devrait être.

Oh oui, Deborah Fontanel. Elle habitait dans la maison du miel. C'était un amour.

Dans la maison du miel, je me suis assise sur le lit de camp, en serrant mes genoux contre moi, pour y poser ma joue. Je contemplais le sol et les murs avec des yeux tout neufs. Ma mère s'était promenée dans cette pièce. Une vraie personne. Pas quelqu'un de mon invention. Une personne bien vivante.

Je ne m'attendais pas à m'endormir, mais en cas d'émotion violente, votre corps n'aspire qu'au repos pour mieux rêver.

Une heure plus tard, je me suis réveillée dans cet espace velouté où l'on ne se rappelle pas encore son rêve. Puis tout est revenu d'un coup.

Je suis en train de construire un sentier sinueux de miel dans une pièce qui ressemble à la maison du miel, puis dans ma chambre à Sylvan. Il commence devant une porte que je n'ai jamais vue et s'arrête au pied de mon lit. Puis je m'assois sur le matelas et j'attends. La porte s'ouvre. Ma mère entre. Elle suit le miel, faisant des tours et des détours dans la pièce avant d'atteindre mon lit. Elle sourit, ravissante. Je m'aperçois alors qu'elle n'est pas normale. Des pattes de cafard jaillissent de ses vêtements, sortent de sa cage thoracique. Six, trois de chaque côté.

Je me demandais bien d'où je pouvais tirer une chose pareille. L'air était devenu rose crépuscule et suffisamment frais pour supporter un drap. Je me suis couvert les jambes. Une drôle de sensation me tenaillait au creux de l'estomac, comme une envie de vomir.

Si je vous disais que je ne me suis jamais interrogée au sujet de ce rêve, que je n'ai jamais revu ma mère avec des pattes de cafard, que je ne me suis jamais interrogée sur cette apparition, le pire de la nature humaine mis à nu, j'aurais repris ma bonne vieille habitude de mentir. Un cafard est une créature que l'on ne peut aimer, mais que l'on ne peut pas tuer. Il vivra et survivra encore. Essayez donc de vous en débarrasser.

*
* *

Les jours suivants, j'ai été une vraie boule de nerfs. Il suffisait qu'on fasse tomber une pièce par terre pour que je saute au plafond. Au dîner, je chipotais, le regard vide, comme si j'étais en transe. Parfois l'image de ma mère avec ses pattes de cafard surgissait, et il fallait que j'avale une cuillerée de miel pour mon estomac. J'étais tellement nerveuse que je ne parvenais pas à regarder plus de cinq minutes d'*American Bandstand* à la télé, alors que, d'habitude, je buvais les paroles de Dick Clark.

Je ne cessais d'arpenter la maison, m'arrêtant ici ou là pour imaginer ma mère dans les différentes pièces. Assise avec sa jupe étalée sur le banc du piano. Agenouillée auprès de Notre-Dame. Étudiant la collection de recettes de cuisine que May découpait dans des magazines et scotchait sur le réfrigérateur. J'errais, les yeux dans le vague, pour réaliser soudain qu'August, ou June ou Rosaleen m'observaient, inquiètes, et vérifiaient si je n'avais pas de fièvre.

— Que se passe-t-il? Qu'est-ce qui te prend? disaient-elles.

Je secouais la tête.

— Rien, rien, mentais-je.

En vérité, j'avais l'impression que ma vie était coincée en haut du plongeoir, qu'elle s'apprêtait à se précipiter dans des eaux inconnues. Des eaux *dangereuses*. Je voulais juste retarder ce plongeon et sentir la présence de ma mère dans la maison, comme si brusquement je ne craignais plus d'apprendre ce qui l'avait amenée ici ni de la découvrir de nouveau semblable à mon rêve, révélant sa laideur et ses six pattes.

J'avais envie de presser August de questions pour savoir pourquoi ma mère avait séjourné ici. Mais la peur m'en empêchait. Je désirais savoir et à la fois je ne le désirais pas. Je nageais dans l'incertitude la plus totale.

*
* *

Vendredi, en fin d'après-midi, après que nous avons fini de nettoyer les hausses et de les ranger, Zach est allé jeter un coup d'œil sous le capot du camion. Malgré les réparations de Neil, le moteur continuait à faire des siennes et à trop chauffer.

Je suis retournée dans ma chambre et me suis assise sur mon lit de camp. La chaleur irradiait de la fenêtre. Renonçant à brancher le ventilateur, je suis restée assise à fixer le ciel bleu laiteux, submergée par une vague de tristesse. De la musique me parvenait de la radio du camion – Sam Cooke chantant *Another Saturday Night* – puis May a appelé Rosaleen dans la cour, pour lui demander de rentrer les draps. Là-bas dehors, la vie suivait son cours normal et moi j'étais en suspens, en attente, piégée, ne sachant si je devais vivre ou ne pas vivre ma vie. Je ne pouvais continuer d'attendre le bon moment, comme si j'avais l'éternité devant moi, comme si l'été ne devait jamais finir. Mes larmes jaillirent. Il fallait que j'avoue tout. Quoi qu'il arrive... on verrait bien.

Je me suis rincé la figure au lavabo.

J'ai respiré un grand coup, j'ai fourré l'image de Vierge noire de ma mère et sa photo dans ma poche. Puis je suis partie en quête d'August dans la maison rose.

Nous nous installerions au bout de son lit ou dehors, sur les chaise longues, si les moustiques n'étaient pas trop virulents. August me dirait : *Qu'est-ce qui te préoccupe, Lily ? Allons-nous enfin avoir notre discussion ?* Je sortirais l'image et je lui dirais tout, puis elle m'expliquerait pour ma mère.

Si seulement cela avait pu se faire, au lieu de ce qui est arrivé.

*
* *

Je me dirigeais vers la maison quand Zach m'a appelée du camion.

— Tu viens en ville avec moi ? Il faut que j'achète une nouvelle Durit avant que la boutique ferme.

— Je dois parler à August.

Il a fermé le capot et s'est essuyé les mains sur son pantalon.

— August est avec Bonbon dans le salon. Elle a débarqué en pleurs. Otis aurait utilisé leurs économies pour acheter un bateau de pêche d'occase.

— Mais j'ai vraiment quelque chose d'important à lui dire.

— Il va falloir que tu attendes ton tour. Viens, nous serons rentrés avant le départ de Bonbon.

J'ai hésité avant de céder.

— D'accord.

Le magasin des pièces détachées était à deux portes du cinéma. Quand Zach s'est garé devant, je les ai vus – cinq ou six Blancs devant le guichet. Ils allaient et venaient, en jetant des coups d'œil vers le trottoir, comme s'ils attendaient quelqu'un, tous bien habillés, avec des cravates retenues par des épingles comme les employés de magasin et les caissiers de banque. Un homme tenait ce qui ressemblait à un manche de pelle.

Zach a coupé le moteur et les a observés à travers le pare-brise. Un chien, un vieux beagle aux poils blancs, est sorti du magasin et s'est mis à renifler le trottoir. Zach a tambouriné des doigts sur le volant en soupirant. Et soudain j'ai compris : on était vendredi et ils attendaient Jack Palance et la femme noire.

Nous sommes restés une minute sans parler. Le silence exagérait les bruits du camion. Le couinement d'un ressort sous le siège. Le martèlement des doigts de Zach. Ma respiration rauque.

Puis un des hommes a hurlé. J'ai sursauté si fort que je me suis cogné le genou contre la boîte à gants.

— Qu'est-ce que vous fixez comme ça ? a-t-il gueulé en direction du trottoir d'en face.

Zach et moi nous sommes tournés pour regarder par la vitre arrière. Trois adolescents noirs buvaient des Coca à la bouteille en dévisageant les hommes d'un air mauvais.

— Revenons un autre jour.

— Tout ira bien, a dit Zach. Attends ici.
Non, tout n'ira pas bien.
Lorsqu'il est descendu du camion, les gamins l'ont appelé. Ils ont traversé la rue pour le rejoindre. Ils ont jeté un coup d'œil dans ma direction et ils ont donné quelques bourrades à Zach. L'un d'eux agitait la main devant son visage comme s'il venait de croquer dans un piment mexicain.

— Qui est avec toi ?

Je les ai regardés, en essayant de sourire, mais j'étais obsédée par les hommes qui nous observaient.

Les garçons s'en sont eux aussi rendu compte et l'un d'eux – dont je découvrirais plus tard qu'il s'appelait Jackson – s'est exclamé tout fort :

— Faut vraiment être taré pour croire que Jack Palance va venir à Tiburon !

Et ils ont tous ri. Même Zach.

L'homme au manche de pelle s'est approché du pare-chocs du camion et a fixé les garçons avec cet air, mi-souriant, mi-méprisant que j'avais aperçu un millier de fois sur le visage de T. Ray – l'expression que donne le pouvoir sans une once d'amour.

— Qu'est-ce que t'as dit ? il a hurlé.

Dans la rue, les murmures se sont tus. Le beagle a baissé ses oreilles et il s'est faufilé sous une voiture à l'arrêt. Jackson s'est mordu l'intérieur de la joue. Il a brandi sa bouteille de Coca au-dessus de sa tête. Et il l'a lancée.

J'ai fermé les yeux quand elle s'est échappée de sa main. Quand je les ai rouverts, le trottoir était constellé de bouts de verre. L'homme au manche de pelle avait lâché son arme et se tenait le nez. Du sang coulait entre ses doigts.

Il s'est tourné vers les autres hommes.

— Ce Nègre m'a explosé le nez, a-t-il dit plus surpris qu'autre chose.

Il a regardé autour de lui, un peu perdu, puis s'est dirigé vers un magasin voisin, laissant une traînée de sang derrière lui.

Les autres hommes sont venus se planter en arc de cercle autour de Zach et des garçons qui s'étaient regroupés près du camion, les coinçant contre la portière.

— Lequel d'entre vous a lancé cette bouteille?

Les garçons n'ont pas bronché.

— Bande de lâches! a dit un autre qui avait ramassé le manche de pelle et menaçait les garçons chaque fois qu'ils bougeaient.

— Dites-nous qui a fait le coup, et les trois autres pourront partir.

Rien.

Les gens avaient commencé à sortir des boutiques et ils formaient un attroupement. Je fixais la nuque de Zach. J'attendais sa réaction, le cœur au bord des lèvres. Je savais qu'il n'y avait rien de pire qu'un cafteur, et pourtant je mourais d'envie qu'il dise: « C'est celui-là. C'est lui qui l'a fait. » Comme ça, il remonterait dans le camion et nous pourrions partir.

Allez, Zach.

Il a tourné la tête et m'a regardée du coin de l'œil. Puis il a légèrement haussé une épaule, et j'ai compris que c'était fichu. Il n'ouvrirait pas la bouche. Il essayait de me dire: « Désolé, mais ce sont mes amis. »

Il a choisi de rester là et d'être l'un d'eux.

*
* *

J'ai regardé le policier faire monter Zach et ses trois camarades dans sa voiture. En démarrant, il a branché sa sirène et son clignotant – cela paraissait inutile, mais il s'agissait certainement de ne pas décevoir le public sur le trottoir.

J'étais assise dans le camion, immobile, comme si le monde s'était pétrifié autour de moi. La foule s'est lentement dispersée, et toutes les voitures ont quitté le centre une à une. Les boutiques ont fermé. Je fixais le pare-brise comme la mire qui apparaissait sur l'écran de la télévision à minuit.

Une fois le premier choc passé, j'ai essayé de réfléchir à ce que je devais faire, au moyen de rentrer à la maison. Zach avait pris les clés – de toute façon, je ne connaissais pas la différence entre les vitesses et les freins. Il n'y avait plus de boutique ouverte où j'aurais pu demander à téléphoner et, quand j'ai repéré une cabine plus loin dans la rue, je me suis souvenue que je n'avais pas un sou sur moi. Je suis descendue du camion et je suis partie à pied.

À mon arrivée à la maison rose, une demi-heure plus tard, August, June, Rosaleen, Neil et Clayton Forrest étaient rassemblés dans les ombres longues près des hortensias. Le murmure de leurs voix flottait dans la lumière déclinante. J'ai entendu le nom de Zach. M. Forrest a prononcé le mot « Prison ». J'ai compris alors que l'unique appel auquel Zach avait droit avait été pour lui et qu'il était venu informer les sœurs.

Neil se tenait près de June – ils n'avaient donc pas parlé sérieusement avec leurs *Ne t'avise pas de revenir* et *garce égoïste* qu'ils s'étaient lancés à la figure. Je me suis approchée, sans qu'ils me remarquent. Le ciel sentait le vert rance et des cendres voltigeaient autour de ma tête.

— August ?

— Dieu soit loué ! s'est-elle exclamée en m'attirant contre elle. Te voilà. J'allais partir à ta recherche.

Je leur ai raconté en rentrant dans la maison ce qui s'était passé. August avait passé un bras autour de ma taille comme si elle craignait que je ne m'évanouisse de nouveau. En fait, jamais je n'avais été aussi présente. Le bleu des ombres, leurs formes sur la maison, leurs ressemblances avec certains animaux méchants – un crocodile, un grizzli – l'odeur de l'Alka-Seltzer qui circulait autour de la tête de Clayton Forrest, la partie blanche dans ses cheveux, le poids de nos soucis sanglé autour de nos chevilles. C'est à peine si nous pouvions avancer.

Nous nous sommes tous installés sur les chaises à barrettes autour de la table de la cuisine – tous sauf Rosaleen qui servait du thé et proposait des sandwiches aux poivrons à la crème… comme si nous avions le cœur à manger ! Les cheveux de Rosaleen étaient tressés en rangées impeccables, et j'ai deviné que May avait dû la coiffer après le dîner.

— Et la caution ? a demandé August.

Clayton s'est éclairci la voix.

— Comme le juge Monroe est en vacances, il est fort probable que personne ne sortira avant mercredi prochain.

Neil s'est levé et s'est approché de la fenêtre. Ses cheveux formaient un carré sur sa nuque. Je me suis efforcée de me concentrer dessus pour ne pas m'effondrer. Mercredi était dans cinq jours. Cinq jours.

— Bon, il va bien ? a demandé June. Il n'est pas blessé ?

— Ils ne m'ont autorisé à le voir qu'une minute, a répondu Clayton. Mais il paraissait aller bien.

Dehors le ciel nocturne avançait sur nous. J'étais consciente de la manière dont Clayton avait dit : « Il paraissait aller bien » – nous avions tous compris que ce n'était pas le cas mais nous voulions faire comme si.

August a fermé les yeux et a lissé la peau de son front du bout des doigts. Quand elle les a rouverts, j'ai vu une pellicule luisante dessus – l'annonce des larmes. Son regard brûlait, tel un bon feu sur lequel on pouvait compter, auprès duquel on pouvait se réchauffer si l'on avait froid, ou cuire quelque chose dessus pour combler le vide en soi. J'avais l'impression que nous étions tous à la dérive dans le monde et qu'il ne nous restait plus que le feu humide dans les yeux d'August. Mais cela suffisait.

Rosaleen m'a regardée et j'ai lu dans ses pensées. *Ce n'est pas parce que tu m'as tirée de prison que tu dois jouer les intrépides pour Zach.* Je comprenais comment on pouvait devenir un criminel de carrière. Le premier délit était le plus difficile. Ensuite, on se demande ce que représente un crime de plus. Quelques années de plus en taule. Et alors ?

— Qu'est-ce que vous allez faire ? a demandé Rosaleen à Clayton.

Ses seins reposaient sur son ventre et elle avait mis ses poings sur ses hanches. À la voir, on aurait dit qu'elle voulait que nous nous remplissions tous la bouche de tabac à chiquer pour cracher sur les chaussures des gens de la prison de Tiburon.

Il était évident que Rosaleen brûlait elle aussi de

l'intérieur. Pas un feu de bois, comme August. Mais un incendie qui, au besoin, vous rase la maison pour faire le ménage dedans. Elle m'a rappelé la statue de Notre-Dame des Chaînes dans le salon. *Si August est le cœur rouge sur la poitrine de Marie, Rosaleen est son poing.*

— Je vais faire de mon mieux pour le sortir de là, a répondu Clayton. Je crains cependant qu'il ne soit obligé d'y rester un petit moment.

J'ai fourré la main dans ma poche et, en tâtant l'image de la Vierge noire, je me suis souvenue de ce que j'avais prévu de demander à August. Comment serait-ce possible maintenant, avec ce truc horrible qui arrivait à Zach ? Cela devrait attendre et j'allais retrouver mon état de fébrilité d'avant.

— Je ne vois pas pourquoi on avertirait May, a dit June. Cela va l'achever. Vous savez combien elle aime ce garçon.

Tout le monde s'est tourné vers August.

— Tu as raison. Ce serait trop pour May.

— Où est-elle ?

— Dans son lit, elle dort, a répondu Rosaleen. Elle était épuisée.

Je me suis souvenu l'avoir vue dans l'après-midi, près du mur, transportant des pierres dans la charrette. Poursuivant la construction de son mur. Comme si elle sentait qu'il fallait absolument en ajouter un bout.

*
* *

La prison de Tiburon n'avait pas de rideaux comme celle de Sylvan. Elle était gris béton, avec des fenêtres métalliques et un éclairage faiblard. C'était idiot d'y aller. J'étais recherchée par la police, et voilà que j'entrais, l'air de rien dans une prison : autant me jeter dans la gueule du loup. Mais August m'avait demandé si je désirais l'accompagner pour rendre visite à Zach. Je n'allais pas refuser !

Le policier de garde avait les cheveux en brosse et il était très grand, plus grand que Neil – et Neil avait la taille d'un basketteur. Il ne semblait pas franchement ravi de nous voir.

— Vous êtes sa mère ? a-t-il demandé à August.

J'ai regardé son badge. Eddie Hazelwurst.

— Je suis sa marraine, a répondu August, droite comme un i. Et elle, c'est une amie de la famille.

Il m'a jeté un coup d'œil. Il a pris un air soupçonneux – il se demandait sans doute comment une fille aussi blanche que moi pouvait être une amie de la famille. Il a pris un bloc sur un bureau et l'a tripoté en réfléchissant à ce qu'il allait faire de nous.

— D'accord, je vous accorde cinq minutes.

Il a ouvert une porte. Dans un couloir derrière s'alignaient quatre cellules, chacune avec un garçon noir dedans. L'odeur des corps en sueur et des urinoirs mal entretenus a failli avoir raison de moi. Je me suis retenue de me boucher le nez, de peur qu'ils ne se sentent insultés. Ils puaient et ils n'y pouvaient rien.

Assis sur des couchettes rivées au mur, ils nous ont regardés. Un des garçons qui jouait à envoyer un bouton contre le mur s'est arrêté à notre arrivée.

M. Hazelwurst nous a conduites à la dernière cellule.

— Zach Taylor, tu as de la visite, a-t-il dit en regardant sa montre.

Zach s'est approché de nous. Lui avait-on passé

les menottes, pris ses empreintes, l'avait-on photographié, malmené ? Je mourais d'envie de passer une main entre les barreaux pour le toucher, parce qu'il me semblait que c'était le seul moyen d'être certaine que je ne vivais pas un cauchemar.

Voyant que M. Hazelwurst n'avait pas l'intention de bouger, August a raconté à Zach qu'une de ses ruches de la ferme des Haney avait essaimé.

— Tu sais laquelle. Celle qui avait des problèmes avec les fausses teignes.

Elle a décrit en détail comment, toute la journée, elle avait passé les bois au peigne fin jusqu'aux champs de pastèques, pour finalement retrouver l'essaim suspendu dans un jeune magnolia, tel un ballon noir coincé dans les branches.

— Je me suis servie de l'entonnoir pour les faire tomber dans la boîte à essaim, puis je les ai remises en ruche.

Je crois qu'elle essayait de faire comprendre à Zach qu'elle n'aurait pas l'esprit tranquille tant qu'il ne serait pas revenu parmi nous. Zach écoutait avec ses yeux bruns mouillés. Il paraissait soulagé que la conversation tourne autour des essaims d'abeilles.

J'avais répété des phrases à lui dire, mais je n'arrivais plus à m'en souvenir. Je suis restée plantée là pendant que August le questionnait – comment il s'en tirait, de quoi avait-il besoin ?

Je le regardais, emplie de tendresse et de douleur, me demandant ce qui nous liait. Les gens se reconnaissaient-ils grâce aux blessures profondes qu'ils portaient en eux ? Cela faisait-il naître une sorte d'amour entre eux ?

Quand M. Hazelwurst a dit « Le temps est écoulé,

on y va », Zach a regardé dans ma direction. Une veine palpitait juste au-dessus de sa tempe. J'avais envie de lui dire quelque chose d'utile, de lui dire que nous nous ressemblions plus qu'il ne l'imaginait, mais cela m'a semblé ridicule. J'aurais aimé passer les doigts entre les barreaux pour toucher cette veine qui palpitait. Cette fois encore, je ne l'ai pas fait.

— Tu écris dans ton carnet ? a-t-il demandé, avec une expression et un ton soudain étrangement désespérés.

J'ai acquiescé. Dans la cellule voisine, le garçon – Jackson – a fait un bruit, une sorte de sifflet qui a rendu l'instant débile et petit. Zach lui a lancé un regard noir.

— Venez, vous avez eu vos cinq minutes, a répété le policier.

August a posé une main sur mon dos, pour m'inciter à bouger. Zach a eu l'air de vouloir me demander quelque chose. Il a ouvert la bouche, puis l'a refermée.

— Je vais noter tout cela pour toi. Je le mettrai dans une histoire.

Je ne sais pas si c'était cela qu'il voulait me demander, mais c'est une chose que tout le monde désire : que quelqu'un voie le mal qu'on leur fait et le fasse savoir au monde entier.

*
* *

Nous vaquions à nos occupations sans prendre la peine de sourire, même devant May. Quand elle se trouvait dans la pièce, nous ne parlions pas de Zach, sans toutefois agir comme si tout allait bien. June est retournée à son violoncelle, son premier réflexe chaque fois qu'elle avait du chagrin. Un matin, alors qu'elle se rendait dans la maison du miel, August s'est arrêtée et a fixé les traces de pneus de la voiture de Zach dans l'allée. J'ai cru qu'elle allait fondre en larmes.

Tout ce que je faisais paraissait pénible et difficile – essuyer la vaisselle, m'agenouiller pour les prières du soir, même repousser les draps pour me mettre au lit.

Le deuxième jour du mois d'août, la vaisselle finie, les *Je vous Salue Marie* terminés, August a demandé que l'on cesse de se lamenter pour regarder Ed Sullivan. Et c'était ce que nous étions en train de faire quand le téléphone a sonné. Aujourd'hui encore August et June se demandent si notre vie n'aurait pas été différente si l'une d'elles avait décroché à la place de May.

Je me souviens que August a fait le geste de répondre, mais que May était plus près de la porte.

— J'y vais, a-t-elle annoncé.

Et personne n'a trouvé à y redire. Nous avions les yeux rivés à la télévision, sur M. Sullivan, qui présentait un numéro des singes chevauchant de minuscules scooters sur un fil.

Quand May est revenue dans la pièce, quelques minutes plus tard, elle a dévisagé tout le monde.

— C'était la mère de Zach. Pourquoi ne m'avez-vous pas dit qu'on l'avait jeté en prison ?

Elle avait l'air si normal plantée là, que personne n'a bougé. Nous la regardions comme si nous attendions que le toit s'effondre. Mais May attendait, très calme.

J'ai commencé à penser qu'il s'était peut-être produit une sorte de miracle et qu'elle était guérie.

— Ça va ? a demandé August en se levant.

May n'a pas répondu.

— May ? a insisté June.

J'ai même souri à Rosaleen en hochant la tête, comme pour dire : « C'est génial comment elle prend ça, non ? »

Mais August a éteint la télévision. Elle a examiné May, les sourcils froncés.

La tête penchée de côté, May avait les yeux fixés sur un canevas représentant une volière, accroché au mur. J'ai brusquement compris qu'elle ne voyait pas le canevas. Ses yeux étaient complètement vitreux.

August s'est approchée.

— Réponds-moi, May. Ça va ?

Dans le silence j'ai entendu la respiration de May s'accélérer. Elle a reculé de quelques pas, jusqu'au mur. Puis elle a glissé par terre sans un bruit.

Je ne sais pas trop à quel moment nous avons compris que May était partie dans un endroit inaccessible, à l'intérieur d'elle-même. Même August et June ne s'en sont pas rendu compte tout de suite. Elles l'appelaient comme si elle était seulement devenue sourde.

Rosaleen s'est penchée sur elle et lui a parlé d'une voix forte, dans l'espoir de l'atteindre.

— Tout ira bien pour Zach. Ne te fais pas de souci. M. Forrest le fait sortir de prison mercredi.

May regardait droit devant elle sans paraître voir Rosaleen.

— Qu'est-ce qui lui arrive ? a demandé June avec une pointe de panique dans la voix. Je ne l'ai jamais vue comme ça.

May était là sans y être. Ses mains reposaient mollement sur ses genoux, paumes en l'air. Pas de sanglots dans sa jupe. Pas de balancements d'avant en arrière.

Pas de triturage de nattes. Elle était si silencieuse, si différente.

J'ai levé les yeux vers le plafond, il m'était impossible de voir ça.

August est allée dans la cuisine chercher un torchon plein de glaçons. Elle a pris la tête de sa sœur contre son épaule, puis lui a relevé le visage et a appliqué le torchon sur son front, ses tempes et son cou. Elle a continué ainsi plusieurs minutes, avant de reposer le torchon, pour lui tapoter les joues.

May a cligné des yeux et regardé August. Elle nous a toutes considérées, penchées au-dessus d'elle, comme si elle revenait d'un long voyage.

— Tu te sens mieux ? a demandé August.

May a acquiescé.

— Ça ira.

Elle parlait d'une drôle de voix monocorde.

— Je suis contente de voir que tu peux parler, a dit June. Viens, que je te mette dans ton bain.

August et June l'ont aidée à se mettre debout.

— Je vais au mur, a annoncé May.

June a secoué la tête.

— La nuit tombe.

— Rien qu'un petit peu, a insisté May.

Suivie de notre petite troupe, elle est passée dans la cuisine. Elle a ouvert un tiroir, en a sorti une torche, son bloc-notes, un bout de crayon, et elle est sortie dans la véranda. Je l'ai imaginée en train d'écrire « *Zach en prison* » et d'enfoncer le bout de papier entre deux pierres du mur.

J'avais le sentiment que quelqu'un devrait personnellement remercier chacune des pierres pour la misère humaine qu'elle absorbait. Nous devrions les embrasser une à une en disant : « Nous sommes désolées, mais quelque chose de solide et de durable devait se charger de ça pour May, et vous êtes les élues. Que vos cœurs de pierre soient bénis. »

— Je t'accompagne, a proposé August.
— Non, August, s'il te plaît. Rien que moi.
— Mais...
— Rien que moi, a insisté May en se tournant vers nous. Rien que moi.

Nous l'avons toutes regardée descendre le perron et entrer sous les arbres. Dans la vie, il y a des choses que l'on n'oublie jamais, même si l'on s'y efforce, et cette vision est l'une d'elles : May entrant au milieu des arbres avec le petit cercle de lumière tressautant devant elle avant d'être avalée par la nuit.

10

> « Une abeille a la vie courte. Pendant le printemps et l'été – les périodes de butinage les plus rudes – une ouvrière, en règle générale, ne vit pas plus de quatre à cinq semaines... Menacées par toute sorte de dangers pendant leurs expéditions à l'extérieur de la ruche, de nombreuses ouvrières meurent avant même d'avoir atteint cet âge. »
>
> K. Von Frisch.

J'étais assise dans la cuisine avec August, June et Rosaleen. La nuit s'étendait autour de la maison. May était partie depuis cinq minutes quand August s'est levée et s'est mise à faire les cent pas. Elle sortait dans la véranda, rentrait, puis regardait en direction du mur.

Au bout de vingt minutes, elle a annoncé :

— C'est bon. Allons la chercher.

Elle a pris une torche dans le camion et a foncé vers le mur, suivie par June, Rosaleen et moi qui courions pour ne pas nous laisser distancer. Sur une branche, un oiseau nocturne chantait à tue-tête, fiévreux, comme s'il avait été posé là pour accompagner la montée de la lune dans le ciel.

— May! appelait August.

Puis June, Rosaleen et moi l'avons imitée. Nous avancions en criant son nom. Aucun son ne nous parvenait en réponse. Rien que l'oiseau qui chantait pour la lune.

Nous avons longé le mur d'un bout à l'autre, puis nous avons recommencé dans l'autre sens, espérant que, cette fois, cela marcherait. En ralentissant le pas, en vérifiant mieux, en appelant plus fort. Cette fois May serait là, agenouillée, avec les piles de sa torche à plat. Et nous nous demanderions comment nous avions pu la rater.

Mais nous n'avons pas eu cette chance. Nous sommes entrées dans les bois au-delà du mur, en criant son nom de plus en plus fort à nous en casser la voix, sans qu'aucune de nous s'exclame : « Ce n'est pas normal. »

Malgré la nuit, la chaleur restait aussi lourde. Je sentais l'humidité de nos corps pendant que nous passions les bois au peigne fin à l'aide d'un faisceau de huit centimètres de diamètre.

— June, a fini par dire August, rentre à la maison pour appeler la police. Dis-leur que nous avons besoin d'aide pour retrouver notre sœur. Dès que tu auras raccroché, agenouille-toi devant Notre-Dame, supplie-la de veiller sur May et reviens. Nous allons marcher vers la rivière.

June est partie en courant. Nous l'avons entendue écraser des brindilles pendant que nous prenions la direction du ruisseau. Les jambes d'August se mouvaient de plus en plus vite. Haletante, Rosaleen luttait pour demeurer à sa hauteur.

Parvenues à la rivière, nous sommes restées plantées là un moment. J'étais à Tiburon depuis assez longtemps pour que la pleine lune disparaisse et revienne pleine. Au-dessus de la rivière, elle glissait entre les nuages. Sur la berge opposée, j'ai aperçu un arbre dont les racines étaient à nu et tordues, et j'ai senti un goût métallique monter du fond de ma gorge et envahir ma langue.

J'ai tendu la main vers August, mais elle avait déjà tourné vers la droite et longeait la berge en appelant May.

— May !

Rosaleen et moi la suivions, malhabiles. Nous nous tenions si près d'elle que nous devions faire l'effet d'un gros organisme à six pattes aux créatures nocturnes. J'ai été surprise d'entendre la prière que nous disions tous les soirs après le dîner – celle avec les perles, surgir et s'égrener toute seule au fond de mon esprit. *Je vous salue Marie, pleine de grâce, le Seigneur est avec vous. Vous êtes bénie entre toutes les femmes, et Jésus, le fruit de vos entrailles, est béni. Sainte Marie, mère de Dieu, priez pour nous, pauvres pécheurs, maintenant et à l'heure de notre mort. Amen.*

Il a fallu que August dise « Tu as raison, Lily, nous devrions toutes prier » pour que je comprenne que je la récitais à haute voix. Je ne savais pas si je la disais comme une prière ou si je la marmonnais comme un moyen de refouler la peur. August a prié avec moi. Et Rosaleen aussi. Les mots s'étiraient derrière nous, tels des rubans dans la nuit.

À son retour, June tenait une autre torche qu'elle avait dénichée quelque part dans la maison. La flaque de lumière vacillait lorsqu'elle traversa les bois.

— Par ici! a crié August, en dirigeant sa torche vers elle.

— La police arrive, a annoncé June.

La police arrive. J'ai observé Rosaleen, dont la bouche avait un pli amer. La police ne m'avait pas reconnue le jour de mon passage à la prison; j'espérais que Rosaleen aurait autant de veine.

June a crié le nom de May et s'est enfoncée davantage dans le noir, suivie par Rosaleen. À présent August avançait lentement, plus attentive. Je lui collais aux talons, en récitant mes *Je vous salue, Marie*, de plus en plus vite.

Soudain August s'est figée. Je l'ai imitée. L'oiseau nocturne ne chantait plus.

Je ne quittais pas August des yeux. Tendue, sur le qui-vive, elle fixait la berge.

— June! a-t-elle dit dans un drôle de murmure.

Mais June et Rosaleen étaient trop loin. Moi seule l'ai entendue.

L'air était épais et lourd, irrespirable. J'ai rejoint August, effleurant son bras de mon coude, j'avais besoin de sa présence à côté de moi. Et j'ai vu la torche de May, éteinte, sur le sol humide.

Avec le recul, cela me paraît bizarre que nous soyons restées pétrifiées. J'attendais qu'August parle, mais elle n'a rien dit. Elle est restée là, à s'imprégner de cet ultime instant. Un vent s'est levé, secouant les branches, frappant nos visages, semblable à l'explosion d'un four, aux bourrasques de l'enfer. August m'a regardée, puis elle a braqué sa torche sur l'eau.

Le faisceau a balayé la surface, provoquant un crépitement d'éclaboussures d'encre dorée avant de se figer. May reposait dans la rivière, juste en dessous de la surface. Elle avait les yeux grands ouverts et sa jupe s'étalait, oscillant dans le courant.

Un son a jailli des lèvres de August, un doux gémissement.

Je me suis accrochée à son bras comme une folle, mais elle s'est dégagée, a jeté sa torche par terre, et elle est entrée dans l'eau.

Je l'ai suivie. L'eau est montée si brusquement autour de mes jambes que j'ai glissé sur le fond. J'ai essayé de me rattraper à la jupe d'August, en vain. Je suis remontée à la surface en crachotant.

Quand j'ai rejoint August, elle fixait sa jeune sœur.

— June! a-t-elle crié. June!

May gisait dans soixante centimètres d'eau avec une immense pierre posée sur sa poitrine pour maintenir son corps au fond. *Elle va se relever. August va enlever la pierre et May va se redresser pour respirer, et nous rentrerons à la maison pour la sécher,* ai-je pensé. J'avais envie de tendre la main, de la toucher, de secouer un peu son épaule. Elle ne pouvait pas être morte dans la rivière. C'était impossible.

Les seules parties de son corps à ne pas être submergées, c'étaient ses mains. Elles flottaient. Ses paumes ressemblaient à de petites tasses déchiquetées à la surface, l'eau s'écoulant entre ses doigts. Encore aujourd'hui c'est l'image qui me réveille la nuit, non pas les yeux de May ouverts et fixes, ni la pierre posée sur elle comme une stèle. Mais ses mains.

June est arrivée en pataugeant dans l'eau. Apercevant May, elle s'est figée à côté d'August, haletante, les bras ballants.

— Oh ! May, a-t-elle murmuré en tournant la tête, les yeux clos.

Sur la berge, Rosaleen, les pieds dans l'eau, tremblait de tous ses membres.

August s'est agenouillée et a retiré la pierre sur la poitrine de May. Agrippant sa sœur par les épaules, elle l'a redressée. Son corps a fait un horrible bruit de succion en brisant la surface. Sa tête est partie en arrière, et j'ai vu que sa bouche était entrouverte et ses dents, bordées de boue. Des herbes s'accrochaient à ses tresses. J'ai regardé ailleurs. J'avais compris : May était morte.

August le savait elle aussi, mais elle a collé son oreille contre la poitrine de May. Pour écouter. Au bout d'une minute, elle s'est redressée et a posé la tête de sa sœur contre sa poitrine, comme si elle souhaitait que celle-ci écoute les battements de son cœur à elle.

— Nous l'avons perdue, a-t-elle dit.

J'ai été prise de frissons. Je claquais des dents. August et June ont passé les bras sous le corps de May pour la ramener sur la rive. Elle était saturée, gonflée. J'ai attrapé ses chevilles pour tenter de les immobiliser. Apparemment la rivière avait emporté ses chaussures.

Quand nous l'avons allongée sur la berge, de l'eau a jailli de sa bouche et de ses narines. *Voilà comment Notre-Dame a échoué sur la berge près de Charleston. Regardez ses mains, ses doigts. Ils sont si précieux.*

May avait dû faire rouler la pierre de la berge dans la rivière, puis s'allonger et la tirer sur elle. Elle l'avait serrée contre elle, comme un bébé, et avait attendu que ses poumons se remplissent. S'était-elle débattue pour remonter à la surface à la dernière seconde, ou était-elle partie sans lutter, enlaçant la pierre, pour qu'elle s'imprègne de toute sa douleur ? Quelles créatures étaient passées près d'elle pendant qu'elle mourait ?

Dégoulinantes d'eau, June et August étaient penchées sur May. Pendant ce temps-là, des moustiques chantaient à nos oreilles et la rivière continuait de vaquer à ses occupations, s'enfonçant dans le noir en ondulant. J'étais certaine qu'elles aussi imaginaient les ultimes instants de May. Cependant il n'y avait pas d'horreur sur leur visage, juste une résignation désespérée. C'était l'événement auquel elles s'attendaient depuis la moitié de leur vie sans en avoir eu conscience.

August tenta en vain de fermer les yeux de May.

— Exactement comme April, a dit June.

— Braque la torche sur May pour moi, lui a demandé August.

Elle parlait d'un ton calme. Les battements de mon cœur m'empêchaient de saisir ses paroles.

À la lueur du petit faisceau, August a retiré une à une les minuscules feuilles vertes collées aux tresses de May et les a glissées dans sa poche.

Tandis qu'August et June débarrassaient la peau et les vêtements de May des débris de la rivière, Rosaleen – pauvre Rosaleen, qui, je l'ai compris alors, venait de perdre sa meilleure amie – restait là, silencieuse, avec son menton qui tremblait si violemment que j'ai failli plaquer une main dessus pour l'immobiliser.

Puis un son que je n'oublierai jamais a jailli de la bouche de May – un long soupir plein de bulles. Nous nous sommes regardées, perdues, un instant pleines d'espoir, comme si le miracle des miracles allait se produire finalement, mais il ne s'agissait que d'une poche d'air qui venait de se libérer. Ce soupir m'a balayé le visage, avec une odeur de rivière, semblable à un vieux morceau de bois moisi.

Lorsque j'ai regardé le visage de May, j'ai été prise de nausées. Titubant entre les arbres, je me suis pliée en deux et j'ai vomi.

Je m'essuyais la bouche avec l'ourlet de mon T-shirt, quand un autre son a déchiré l'obscurité, un cri si perçant que mon cœur eut un raté. Cela sortait du fond de la gorge d'August, éclairée par la torche de June. Puis elle a posé la tête sur la poitrine détrempée de May.

Je me suis accrochée de toutes mes forces à la branche d'un petit cèdre, comme si tout ce que je possédais était sur le point de m'échapper des mains.

*
* *

— Alors comme ça, vous êtes orpheline, a dit le policier.

C'était le grand Eddie Hazelwurst avec les cheveux en brosse qui nous avait escortées August et moi jusqu'à la cellule de Zach.

Rosaleen et moi étions assises dans les fauteuils à bascule du salon, et il se tenait devant nous, avec un petit carnet à la main, prêt à noter toutes nos paroles. L'autre policier furetait autour du mur des lamentations. Je ne voyais pas bien ce qu'il cherchait.

Mon fauteuil se balançait si vite que je risquais d'en être éjectée. En revanche celui de Rosaleen demeurait immobile – son visage était fermé.

À notre retour, après avoir retrouvé May, August

avait accueilli les deux policiers et nous avait envoyées à l'étage Rosaleen et moi.

— Monte te sécher.

J'avais retiré mes chaussures et m'étais frictionnée avec une serviette devant la fenêtre. Nous avons vu les hommes de l'ambulance ramener May sur un brancard, puis entendu les deux policiers interroger August et June. Leurs voix avaient flotté dans la cage d'escalier. *Oui, elle était déprimée récemment. En fait, elle était plus ou moins déprimée tout le temps. Elle avait un problème. Elle n'arrivait pas à faire la distinction entre les souffrances des autres et les siennes. Non, nous n'avons pas trouvé de mot d'adieu. Une autopsie ? Très bien, nous comprenons.*

Comme M. Hazelwurst souhaitait s'entretenir avec tout le monde, ce fut notre tour. Je lui ai raconté exactement ce qui s'était passé entre le moment où May avait répondu au téléphone et celui où nous l'avions retrouvée dans la rivière. Hazelwurst est ensuite passé à des questions personnelles. N'étais-je pas la fille qui était venue à la prison la semaine précédente pour voir un des garçons de couleur ? Qu'est-ce que je faisais là ? Qui était Rosaleen ?

— Ma mère est morte quand j'étais petite ; mon père s'est tué dans un accident de tracteur cet été. Rosaleen est ma nounou. On peut dire que je suis une orpheline. Mais j'ai de la famille en Virginie. Mon père souhaitait qu'après sa mort, j'aille vivre chez ma tante Bernie. Elle nous attend Rosaleen et moi. Elle va nous envoyer l'argent des billets de car ou venir nous chercher elle-même. Elle n'arrête pas de répéter : « Lily, j'ai tellement hâte que tu arrives. » Et je lui réponds : « Nous serons là juste avant la rentrée des classes. » J'entre au lycée. Je n'arrive pas à y croire.

Il a plissé les yeux comme pour essayer de suivre tout ça. Je brisais toutes les règles d'un mensonge réussi. *Cesse de parler autant*, je me disais, mais c'était à croire que je ne pouvais pas m'arrêter.

— Je suis tellement heureuse d'aller vivre avec elle. Elle est très gentille. Vous n'imaginez pas tous les cadeaux qu'elle a pu m'envoyer. Surtout des bijoux fantaisie et des ours en peluche. Des tas d'ours en peluche.

J'étais drôlement contente que August et June ne puissent pas entendre tout ça. Elles avaient suivi l'ambulance afin de s'assurer que le corps de May arrivait à destination. C'était déjà assez moche que Rosaleen soit dans la pièce. Je craignais qu'elle ne nous trahisse, qu'elle dise quelque chose du genre : « En fait nous sommes venues ici juste après que Lily m'a tirée de prison. » Heureusement, elle était repliée sur elle-même, complètement muette.

— C'est comment votre nom déjà ?
— Williams.

Comme je le lui avais déjà répété deux fois, je me suis demandé quel niveau d'études on exigeait des policiers de Tiburon. Probablement le même qu'à Sylvan.

Il s'est redressé de toute sa hauteur.

— Ce que je ne comprends pas, c'est ce que vous fabriquez ici si vous devez aller vivre avec votre tante en Virginie.

En d'autres termes : je ne vois pas ce qu'une fille blanche comme vous fiche dans une maison de Noirs.

J'ai respiré un grand coup.

— Eh bien, voyez-vous, ma tante Bernie a dû se faire opérer. Des ennuis féminins. Alors Rosaleen a dit comme ça : « Et si nous séjournions chez mon amie August Boatwright à Tiburon jusqu'à ce que tante Bernie soit rétablie ? » Cela ne servait à rien qu'on aille là-bas pendant qu'elle était à l'hôpital.

Et il écrivait tout ça. *Pourquoi ?* ai-je eu envie de lui hurler. *Tout cela n'a rien à voir avec Rosaleen, moi et l'opération de tante Bernie. C'est May qui importe. Elle est morte, vous n'avez pas remarqué ?*

J'aurais dû être dans ma chambre à pleurer toutes les larmes de mon corps et voilà que je me trouvais là à avoir la conversation la plus stupide de ma vie.

— Il n'y avait donc pas de Blancs à Spartanburg chez qui vous auriez pu séjourner ?

Traduction : N'importe quoi vaudrait mieux que de séjourner dans une maison de Noirs.

— Non, monsieur, pas vraiment. Je n'ai pas tant d'amis que ça. Pour je ne sais quelle raison, je m'intégrais mal. Peut-être parce que j'obtenais des bonnes notes. Une dame à l'église m'a dit que je pouvais rester jusqu'à ce que ma tante Bernie guérisse, puis elle a eu un zona. Et c'en est resté là.

Seigneur Dieu, que quelqu'un me bâillonne !

Il s'est tourné vers Rosaleen.

— Et vous, comment avez-vous connu August ?

J'ai retenu mon souffle, consciente que mon fauteuil à bascule venait de s'immobiliser.

— Elle est la cousine germaine de mon mari. Elle et moi avons gardé des relations après que mon mari m'a quittée. August était la seule de sa famille à savoir le pauvre abruti que c'était.

Elle m'a jeté un coup d'œil qui signifiait : « T'as

vu ? T'es pas la seule à être capable de concocter des mensonges au pied levé. »

Il a refermé son carnet et, d'un doigt, m'a fait signe de l'accompagner dehors.

— Suivez mon conseil, appelez votre tante pour lui demander de venir vous chercher, même si elle n'est pas complètement rétablie. Vous vous trouvez chez des gens de couleur. Vous voyez ce que je veux dire ?

J'ai froncé les sourcils.

— Non, monsieur, je ne vois pas.

— Ce n'est pas normal, vous ne devriez pas... enfin, vous abaisser...

— Oh !

— Je ne vais pas tarder à revenir ici, et j'aimerais autant ne pas vous y retrouver. D'accord ?

Il a souri et a posé sa main gigantesque sur ma tête – deux Blancs partageant un même secret.

— D'accord.

J'ai refermé la porte derrière lui. Puis j'ai craqué. En revenant dans le salon, je sanglotais déjà. Rosaleen m'a passé le bras autour du cou et j'ai vu les larmes couler sur ses joues.

Nous sommes montées dans la chambre qu'elle avait partagée avec May. Rosaleen a ouvert son lit.

— Allez, couche-toi.

— Mais où vas-tu dormir ?

— Ici.

Elle a tiré les couvertures du lit de May – la couverture rose et marron que May avait crochetée au point de maïs. Rosaleen s'est allongée et elle a enfoncé son visage dans les plis de l'oreiller, cherchant l'odeur de son amie.

On aurait pu penser que je rêverais de May, mais

dès que je me suis endormie, c'est Zach qui est apparu. Je ne saurais même pas vous raconter ce rêve, je me suis juste réveillée, un peu haletante, certaine que j'avais rêvé de lui. Il paraissait tout proche et réel, comme si j'avais pu lui effleurer la joue. Quand je me suis rappelé où il était, un poids insupportable m'est tombé dessus. J'ai vu sa couchette avec ses chaussures en dessous, je l'ai imaginé étendu, les yeux grands ouverts, fixant le plafond, écoutant la respiration des autres garçons.

Un bruissement m'a fait sursauter, et j'ai connu un de ces moments étranges où on ne sait plus très bien où on est. Dans mon demi-sommeil, je me suis crue dans la maison du miel, avant de comprendre que ce bruit, c'était Rosaleen qui se retournait dans son lit. Et là, je me suis souvenue de May. Je l'ai revue dans la rivière.

Je me suis levée pour aller m'asperger la figure dans la salle de bains. Je me tenais dans la lueur de la veilleuse quand, en baissant les yeux, j'ai aperçu les pieds de griffon en porcelaine de la baignoire auxquels May avait enfilé des socquettes rouges. J'ai souri malgré moi. C'était une part de May que je désirais ne jamais oublier.

J'ai fermé les yeux, et les plus belles images de May me sont revenues en mémoire. Ses tresses en tire-bouchon luisant sous le jet du tuyau d'arrosage, ses doigts qui disposaient les miettes de crackers, qui déployaient tant d'efforts pour la survie d'un seul cafard. Et ce chapeau qu'elle portait le jour où elle avait dansé la conga avec les Filles de Marie. Mais surtout, j'ai revu l'expression fiévreuse d'amour et d'angoisse mêlés qui se peignait si souvent sur son visage.

Qui avait fini par la consumer.

*
* *

Après l'autopsie, après que la police eut déclaré son suicide officiel, et que l'entreprise de pompes funèbres eut rendu May aussi jolie que possible, elle est revenue dans la maison rose. À la première heure, le matin du mercredi 5 août, un corbillard noir s'engagea dans l'allée, et quatre hommes en costume noir sortirent le cercueil de May qu'ils portèrent directement dans le salon. Quand j'ai demandé à August pourquoi May revenait dans son cercueil, elle m'a répondu :

— Nous allons demeurer auprès d'elle jusqu'à son enterrement.

Je ne m'étais pas attendue à ça, parce que tous ceux que je connaissais à Sylvan emmenaient leurs chers disparus directement de l'entreprise de pompes funèbres au cimetière.

— Nous resterons avec elle pour lui dire au revoir. On appelle ça une veillée. Parfois, les gens ont du mal à admettre la mort, ils ont du mal à dire au revoir. Une veillée nous aide à le faire.

Avec un mort au beau milieu du salon, c'est sûr qu'on ne peut plus se voiler la face. Cette présence dans la maison me semblait étrange. Cependant, si cela aidait à mieux dire au revoir, alors d'accord, j'en voyais l'intérêt.

— Cela aide aussi May, a ajouté August.

— May ?

— Tu sais que nous avons tous une âme, Lily. Et quand nous mourons, elle repart vers Dieu, mais personne ne sait vraiment le temps que cela prend. Peut-être une seconde, peut-être une semaine ou deux. Quoi qu'il en soit, en restant avec May, nous lui disons : « Oui, May, nous savons que tu es chez toi ici. Tu peux partir maintenant. Tout ira bien. »

August a demandé aux hommes de rouler le cercueil qui était posé sur une table munie de roues devant Notre-Dame des Chaînes et de l'ouvrir. Après le départ des employés des pompes funèbres, August et Rosaleen ont pris place devant le cercueil. Moi, je suis restée en arrière. J'étais en train d'arpenter la pièce en m'examinant dans les divers miroirs quand June est descendue avec son violoncelle et s'est mise à jouer. Elle a interprété *Oh! Susanna*, ce qui nous a toutes fait sourire. Rien de tel qu'une bonne petite blague pendant une veillée pour détendre l'atmosphère. J'ai fini par m'approcher et me glisser entre August et Rosaleen.

Il s'agissait bien de cette bonne vieille May, sauf que sa peau était étirée sur ses pommettes. La lumière qui éclairait le cercueil lui donnait une sorte d'éclat. On l'avait vêtue d'une robe bleu roi que je ne lui connaissais pas, avec des boutons en nacre et un col bateau, et son chapeau bleu. On aurait dit que, d'une seconde à l'autre, elle allait ouvrir les yeux et nous sourire.

C'était celle qui avait appris à ma mère tout ce qu'il fallait savoir pour se débarrasser gentiment des cafards. J'ai compté sur mes doigts le nombre de jours qui s'étaient écoulés depuis que May m'avait dit que ma mère avait séjourné ici. Six. J'avais l'impression que cela faisait six mois. J'avais encore tellement envie de dire ce que je savais à August. J'aurais pu parler à Rosaleen, mais c'était à August que je souhaitais me confier. Elle était la seule à pouvoir y comprendre quelque chose.

Debout devant le cercueil, en regardant August, j'ai été prise d'un brusque désir de lui parler sur-le-champ. De tout avouer. *Je ne m'appelle pas Lily Williams, mais Lily Owens, et c'est ma mère qui a séjourné ici. May me l'a dit.* Et là tout sortirait. Si des choses terribles devaient se passer, eh bien, soit. Quand j'ai levé les yeux vers elle, elle cherchait un mouchoir dans sa poche pour essuyer ses larmes, et j'ai su qu'il serait égoïste de lui imposer ça alors que son cœur débordait déjà de chagrin.

June jouait les yeux clos, comme si l'entrée de l'âme de May au paradis dépendait exclusivement d'elle. Une musique à vous faire croire que la mort n'était qu'un passage.

August et Rosaleen ont fini par s'asseoir. Une fois près du cercueil, moi, je ne pouvais pas bouger. Les bras de May étaient croisés sur sa poitrine, telles des ailes repliées sur elles-mêmes, une pose que je ne trouvais pas flatteuse. Je lui ai pris la main. Elle avait la froideur de la cire. *J'espère que tu seras plus heureuse au paradis. J'espère que tu n'auras pas besoin de mur là-haut. Et si tu vois, Marie, Notre-Dame, dis-lui que nous savons que Jésus a la vedette ici, que nous faisons de notre mieux pour entretenir sa mémoire.* J'avais vraiment l'impression que l'âme de May flottait dans un coin du plafond et entendait tout, même si je ne parlais pas à haute voix.

Et j'aimerais que tu cherches ma mère. Dis-lui que tu m'as vue, qu'au moins j'échappe à T. Ray pour le moment. Dis-lui ceci : « Lily apprécierait un signe qui lui fasse savoir que tu l'aimes. Pas la peine que ce soit énorme, envoie-lui juste quelque chose, je t'en prie. »

Tenant toujours sa main morte, j'ai poussé un long soupir et pensé que ses doigts paraissaient grands dans les miens. *Eh bien, au revoir.* Un frisson m'a parcourue, j'ai senti une brûlure le long de mes cils. Des larmes roulèrent de mes joues et tachèrent sa robe.

Avant de la quitter, je l'ai arrangée un peu. J'ai joint ses mains et les lui ai placées sous le menton, comme si elle réfléchissait sérieusement à l'avenir.

*
* *

À 10 heures ce matin-là, pendant que June interprétait d'autres chansons pour May et que Rosaleen s'activait dans la cuisine, je me suis assise sur le perron avec mon carnet pour tâcher de tout noter. En fait, je guettais August. Elle était partie au mur des lamentations. Elle devait être en train de glisser son chagrin dans les interstices entre les pierres.

À son retour, j'avais cessé d'écrire et je gribouillais dans les marges. August s'est arrêtée au milieu de la cour et a regardé vers l'allée, en se protégeant les yeux d'une main.

— Regardez qui est là! a-t-elle hurlé avant de se mettre à courir.

C'était la première fois que je voyais August courir et je n'en suis pas revenue de la vitesse à laquelle elle a traversé la pelouse, ses longues jambes tendues sous sa jupe.

— C'est Zach!

J'ai lâché mon carnet et dévalé les marches.

J'ai entendu Rosaleen crier à June que Zach était là et June s'interrompre au milieu d'une note. Quand je suis parvenue dans l'allée, Zach descendait de la voiture de Clayton. August l'a serré dans ses bras. Les yeux fixés par terre, Clayton souriait.

Quand August a lâché Zach, j'ai vu à quel point il avait maigri. Il est resté planté là à me regarder, sans que j'arrive vraiment à déchiffrer son expression. Je me suis approchée, j'aurais tellement aimé savoir quoi lui dire. Un coup de vent a fait voler une mèche de cheveux sur mon visage, et il l'a repoussée. Puis il m'a attirée contre lui et m'a tenue ainsi un moment.

— Tu vas bien ? a demandé June en posant la main sur sa joue. Nous étions mortes d'inquiétude.

— Maintenant ça va.

Sans pouvoir me l'expliquer, je sentais que son visage avait changé.

— La fille qui vend les billets au cinéma, a expliqué Clayton. Apparemment elle a assisté à toute la scène. Cela lui a pris un moment, mais elle a fini par indiquer à la police lequel des garçons avait lancé la bouteille. Alors ils ont abandonné les accusations contre Zach.

— Oh ! Dieu soit loué ! s'est écriée August.

Et tout le monde parut souffler avec elle.

— Nous tenions à venir vous dire à quel point nous sommes désolés pour May, a repris Clayton. (Il a serré August dans ses bras, puis June. Lorsqu'il s'est tourné vers moi, il a posé les mains sur mes épaules, il ne m'a pas serrée dans ses bras, mais presque.) Lily, je suis heureux de vous revoir. (Puis il a regardé Rosaleen qui se tenait un peu à l'écart, près de la voiture.) Vous aussi, Rosaleen.

August a pris Rosaleen par la main et l'a tirée contre elle. Et elle a continué de lui tenir la main, comme elle le faisait parfois avec May. Soudain j'ai compris qu'elle aimait Rosaleen. Qu'elle pourrait transformer le nom de Rosaleen en July pour en faire une de ses sœurs.

— Je n'arrivais pas à y croire quand M. Forrest m'a prévenu pour May…, a dit Zach.

En rentrant à la maison, pour que Clayton et Zach puissent eux aussi prendre leur tour devant le cercueil, je pensais : *Mais pourquoi ne me suis-je pas mis de rouleaux. J'aurais dû me crêper et me laquer les cheveux.*

Lorsque nous nous sommes retrouvés autour de May, Clayton a baissé la tête, tandis que Zach la fixait.

Et cela a duré et duré. Rosaleen fredonnait légèrement – d'embarras, je crois – mais elle a fini par se taire.

J'ai observé Zach. Ses joues étaient baignées de larmes.

— Je suis désolé. Tout ça, c'est ma faute. Si j'avais dénoncé celui qui a lancé la bouteille, je n'aurais pas été arrêté et rien ne serait arrivé.

J'avais pensé que peut-être il ne découvrirait jamais que c'était son arrestation qui avait conduit May à la rivière. C'était trop espérer.

— Comment l'as-tu su ?

Il a esquissé un geste qui signifiait que cela n'avait plus d'importance.

— Ma mère l'a appris par Otis. Elle ne voulait pas me prévenir, mais elle savait que cela finirait pas me revenir aux oreilles. (Il s'est essuyé la figure.) Je regrette de…

August lui a touché le bras.

— Et si j'avais mis May au courant de ton arrestation dès le début, au lieu de la lui cacher, rien de tout cela ne se serait produit. Et si j'avais empêché May d'aller au mur, ce soir-là, rien de tout cela ne se serait passé. Et si je n'avais pas attendu aussi longtemps avant de partir à sa recherche... (Elle a contemplé le corps de May.) C'est May qui l'a décidé, Zach.

Je craignais pourtant que le sentiment de culpabilité ne finisse par trouver le moyen de leur coller à la peau. Ça se passe toujours comme ça.

*
* *

— J'aurais besoin de ton aide pour couvrir les ruches, a dit August à Zach alors qu'il s'apprêtait à partir. Tu te rappelles comment on avait fait à la mort d'Esther? Esther était une fille de Marie qui est morte l'année dernière, a-t-elle précisé à mon attention. Tu veux venir, Lily?

— Oui, bien sûr.

Couvrir les ruches...

Je n'avais pas la moindre idée de ce que cela signifiait. Mais même pour cinquante dollars, je n'aurais pas raté ça.

Après que Clayton eut pris congé, nous avons saisi nos casques et nos voiles et nous sommes partis en direction des ruches, les bras chargés de crêpe noir découpé en carrés géants. August nous a montré comment draper chaque ruche d'un voile, en le maintenant avec une brique tout en s'assurant que l'entrée des abeilles demeurait libre.

August est restée un moment devant chaque ruche avec les doigts croisés sous le menton. *Pourquoi faisons-nous ça exactement?* J'avais envie de savoir, mais cela ressemblait à un rite sacré qu'il ne fallait pas interrompre.

Après avoir couvert toutes les ruches, nous avons contemplé, sous les pins, cette petite ville de maisons noires. Une ville en deuil. Même le bourdonnement paraissait sinistre sous les voiles noirs, lugubre comme des cornes de brume la nuit sur la mer.

August a retiré son casque et Zach et moi l'avons suivie. Nous nous sommes assis, dos au soleil, les yeux fixés sur le mur des lamentations.

— Jadis les apiculteurs couvraient leurs ruches quand quelqu'un mourait dans la famille, a expliqué August.

— Pourquoi?

— Couvrir les ruches était censé empêcher les abeilles de partir. Ils redoutaient que leurs abeilles essaiment lors d'un décès. Avoir des abeilles non loin était censé garantir que le mort ressusciterait.

J'ai écarquillé les yeux.

— Vraiment?

— Parlez-lui d'Aristée, a suggéré Zach.

— Ah oui, Aristée. Tous les apiculteurs devraient connaître cette histoire. (À son sourire, j'ai compris que j'allais avoir droit à la seconde partie de mon initiation à l'apiculture – la première étant la piqûre.) Aristée fut le premier apiculteur. Un jour, toutes ses abeilles moururent, un châtiment des dieux pour une faute qu'il avait commise. Les dieux lui ordonnèrent alors de sacrifier un taureau pour montrer qu'il se repentait, puis de retourner la carcasse au bout de neuf jours et de regarder à l'intérieur. Aristée leur obéit et, à son retour, il vit un essaim d'abeilles jaillir du taureau mort. Ses propres abeilles, ressuscitées. Il les ramena dans ses ruches et, de ce jour, on a cru que les abeilles avaient un pouvoir sur la mort. C'est pour cette raison que les tombes des rois de Grèce étaient bâties sur le modèle des ruches.

Les coudes sur les genoux, Zach étudiait le cercle d'herbes, encore dru et émeraude après notre danse avec l'arroseur.

— Quand une abeille vole, une âme s'élève.

Je l'ai regardé, étonnée.

— C'est un vieux dicton, a repris August. Cela signifie que l'âme d'une personne va renaître s'il y a des abeilles non loin.

— C'est dans la Bible?

August a ri.

— Non, mais quand les chrétiens se cachaient des Romains dans les catacombes, ils avaient l'habitude de graver des images d'abeilles sur les murs. Pour se rappeler que lorsqu'ils mourraient, ils seraient ressuscités.

J'ai fourré mes mains sous mes cuisses et je me suis redressée, tâchant d'imaginer des catacombes, quoi que cela puisse être.

— Vous croyez que draper les ruches de crêpe noir va aider May à aller au paradis?

— Grands dieux, non. Le crêpe sur les ruches, c'est pour nous. Je le fais pour nous rappeler que la vie débouche sur la mort et qu'ensuite la mort débouche à son tour sur la vie.

Je me suis laissée aller contre le dossier de ma chaise longue, les yeux fixés sur le ciel, en songeant combien il était infini. Lui aussi enveloppait le monde, comme le couvercle d'une ruche. Je regrettais qu'on ne puisse enterrer May dans une tombe en forme de ruche. Et que moi-même je ne puisse m'allonger dans l'une d'elles et ressusciter.

*
* *

Quand les Filles de Marie ont débarqué, elles croulaient sous les victuailles. La dernière fois que je les avais vues, Queenie et sa fille, Violet, avaient les plus petits chapeaux du groupe. Cette fois elles avaient carrément laissé tomber. Ce devait être parce que Queenie détestait couvrir ses cheveux blancs, dont elle était si fière, et que Violet, qui devait avoir au moins quarante ans, ne pouvait se résoudre à porter seule un chapeau. Car si Queenie allait dans la cuisine se fourrer la tête dans le four, Violet en ferait autant.

Lunelle, Mabelee, Cressie et Bonbon portaient toutes un couvre-chef noir, pas aussi spectaculaire que les précédents, sauf celui de Lunelle qui était orné d'un voile et d'une plume rouges. *À quoi bon ?* ai-je failli demander en les voyant retirer leurs chapeaux et les aligner sur le piano dès leur entrée.

Elles se sont mises à couper des tranches de jambon, à disposer des morceaux de poulet frit, à saupoudrer de paprika des œufs à la diable. Nous avons mangé des haricots verts, des navets, des macaroni au fromage, une crème au caramel – toutes sortes de mets d'enterrement, debout dans la cuisine avec nos assiettes en carton, en nous répétant combien May aurait apprécié tout cela.

Une fois rassasiées – au point qu'une sieste ne nous aurait pas fait de mal – nous sommes allées veiller May dans le salon. Les Filles ont fait passer un bol en bois rempli de ce qu'elles appelaient de la «manne». Un mélange salé de graines de tournesol, de sésame, de citrouille et de grenade enrobées de miel et cuites à la perfection. Elles en avalaient des poignées, en m'expliquant qu'elles n'imaginaient pas veiller un mort sans manger de graines. Les graines protégeaient les vivants du désespoir.

— Comme elle est belle! Elle est belle, non? s'exclama Mabelee.

— Si elle est si belle que ça, ronchonna Queenie, peut-être devrait-on la mettre en vitrine, près du guichet de l'entreprise de pompes funèbres.

— Oh, Queenie! s'est écriée Mabelee.

— L'entreprise de pompes funèbres a une vitrine, a précisé Cressie pour nous éclairer Rosaleen et moi. C'était une banque dans le temps.

— Aujourd'hui, ils mettent le cercueil ouvert dans la vitrine à côté du guichet devant lequel on s'arrêtait en voiture pour encaisser des chèques, a repris Queenie. On peut rendre un dernier hommage au mort sans descendre de voiture. Ils vous font même passer le livre de condoléances par le guichet.

— Vous plaisantez! a fait Rosaleen.

— Mais non, pas du tout.

Si elles disaient la vérité, elles avaient néanmoins l'air de plaisanter. Elles riaient en tombant les unes contre les autres devant May dans son cercueil.

— J'y suis allée une fois en voiture pour voir Mme Lamar après son décès, puisque je travaillais pour elle à l'époque. La femme assise à côté d'elle dans la vitrine était caissière avant et, quand j'ai redémarré, elle m'a souhaité une bonne journée.

Je me suis tournée vers August qui essuyait des larmes de rire.

— Vous n'allez pas les laisser mettre May dans la vitrine de la banque, hein ?

— Chérie, ne t'inquiète pas, a enchaîné Bonbon. La vitrine se trouve dans l'entreprise de pompes funèbres pour Blancs. Ce sont les seuls à avoir suffisamment d'argent pour installer un truc aussi ridicule.

Elles sont reparties d'un grand éclat de rire, et je les ai imitées. En partie parce que j'étais soulagée à l'idée que personne ne ferait de virée aux pompes funèbres pour voir May et surtout parce qu'on ne pouvait s'empêcher de partager l'hilarité des Filles de Marie.

Mais je vais vous confier un secret – qu'aucune d'elles n'a remarqué, pas même August – qui m'a fait vraiment plaisir. C'est la façon dont Bonbon a dit ça, comme si j'étais véritablement une des leurs. Elles n'ont même pas songé que j'étais différente.

Jusque-là je croyais que le fait que les Blancs et les Noirs s'entendent devait être le principal objectif. Par la suite, j'ai décidé que le mieux serait que tout le monde soit sans couleur. Et quand j'ai pensé à ce policier, Eddie Hazelwurst, qui disait que je m'abaissais en vivant dans cette maison de femmes noires, je n'arrivais pas à comprendre pourquoi on méprisait toujours autant les femmes de couleur. Il suffisait de les regarder toutes pour voir à quel point elles sortaient de l'ordinaire, semblables à des princesses de sang venues incognito parmi nous. Eddie Hazelwurst. Quel paquet de merde !

Ma tendresse pour elles était si grande que je me

suis dit qu'à ma mort, je serais ravie d'être installée dans la vitrine de la banque rien que pour offrir une bonne rigolade aux Filles de Marie.

*
* *

Le deuxième matin de la veillée, longtemps avant l'arrivée des Filles, avant même que June ne descende, August a trouvé le mot d'adieu de May coincé sous les racines d'un chêne vert, à moins de dix mètres de l'endroit où elle était morte. Les bois l'avaient enterré sous de nouvelles pousses, du genre qui naissent du jour au lendemain.

Rosaleen préparait un gâteau à la crème de banane en l'honneur de May et j'étais assise à la table en train d'avaler mes céréales en cherchant un programme sur le transistor quand August a surgi dans la cuisine en tenant la feuille à deux mains, de peur d'en perdre le contenu.

— June, descends! a-t-elle crié dans l'escalier. Je viens de trouver un mot de May.

Elle a étalé la feuille sur la table et l'a contemplée les mains jointes. J'ai éteint la radio et j'ai fixé le papier chiffonné, sur laquelle les mots s'étaient estompés à force de rester dehors.

Les pieds nus de June ont claqué dans l'escalier et elle a jailli dans la pièce.

— Oh! mon dieu, August, qu'est-ce qu'elle a écrit?

— C'est tellement... May, a répondu August en prenant la lettre pour nous la lire à haute voix.

> *Chères August et June,*
> *Je suis désolée de vous quitter ainsi. Je déteste vous rendre tristes, mais pensez combien je vais être heureuse avec April, maman, papa et Grand-maman. Imaginez-nous là-haut tous ensemble et cela devrait vous aider. Je suis lasse de porter tous les malheurs du monde. Je vais poser ce fardeau à présent. L'heure est venue pour moi de mourir et il est temps pour vous de vivre. Ne le gâchez pas.*
> *Affectueusement, May*

August a posé la lettre et s'est tournée vers June. Elle a ouvert grand ses bras et June s'est pressée contre elle. Elles se sont enlacées – la grande et la petite sœurs, ventre contre ventre, le menton au creux du cou de l'autre.

Elles sont restées ainsi assez longtemps pour que je me demande si Rosaleen et moi ne devions pas quitter la pièce. Et lorsque enfin elles se sont séparées, nous nous sommes assises ensemble dans l'odeur du gâteau à la crème de banane.

— Penses-tu que c'était vraiment son heure pour mourir ? a demandé June.

— Je ne sais pas. Peut-être. En revanche, là où May a raison, c'est en disant que le temps est venu pour nous de vivre. C'est son ultime vœu, June, il faut donc que nous y veillions. D'accord ?

— Qu'est-ce que tu veux dire ?

August s'est dirigée vers la fenêtre, a posé ses mains sur le rebord et a contemplé le ciel, aigue-marine, brillant comme du taffetas. On sentait qu'elle prenait une grande décision.

— August ? a insisté June.

Quand August s'est retournée, elle avait l'air déterminé.

— June, a-t-elle repris en venant se planter devant elle, tu vis ton existence à moitié depuis trop longtemps. May écrit que lorsque l'heure était venue de mourir, il fallait mourir, et que lorsque l'heure était venue de vivre, il fallait vivre. Cesse de tout faire à demi, vis comme si tu n'avais plus peur.

— Je ne vois pas de quoi tu parles.

— Je te suggère d'épouser Neil.

— Quoi ?

— Depuis que Melvin Edwards t'a fait faux bond le jour de tes noces, tu as peur de l'amour, tu refuses de prendre des risques. May l'a demandé : il est temps pour toi de vivre. Ne gâche pas ta chance.

La bouche de June s'est arrondie sans qu'aucun mot franchisse ses lèvres.

Soudain une odeur de brûlé a envahi la pièce. Rosaleen a ouvert le four, sorti le gâteau, dont la meringue avait roussi.

— On le mangera comme ça, a dit August. Un petit goût de brûlé n'a jamais fait de mal à personne.

*
* *

Pendant quatre jours nous avons veillé. August a conservé le mot de May sur elle tout le temps, caché dans sa poche ou glissé sous sa ceinture lorsqu'elle portait une robe sans poches. Je ne cessais d'observer June qui était devenue tellement plus silencieuse depuis que August lui avait dit sa façon de penser à propos de Neil. Elle ne boudait pas. Elle réfléchissait plutôt. Je la surprenais, assise, le front contre le cercueil, et il était visible qu'elle faisait davantage que dire au revoir à May. Elle cherchait ses propres réponses.

Un après-midi, August, Zach et moi sommes allés retirer le crêpe noir des ruches. August prétendait que nous ne pouvions pas le laisser trop longtemps, puisque la disposition des ruches était inscrite dans la mémoire des abeilles et qu'un changement pareil pouvait les désorienter. Elles risquaient alors de ne pas retrouver le chemin du retour. Pour ma part, cela ne m'aurait pas ennuyée de ne pas retrouver le chemin du bercail.

Chaque jour avant le déjeuner, les Filles de Marie débarquaient et elles passaient l'après-midi assises avec May dans le salon à se rappeler des histoires à son sujet. Nous pleurions aussi beaucoup, mais je sentais que nous commencions à nous sentir plus à l'aise pour faire nos adieux. J'espérais simplement que May en pensait autant.

Neil passait presque autant de temps que les Filles de Marie à la maison et il demeurait perplexe devant la façon dont June ne le quittait pas des yeux. Elle ne jouait pratiquement plus de violoncelle – parce que cela l'obligeait à lui lâcher la main. À dire vrai, nous autres passions presque autant de temps à regarder June et Neil qu'à veiller May.

*
* *

L'après-midi où l'entreprise des pompes funèbres est venue chercher May pour l'enterrement, des abeilles ont bourdonné autour des moustiquaires des fenêtres de la façade. Quand on a chargé le cercueil dans le corbillard, le bourdonnement s'est amplifié pour se mêler aux couleurs de fin d'après-midi. Jaune doré. Rouge. Des nuances de brun.

Devant la tombe de May, j'entendais toujours les abeilles bourdonner – et pourtant nous étions à des kilomètres de là, dans un cimetière pour gens de couleur envahi par les mauvaises herbes. Le bruit nous parvint, porté par le vent, lorsque, serrés les uns contre les autres, nous assistâmes à la mise en terre de May. Puis August a fait passer un sac plein de manne que nous avons lancée par poignées dans le trou sur le cercueil. Et mes oreilles ne percevaient rien d'autre que le bourdonnement des abeilles.

Ce soir-là, dans la maison du miel, quand j'ai fermé les yeux, le bourdonnement des abeilles m'a traversé le corps. A traversé toute la terre. Le plus vieux son du monde. Celui d'âmes qui s'envolent.

11

> « Les abeilles sont obligées d'effectuer dix millions de voyages afin de rapporter suffisamment de nectar pour faire une livre de miel. »
> C. O'Toole.

Après l'enterrement de May, August a arrêté la fabrication du miel, la vente du miel et même la patrouille des ruches. June et elle prenaient leurs repas, préparés par Rosaleen, dans leurs chambres. Je voyais à peine August sinon le matin quand elle traversait le jardin pour se rendre dans les bois. Elle m'adressait un signe de la main et si j'accourais pour lui demander où elle allait et si je pouvais l'accompagner, elle me souriait et répondait que non, pas aujourd'hui, elle était encore en deuil. Il lui arrivait de rester dans les bois jusqu'après le déjeuner.

Je devais lutter contre mon désir de lui parler. La vie était mal fichue. Je venais de passer plus d'un mois à hésiter, à refuser de parler de ma mère à August quand je pouvais le faire facilement. Et maintenant que j'avais si vivement besoin de lui parler, cela était impossible. On n'interrompt pas le deuil de quelqu'un avec ses petits problèmes.

J'aidais un peu Rosaleen dans la cuisine, mais la plupart du temps j'étais libre de paresser et d'écrire dans mon carnet. J'avais tant de choses dans mon cœur que j'en ai noirci toutes les pages.

Je n'en revenais pas que nos habitudes me manquent – le simple geste de verser de la cire dans un moule à bougie ou de réparer une ruche cassée. M'agenouiller entre August et June pour nos prières du soir à Notre-Dame.

J'allais dans les bois l'après-midi quand j'étais sûre de ne pas y croiser August. Je choisissais un arbre et je disais, *Si un oiseau se pose sur cet arbre avant que j'aie compté jusqu'à dix, c'est ma mère qui m'envoie son signe d'amour.* Arrivée à sept, je me mettais à compter lentement. J'allais parfois jusqu'à cinquante. Et rien, pas d'oiseau.

Le soir, quand tout le monde dormait, j'étudiais la carte de la Caroline du Sud, en quête d'un endroit où Rosaleen et moi pourrions nous rendre par la suite. J'avais toujours rêvé de voir les maisons de Charleston aux couleurs de l'arc-en-ciel, les chevaux et les cabriolets. Mais si l'idée me séduisait, songer à partir me désespérait. Et même si un autre camion de cantaloups apparaissait miraculeusement pour nous conduire là-bas, Rosaleen et moi serions obligées de trouver un travail, de louer un toit, dans l'espoir que personne ne poserait de questions.

Parfois je n'avais même pas envie de me lever. J'ai commencé à mettre mes slips des jours de la semaine dans le désordre. Un lundi, j'avais le slip du jeudi. Cela m'était complètement égal.

*
* *

Les seules fois où j'apercevais June, c'était quand Neil venait – c'est-à-dire tous les jours sans exception. Elle apparaissait avec des créoles aux oreilles et ils partaient pour de longues balades en voiture qui, prétendait-elle, lui faisaient un bien fou. Le vent lui remettait les idées en place et la campagne lui rappelait qu'il lui restait encore beaucoup de choses à vivre. Neil se mettait au volant et June s'installait si près de lui qu'elle avait pratiquement les genoux sous le volant. Franchement, je m'inquiétais pour leur sécurité.

Zach nous a rendu quelques visites et il me trouvait généralement assise, jambes repliées, dans la chaise longue, en train de relire mon carnet. Parfois, quand je le voyais, mon estomac se mettait à tanguer.

— Tu es mon ami pour un tiers, mon frère pour un tiers, mon associé apiculteur pour un tiers, mon petit ami pour un tiers.

Il m'a répliqué qu'il y avait trop de tiers dans mon équation... Ce que je savais, bien sûr – je suis mauvaise en maths mais pas à ce point-là ! Nous nous sommes regardés fixement pendant que j'essayais de savoir quel tiers allait être éliminé.

— Si j'étais noire et...

Il a posé ses doigts sur mes lèvres et j'ai senti son goût de sel.

— Nous ne pouvons pas songer à changer la couleur de notre peau. Mais à changer le monde... voilà à quoi nous devons réfléchir.

Il ne parlait que d'aller à la fac de droit et de leur montrer ce dont il était capable à ces tarés. Il ne précisait pas que les tarés étaient les Blancs, et je lui en fus reconnaissante.

Maintenant il avait quelque chose de différent. Brûlant, lourd, furieux. Avec lui, on avait l'impression de s'approcher d'un radiateur à gaz, avec une rangée de flammes bleues au fond de ses yeux noirs.

Ses conversations tournaient exclusivement autour des émeutes raciales dans le New Jersey, de policiers attaquant à coups de matraque les gamins noirs qui jetaient des pierres, de cocktails Molotov, de *sit-in*, de causes justes, de Malcom X et du groupe de l'Unité afro-américaine rendant la monnaie de sa pièce au Ku Klux Klan.

Tu te rappelles la fois où nous avons mangé la glace au citron vert de May sous les pins ? Tu te rappelles quand tu chantais Blueberry Hill ? *Tu te rappelles ?*

*
* *

Après un deuil sans interruption d'une semaine et au moment même où je pensais que nous allions demeurer ainsi sans jamais plus prendre de repas ensemble ou travailler côte à côte dans la maison du miel, j'ai trouvé Rosaleen dans la cuisine en train de mettre le couvert pour quatre, avec les assiettes en porcelaine du dimanche – celles qui sont ornées de fleurs roses et de festons sur les bords. J'ai sauté de joie parce que la vie semblait revenir à la normale.

Lorsque Rosaleen a posé une bougie en cire d'abeille sur la table, j'ai songé que ce serait mon premier souper aux chandelles. Du poulet à l'étouffée, du riz en sauce, des haricots beurre, des tomates en tranches, des biscuits et des *bougies*. Tel était le menu.

Nous avions à peine commencé quand Rosaleen a interpellé June :

— Alors tu vas épouser Neil, oui ou non ?

August et moi en avons cessé de mastiquer.

— C'est à moi de le savoir et à vous de le deviner.

— Et comment on est censé deviner, si tu ne nous le dis pas ? a répliqué Rosaleen.

À la fin du repas, August a sorti quatre bouteilles de Coca-Cola du réfrigérateur, qu'elle a servies avec quatre petits paquets de cacahuètes salées. Elle a débouché les bouteilles.

— À quoi ça rime ? s'est exclamée June.

— C'est notre dessert préféré à Lily et moi, lui a répondu August en me souriant. Nous aimons verser nos cacahuètes directement dans la bouteille, mais tu peux manger les tiennes séparément si tu préfères.

— Je crois que je les préfère séparément, a confirmé June en levant les yeux au ciel.

— Je voulais faire un gâteau, a dit Rosaleen à June, mais August a décidé que ce serait Coca et cacahuètes. Elle a dit « Coca et cacahuètes » comme on dirait « morve et crottes de nez ».

— Elles ne savent pas ce qui est bon, n'est-ce pas, Lily ? a dit August en riant.

— Eh non !

J'ai secoué mes cacahuètes dans la bouteille, où elles ont formé une légère écume avant de remonter à la surface du liquide brun. J'ai bu et mâché, avec ce goût glorieux du salé et du sucré dans la bouche, tout en regardant par la fenêtre les oiseaux rentrer au nid et le clair de lune s'étendre sur les terres de la Caroline du Sud – cet endroit où je me cachais avec trois femmes noires aux visages éclairés par les bougies.

Une fois les Coca vidés, nous sommes allées dans le salon réciter nos *Je vous salue Marie* pour la première fois depuis la mort de May.

Je me suis agenouillée sur le tapis à côté de June, tandis que Rosaleen, comme d'habitude, s'octroyait le fauteuil à bascule. Debout près de Notre-Dame, August a plié le mot d'adieu de May comme un minuscule avion en papier. Elle l'a ensuite enfoncé dans la fente profonde qui courait le long du cou de Notre-Dame. Puis elle a tapoté l'épaule de la Vierge noire et a lâché un profond soupir qui parut redonner un semblant de vie à la pièce.

— Et voilà.

*
* *

Depuis la mort de May, je dormais dans sa chambre avec Rosaleen, mais ce soir-là, alors que nous nous préparions à monter, j'ai déclaré :
— Tu sais ? Je crois que je vais me réinstaller dans la maison du miel.

Je venais de découvrir qu'une chambre à moi me manquait.

— Seigneur, s'est exclamée Rosaleen en posant les mains sur ses hanches, tout ce foin que tu as fait parce que je déménageais et que je te laissais. Et maintenant c'est toi qui veux me quitter.

En fait, elle s'en fichait pas mal; elle ne pouvait tout simplement pas rater une occasion de m'enquiquiner un peu.

— Bon, je vais t'aider à porter tes affaires là-bas.
— Tu veux dire maintenant?
— Faut toujours battre le fer tant qu'il est chaud.

À elle aussi, cela devait lui manquer une pièce à elle.

Après le départ de Rosaleen, j'ai contemplé ma vieille chambre dans la maison du miel... Quel silence! Je ne cessais de me répéter qu'à la même heure, le lendemain, la vérité se ferait et que tout changerait.

J'ai sorti de mon sac la photo de ma mère et l'image de la Vierge noire, pour les montrer à August. Je les ai glissées sous mon oreiller. Pourtant, quand j'ai éteint, la peur s'est répandue dans mon lit étroit et dur, me rappelant toutes les façons dont les choses pouvaient mal tourner. Je me suis retrouvée dans une prison pour femmes au fond des Everglades – pourquoi les Everglades? Je ne sais pas, sinon que j'ai toujours pensé qu'on ne pouvait choisir pire endroit pour y installer une prison. Avec tous ces alligators et ces serpents. Sans parler de la chaleur qui y est encore pire qu'ici, et ce n'est pas peu dire parce qu'on raconte que, sur les trottoirs de Caroline du Sud, on peut faire frire non seulement des œufs mais du bacon et des saucisses. Cela devait être irrespirable en Floride. Là-bas je suffoquerais et je ne reverrais jamais August.

Toute la nuit, j'ai eu peur. J'aurais donné n'importe quoi pour me retrouver dans la chambre de May, avec les ronflements de Rosaleen.

*
* *

Le lendemain matin, j'ai dormi tard, sans doute à cause de ma nuit agitée et aussi des mauvaises habitudes que j'avais prises depuis la mort de May. Venant de la maison rose, l'odeur d'un gâteau juste sorti du four s'est engouffrée dans mes narines et m'a réveillée.

Dans la cuisine, couvertes de farine, August, June et Rosaleen faisaient des petits gâteaux à une couche gros comme des buns au miel. Elles chantaient en travaillant, comme les Supremes, les Marvelettes, ou les Crystal, en ondulant des fesses au son de *Da Doo Ron Ron*.

— Mais qu'est-ce que vous fabriquez ? me suis-je exclamée en souriant.

Elles se sont arrêtées de chanter et ont gloussé en se donnant de petits coups de coude.

— Regardez qui est levé ! a dit Rosaleen.

June portait un corsaire lavande avec des boutons de pâquerettes sur les côtés ; je n'avais jamais rien vu de pareil.

— Nous faisons des gâteaux pour le jour de Marie. Il est temps que tu arrives pour nous aider. August ne t'a-t-elle donc pas prévenue que c'était le jour de Marie ?

J'ai jeté un coup d'œil à August.

— Non.

August, qui portait un des tabliers de May avec des volants sur les épaules, s'est essuyé les mains dessus.

— J'ai dû oublier. Nous fêtons le jour de Marie ici au mois d'août chaque année depuis quinze ans. Prends ton petit déjeuner, comme ça tu pourras nous donner un coup de main. Nous avons tant à faire que je ne sais pas si nous finirons à temps.

J'ai rempli un bol de Rice Krispies et de lait et, malgré la cacophonie d'explosions et de craquements qui en montait, j'ai tenté de réfléchir. Comment étais-je censée avoir une conversation déterminante avec August au milieu de tout ça ?

— Il y a mille ans, des femmes faisaient exactement la même chose, a repris August. Préparer des gâteaux pour Marie le jour de sa fête.

June a remarqué mon air perplexe.

— Aujourd'hui, c'est la fête de l'Assomption. Le quinze août. Ne me dis pas que tu n'en as jamais entendu parler !

Oh! bien sûr, la fête de l'Assomption – le révérend Gerald l'évoquait régulièrement dans son prêche, le dimanche... Évidemment que je n'en avais jamais entendu parler. J'ai secoué la tête.

— Nous n'accordons pas beaucoup de place à Marie dans notre église, sinon à Noël.

August a souri et a trempé une cuiller en bois dans la cuve à miel posée sur le comptoir à côté du grille-pain. Tout en faisant couler du miel sur une nouvelle fournée de gâteaux, elle m'expliqua en détail que l'Assomption n'était autre que la montée au paradis de Marie. Marie est morte, puis s'est réveillée, et les anges l'ont emmenée là-haut, parmi les nuages.

— May l'a baptisée le jour de Marie, a précisé June.

— Mais ce n'est pas seulement l'Assomption, a ajouté August en mettant les gâteaux à refroidir sur des grilles. C'est un jour du souvenir pour notre propre Dame des Chaînes. Nous reconstituons son histoire.

En plus, nous rendons grâce pour la récolte de miel. Les Filles de Marie viennent. Ce sont nos deux journées préférées de l'année.

— Ça dure deux jours ?

— Nous commençons ce soir et nous terminons demain après-midi. Dépêche-toi d'avaler tes céréales parce qu'il faut que tu fabriques des serpentins et des guirlandes, que tu accroches les lumières de Noël, disposes les bougeoirs, laves le chariot et sortes les chaînes.

Ouah ! Attends un peu. Laver le chariot ? Accrocher les lumières de Noël ? Sortir les chaînes ? Quelles chaînes ?

Je mettais mon bol dans l'évier quand on a frappé à la porte.

— Que Dieu me damne si ce n'est pas la maison la plus délicieusement odorante de Tiburon, a déclaré Neil en entrant.

— Allons, je pense que tu vas y échapper, a répondu June.

Elle lui a proposé un gâteau au miel, mais il a secoué la tête, ce qui montrait bien qu'il mijotait quelque chose. Neil ne refusait jamais à manger. Jamais. Planté au milieu de la cuisine, il se dandinait d'un pied sur l'autre.

— Qu'est-ce que tu fais ici ? lui a demandé June.

Il s'est éclairci la gorge et frotté les favoris.

— Euh... je suis venu dans l'espoir de te parler.

Elle attendait.

— Eh bien, je t'écoute.

— Je pensais qu'on pourrait faire une balade en voiture.

Elle a regardé autour d'elle.

— Au cas où tu n'aurais pas remarqué, Neil, je suis en plein travail.

— Je le vois bien, mais...

— Écoute, dis-moi simplement de quoi il s'agit. (June commençait à s'échauffer un peu. Comme d'habitude.) Que diable y a-t-il de si important ?

August s'efforçait de paraître occupée. En revanche, Rosaleen ne faisait même pas semblant de travailler : elle regardait tour à tour June et Neil.

— Bon Dieu, je suis venu ici avec le projet de demander ta main pour la centième fois.

J'ai lâché ma cuiller dans l'évier. August a posé la sienne. June a ouvert la bouche et l'a refermée sans qu'un son en sorte. Tout le monde était pétrifié.

Allez. Ne gâche pas ta vie.

La maison a craqué, comme le font les vieilles bâtisses. Neil a regardé la porte. J'ai senti mon T-shirt se mouiller sous mes aisselles. J'ai eu la sensation qui m'envahissait à l'école quand le professeur écrivait un mot sans queue ni tête au tableau, comme « pnteahel », et que nous avions deux minutes pour le déchiffrer et trouver le mot « éléphant » avant qu'elle n'agite sa cloche. J'attrapais toujours une suée en m'efforçant de finir la première. Là c'était pareil, j'étais terrifiée que Neil ne franchisse la porte avant que June ait le temps de déchiffrer la réponse dans son cœur.

— Reste pas plantée avec la bouche ouverte, June, a lâché Rosaleen. Dis quelque chose.

June fixait Neil et sa lutte intérieure crevait les yeux. Sa capitulation. Pas seulement devant Neil. Mais devant la vie. Finalement elle a poussé un long soupir.

— D'accord. Marions-nous.

Rosaleen s'est tapé la cuisse et a crié « hourra », pendant qu'August affichait le plus grand sourire que je lui avais jamais vu. Quant à moi, je les regardais les uns après les autres, essayant d'enregistrer ce qui se passait.

Neil s'est approché de June et l'a embrassée sur la bouche. J'ai cru qu'ils n'allaient jamais reprendre leur souffle.

— Nous allons droit chez le bijoutier choisir une bague avant que tu ne changes d'avis, a déclaré Neil.

June s'est tournée vers August.

— Ça m'ennuie de les abandonner avec tout ce travail, a-t-elle répondu, même si ça crevait les yeux qu'elle s'en fichait pas mal.

— Vas-y.

Après leur départ, August, Rosaleen et moi nous nous sommes assises pour manger du gâteau au miel tant qu'il était encore chaud, en discutant de ce qui venait de se passer. Nous avions un tas de tâches à accomplir, mais il est des choses auxquelles il faut réfléchir avant de pouvoir continuer.

— Vous avez vu l'expression de Neil ? Et ce baiser, incroyable, non ? June se marie ! répétions-nous.

*
* *

Les préparatifs pour le jour de Marie représentaient un gros travail. August m'a fait commencer par les serpentins. J'ai découpé des paquets de papier crépon bleu et blanc en lanières au point d'avoir des ampoules aux deux pouces. J'en ai retroussé les bords pour faire joli, puis j'ai tiré l'escabeau dans le jardin afin de les accrocher aux myrtes.

Ensuite, j'ai vidé le parterre de glaïeuls pour fabriquer une guirlande de deux mètres en enfilant les corolles sur un bout de ficelle en pensant ne jamais y arriver. Quand j'ai demandé à August ce que j'étais censée en faire, elle m'a dit de l'enrouler autour du chariot. *Ben voyons! Cela tombait sous le sens!*

Ensuite j'ai sorti les lumières de Noël du placard de l'entrée pour les mettre sur les buissons à côté du perron de derrière, ce qui m'a obligée à brancher plein de rallonges.

De son côté, Zach poussait la tondeuse, torse nu. J'ai installé les tables de bridge à côté des myrtes pour que les serpentins nous effleurent le visage pendant le repas. J'essayais de ne pas regarder Zach, luisant de sueur, avec sa plaque d'identification au bout de sa chaîne et son short tombant sur ses hanches, révélant une petite touffe de poils sous son nombril.

Il a sarclé une grande invasion de mauvaises herbes entre les choux, sans même qu'on le lui ait demandé. Il maniait le sarcloir dans un feu d'artifice de grognements furieux, pendant qu'assise sur les marches, je raclais la cire d'une dizaine de bougeoirs en verre. Puis je les ai tous remplis de bougies neuves avant de les disposer sur la pelouse, sous les arbres, surtout dans les petits trous libérés par les mauvaises herbes.

Dans la véranda, August tournait la manivelle de l'appareil à glace. Entre ses pieds serpentait une longueur de chaînes.

— C'est pour quoi faire?
— Tu vas voir.

*
* *

À 6 heures du soir, tous ces préparatifs m'avaient épuisée et la fête n'avait même pas commencé. Je venais de terminer la dernière tâche sur ma liste et je rentrais dans la maison du miel pour me préparer quand June et Neil se sont engagés dans l'allée.

June est venue vers moi en valsant, main tendue, pour me faire admirer sa bague. Je l'ai examinée, et je dois avouer que Neil s'était surpassé. Elle n'était pas si grosse que ça, mais drôlement jolie. Un diamant serti dans une monture en argent.

— C'est la plus belle bague que j'aie jamais vue.

June a agité la main pour que le diamant reflète la lumière.

— Je crois que May l'aurait adorée elle aussi.

La première voiture de Filles de Marie est arrivée sur ces entrefaites et June a sautillé vers elle, la main toujours en avant.

Dans la maison du miel, j'ai soulevé mon oreiller pour vérifier si la photo de ma mère et son image de la Vierge noire se trouvaient toujours en dessous. Jour de fête ou non, il fallait que ce soir j'apprenne la vérité de la bouche d'August. À cette pensée, un frisson m'a parcourue. Je me suis assise sur le lit de camp et j'ai senti les choses s'accumuler en moi... pousser contre ma poitrine.

En rentrant à la maison rose, vêtue d'un short et d'un haut propres, les cheveux peignés, je me suis brusquement arrêtée pour contempler la scène qui s'offrait à moi. August, June, Rosaleen, Zach, Neil et toutes les Filles de Marie en train de rire sur la pelouse impeccable à côté des tables de bridge. Les tas de victuailles. Les serpentins bleus et blancs flottant au vent. Les lumières de Noël dessinant des spirales de couleurs autour de la véranda. Toutes les bougies étaient allumées. Et, même si le soleil descendait encore à l'horizon, chaque molécule d'air rougeoyait.

J'aime cet endroit de tout mon cœur.

Les Filles m'ont couverte de compliments – je sentais bon, mes cheveux étaient exceptionnels quand je les peignais.

— Tu aimerais que je te fabrique un chapeau, Lily ? m'a demandé Lunelle.

— Vrai ? Vous me feriez un chapeau ?

Je ne voyais pas trop où porter un chapeau créé par Lunelle, mais j'en désirais un tout de même. Au moins, on pourrait toujours m'enterrer avec.

— Bien sûr que je vais te faire un chapeau. Tu n'en croiras pas tes yeux. Quelle couleur te ferait plaisir ?

August, qui écoutait, a répondu « Bleu » en m'adressant un clin d'œil.

Nous avons commencé par manger. À présent je savais que manger était une des grandes priorités des Filles. À la fin, le rouge s'était évanoui du jour et la nuit s'installait autour de nous. Rafraîchissant l'atmosphère, colorant le soir de pourpre et de bleu noir. Rosaleen a alors apporté le plat de gâteaux au miel et l'a posé sur une des tables.

August nous a fait signe de nous mettre en cercle autour de la table. Le programme du jour de Marie commençait.

— Voici les gâteaux au miel de Marie. Des gâteaux pour la Reine des Cieux.

Elle en a pris un, en a prélevé un morceau et l'a levé devant Mabelee qui se tenait à côté d'elle dans le cercle.

— Ceci est le corps de la Sainte Vierge.

Mabelee a fermé les yeux et ouvert la bouche et August a déposé le morceau de gâteau sur sa langue.

Après avoir avalé, Mabelee a imité August — elle a prélevé un bout de gâteau et l'a donné à la personne suivante dans le cercle, à savoir Neil. Mabelee qui n'aurait pas atteint le mètre cinquante avec des talons aiguille a pratiquement eu besoin d'un escabeau pour atteindre sa bouche. Heureusement Neil s'est accroupi pour lui faciliter la tâche.

— Ceci est le corps de la Vierge, a déclaré Mabelee avant de le lui mettre sur la langue.

Je ne connaissais pas grand-chose à l'Église catholique, mais je pressentais que le pape aurait fait une syncope s'il avait vu ça. Pas le révérend Gerald. Lui n'aurait pas perdu du temps à s'évanouir, il se serait juste empressé d'organiser une séance d'exorcisme.

Moi qui n'avais jamais vu des adultes se nourrir les uns les autres, j'observais la scène avec la sensation d'être prête à éclater en sanglots. Je ne sais pas ce qui m'émouvait là-dedans, mais, pour je ne sais quelle raison, ce cercle de nourriture m'a réconciliée avec le monde.

Le hasard a voulu que June me nourrisse. Bouche ouverte, yeux fermés, attendant le corps de la Vierge, j'ai entendu son murmure au creux de mon oreille… « Je suis désolée d'avoir été dure avec toi quand tu es arrivée ici… » Puis la douceur du gâteau au miel a envahi ma bouche.

J'aurais aimé que Zach soit à côté de moi pour pouvoir déposer le gâteau sur sa langue. Je lui aurais glissé : « J'espère que cela adoucira ta vision du monde. J'espère que cela t'attendrira. » Mais j'ai dû donner le bout de gâteau à Cressie qui l'a avalé, les yeux fermés.

Cette cérémonie accomplie, Zach et Neil sont allés dans le salon et sont revenus en portant Notre-Dame des Chaînes. Otis les suivait avec les chaînes. Ils l'ont mise debout dans le chariot rouge. Et August s'est penchée vers moi.

— Nous allons reconstituer l'histoire de Notre-Dame des Chaînes. Nous l'emmenons dans la maison du miel où nous l'enchaînerons pour la nuit.

La Sainte Vierge va passer la nuit dans la maison du miel. Avec moi.

August a lentement tiré le chariot à travers le jardin pendant que Zach et Neil retenaient la Sainte Vierge. Je dois dire que la guirlande de fleurs la mettait en valeur.

Avec son violoncelle, June suivait, ainsi que les Filles de Marie, en file indienne, des bougies à la main. Elles chantaient : « Marie, étoile de la mer, Marie, la plus brillante des lunes, Marie, rayon de miel. »

Rosaleen et moi fermions la marche, nos bougies à la main, fredonnant avec elles, puisque nous ne connaissions pas les paroles. J'entourais la flamme d'une main pour empêcher ma bougie de s'éteindre.

À la porte de la maison du miel, Neil et Zach ont soulevé la statue et l'ont portée à l'intérieur. Bonbon a donné un coup de coude à Otis, qui les a aidés à l'installer entre l'extracteur et l'épurateur.

— Bien, a dit August. Maintenant nous passons à la dernière partie de notre office. Placez-vous en demi-cercle autour de Notre-Dame.

June a joué un air sinistre au violoncelle pendant que August racontait de nouveau l'histoire de la Vierge noire du début à la fin. Lorsqu'elle arriva au moment où les esclaves touchent le cœur de Notre-Dame qui leur avait alors donné l'intrépidité et soufflé des plans d'évasion, June a joué plus fort.

— Notre-Dame est devenue si puissante, a continué August, que le maître a été obligé de l'isoler, de l'enchaîner dans la grange. Il l'a humiliée et enchaînée.

— Sainte, sainte Vierge, a marmonné Violet.

Neil et Otis ont pris les chaînes et en ont entouré Notre-Dame. À voir comment Otis a lancé la chaîne à la lueur des bougies, j'ai pensé que ce serait un miracle s'il ne tuait pas quelqu'un.

August a poursuivi.

— Mais chaque fois que le maître attachait Marie dans la grange, poursuivait August, elle brisait ses chaînes et retournait vers son peuple.

August s'est interrompue. Elle nous a regardés tour à tour, lentement, comme si elle avait tout le temps du monde.

— Ce qui est prisonnier sera délivré, a-t-elle repris plus fort. Ce qui est humilié relèvera la tête. C'est la promesse de Notre-Dame.

— Amen, a dit Otis.

June s'est remise à jouer, cette fois un air plus gai, Dieu merci. J'ai contemplé Marie, prisonnière de chaînes rouillées des pieds à la tête. Dehors, un éclair de chaleur a palpité dans le ciel.

Ils paraissaient tous plongés dans leurs méditations, ou Dieu sait quoi. Tout le monde avait les yeux fermés, sauf Zach. Qui me dévisageait.

J'ai jeté un coup d'œil à cette pauvre Marie entravée. Je ne supportais pas de la voir ainsi.

— C'est juste une reconstitution, a précisé August.

Pour nous aider à nous souvenir, car il faut se souvenir.

Mais l'idée me rendait affreusement triste. J'avais horreur de me souvenir. J'ai tourné les talons et je suis sortie dans le silence chaud de la nuit.

*
* *

À la hauteur des plants de tomates, Zach m'a rattrapée. Il m'a pris la main et nous avons enjambé le mur de May, avant de nous enfoncer dans les bois en silence. L'air vibrait du drôle de chant des cigales. Par deux fois j'ai marché droit sur une toile d'araignée et j'ai senti les fils transparents se plaquer sur mon visage, ce qui m'a plutôt plu. Un voile tissé par la nuit.

J'avais envie du ruisseau. De sa turbulence. Je mourais d'envie de me mettre nue et de laisser l'eau lécher ma peau. Sucer des cailloux comme la nuit où Rosaleen et moi avions dormi au bord du ru. Même la mort de May n'avait pas gâché l'image que j'avais du ruisseau. Il avait fait de son mieux, j'en étais sûre, pour lui offrir une fin paisible. On pouvait mourir dans un ruisseau, mais peut-être pouvait-on aussi y renaître, comme dans les tombes en forme de ruche dont m'avait parlé August.

Le clair de lune filtrait à travers les arbres. J'ai entraîné Zach vers la berge.

C'est fou ce que l'eau peut scintiller dans le noir. Nous avons observé les taches de lumière, laissé les bruits de l'eau s'amplifier autour de nous. Nous nous tenions toujours par la main, et j'ai senti ses doigts se resserrer autour des miens.

— Tu sais, Zach, il y avait un étang près de l'endroit où j'habitais. Parfois j'allais y patauger. Un jour, des garçons de la ferme voisine étaient en train d'y pêcher. Ils enfilaient tous les petits poissons qu'ils attrapaient sur un cercle en métal. Ils m'ont attrapée et maintenue par terre, puis ils me l'ont accroché autour du cou, en serrant pour que je ne puisse pas l'enlever par la tête. J'ai crié : « Lâchez-moi, retirez-moi ce truc. » Mais ils ont ri : « Ben quoi, tu n'aimes pas ton collier de poissons ? »

— Saleté de gamins.

— Quelques poissons étaient déjà morts, mais la plupart se débattaient en me fixant, l'air terrifié. J'ai compris tout à coup que si je rentrais dans l'eau jusqu'au cou, ils pourraient respirer. Malheureusement, une fois l'eau aux genoux, j'ai rebroussé chemin. J'avais trop peur d'aller plus loin. Je crois que ça a été le pire. J'aurais pu les aider, mais je ne l'ai pas fait.

— Tu n'aurais pas pu rester éternellement dans l'étang.

— Oui, mais j'aurais pu y rester un bon moment. Je me suis contentée de supplier ces garçons de me libérer. Supplié. Ils m'ont dit de la fermer, que j'étais leur fil à poissons, alors je suis restée là jusqu'à ce que tous les poissons meurent contre ma poitrine. J'ai rêvé d'eux pendant un an. Parfois, j'étais accrochée avec eux.

— Je connais cette sensation.

Je l'ai regardé au fond des yeux.

— Se faire arrêter...

Je ne savais pas comment le dire.

— Oui ?

— Cela t'a changé, n'est-ce pas ?

Il a fixé l'eau.

— Parfois, Lily, je suis tellement en colère que j'ai des envies de meurtre.

— Ces garçons qui m'ont obligée à porter ces poissons... ils étaient en colère comme ça, eux aussi. En colère contre le monde, et cela les rendait mesquins. Promets-moi, Zach, que tu ne deviendras jamais comme eux.

— Je ne le veux pas.

— Moi non plus.

Il a approché son visage du mien et il m'a embrassée. D'abord on aurait dit que des ailes d'insectes me frôlaient les lèvres, puis sa bouche s'est ouverte sur la mienne. Je me suis laissée aller contre lui. Il m'a embrassée doucement, mais voracement aussi, et j'ai aimé son goût, l'odeur de sa peau, la façon dont ses lèvres s'ouvraient et se fermaient, s'ouvraient et se fermaient. Je flottais sur une rivière de lumière. Escortée par des poissons. Ornée de poissons. Et malgré cette douleur délicieuse dans mon corps, la vie qui palpitait sous ma peau et ces vagues d'amour, malgré tout ça, je sentais encore les poissons mourir contre mon cœur.

À la fin du baiser, il m'a regardée, le visage en feu.

— Personne n'imagine à quel point je vais étudier dur cette année. Ce séjour en prison va me faire décrocher des notes meilleures que jamais. Et, à la fin de l'année, rien ne m'empêchera d'entrer à l'université.

— Je sais que tu y arriveras. Je le sais.

Et ce n'était pas une façon de parler. Je suis douée pour prendre la mesure des autres et j'étais certaine qu'il deviendrait avocat. Des changements arrivaient, même en Caroline du Sud – on pouvait pratiquement les humer dans l'air – et Zach contribuerait à ces changements. Il serait un de ces tambours-majors de la liberté dont parlait Martin Luther King. Voilà comment je voyais Zach maintenant. Comme un tambour-major.

Il s'est tourné vers moi et s'est dandiné d'un pied sur l'autre :

— Je veux que tu saches que...

Il s'est arrêté et a contemplé la cime des arbres.

— Tu veux que je sache quoi ? ai-je demandé en m'approchant de lui.

— Que euh... que je tiens à toi. Je pense à toi tout le temps.

J'ai failli lui dire qu'il ignorait certaines choses sur mon compte, qu'il tiendrait peut-être moins à moi s'il les connaissait, mais j'ai souri.

— Je tiens à toi, moi aussi.

— Nous ne pouvons pas être ensemble maintenant, Lily, mais un jour, quand je serai devenu quelqu'un, je te retrouverai et nous vivrons ensemble.

— Tu me le promets ?

— Je te le promets.

Il a enlevé sa chaîne avec la plaque d'identification au bout et me l'a passée autour du cou.

— Comme ça, tu n'oublieras pas, d'accord ?

Le rectangle d'argent est tombé sous mon T-shirt où il s'est balancé froid et sûr entre mes seins. Zachary Lincoln Taylor reposait là, sur mon cœur.

J'entrai dans l'eau jusqu'au cou.

12

> « Si la reine était plus intelligente, elle serait probablement désespérément névrosée. En l'état, elle est timide et ombrageuse, probablement parce qu'elle ne quitte jamais la ruche, mais passe ses journées confinée dans l'obscurité, une sorte de nuit éternelle, perpétuellement en travail... Son véritable rôle est moins celui d'une reine que celui de mère de la ruche, un titre qu'on lui accorde souvent. Et pourtant, cela tient du simulacre, parce qu'elle ne possède ni l'instinct maternel ni la capacité de s'occuper de ses petits. »
>
> W. Longgood.

J'attendais August dans sa chambre. Pour ce qui est d'attendre, j'ai de l'expérience à revendre. Attendre que les filles de l'école m'invitent quelque part. Que T. Ray change d'attitude. Que la police arrive et nous embarque pour la prison dans les Everglades. Que ma mère m'envoie un signe d'amour.

Zach et moi avions traîné dehors jusqu'à ce que les Filles de Marie en aient terminé dans la maison du miel. Nous les avions aidées à ranger le jardin, moi en empilant assiettes et tasses et Zach en repliant les tables de bridge.

— Pourquoi vous êtes partis tous les deux avant que nous ayons fini ? s'était enquise Queenie avec un sourire.

— Cela s'éternisait, a dit Zach.

— Ah ! c'était donc ça, a-t-elle fait, moqueuse, tandis que Cressie gloussait.

Après le départ de Zach, je me suis glissée dans la maison du miel où j'ai récupéré la photo de ma mère et son image de la Madone noire sous mon oreiller. Les serrant dans mes mains, je suis passée près des Filles de Marie qui terminaient la vaisselle dans la cuisine.

— Où vas-tu, Lily ?

Je ne voulais pas être grossière, mais je me suis rendu compte que je ne pouvais pas répondre, ni faire la conversation. Je voulais savoir pour ma mère. Rien d'autre ne m'importait.

Je suis entrée dans la chambre d'August, qui embaumait la cire d'abeille. J'ai allumé une lampe, je me suis assise sur le coffre en cèdre au pied de son lit, et j'ai croisé et décroisé les mains huit ou dix fois. Fraîches, humides, elles n'en faisaient qu'à leur tête. Elles n'arrêtaient pas de s'agiter et de faire craquer leurs phalanges. Je les ai coincées sous mes cuisses.

La seule autre fois où j'étais entrée dans la chambre d'August, c'était quand je m'étais évanouie pendant la réunion des Filles de Marie et que je m'étais réveillée dans son lit. Je devais avoir l'esprit trop embrouillé pour bien l'avoir vue cette fois-là, parce que tout me paraissait nouveau. On aurait pu passer des heures à faire le tour de la pièce, à s'émerveiller devant ce qu'elle renfermait.

D'abord, tout était bleu. Le dessus-de-lit, les rideaux, le tapis, le coussin du fauteuil, les lampes. Ce n'était pas barbant pour autant. Il y avait au moins dix nuances de bleu. J'avais l'impression de faire de la plongée sous-marine dans l'océan.

Sur sa coiffeuse, où des gens moins intéressants auraient mis un coffret à bijoux ou un tableau, August avait posé un aquarium à l'envers au-dessus d'un énorme morceau de rayon. Le miel qui en avait coulé formait des flaques sur le plateau en dessous.

Sur ses tables de chevet, il y avait des bougies fondues dans des bougeoirs en laiton. S'agissait-il de celles que j'avais fabriquées de mes mains ? Cela m'a un peu émue de le penser, de me dire que j'avais contribué à éclairer la chambre d'August la nuit.

J'ai examiné les livres soigneusement alignés sur son étagère. Ils traitaient tous d'apiculture ou de mythologie grecque. Cependant le dernier a retenu mon attention : une histoire de la Vierge à travers les temps. Je l'ai ouvert sur mes genoux et j'ai regardé les images. Parfois, Marie était une brune aux yeux marron, parfois une blonde aux yeux bleus. Elle était toujours magnifique. Elle ressemblait à une candidate au concours de Miss Amérique. Une Miss Mississippi. En général, on peut compter sur les filles du Mississippi pour gagner. Je dois avouer que j'aurais assez aimé voir Marie en maillot de bain et talons hauts – avant sa grossesse, bien sûr.

Mais le grand choc, ça a été de découvrir toutes les images où l'ange Gabriel offrait un lys – la fleur dont je porte le nom – à Marie. Dans toutes celles où il venait lui annoncer qu'elle allait avoir le bébé des bébés – bien qu'elle ne fût pas encore mariée – il lui donnait un grand lys blanc. Comme un prix de consolation pour tous les commérages qui l'attendaient. J'ai refermé le livre et je l'ai rangé sur l'étagère.

Une légère brise entrait dans la pièce par la fenêtre ouverte. Je me suis approchée et j'ai contemplé la frange sombre des arbres à l'orée des bois, une demi-lune poussée comme une pièce d'or dans une fente, sur le point de tomber du ciel dans un tintement. Des voix filtraient à travers la moustiquaire. Des voix de femmes. Elles stridulaient et s'évanouissaient. Les Filles partaient. J'ai enroulé mes cheveux autour de mes doigts, tourné en rond sur la descente de lit, comme un chien qui cherche la meilleure position pour dormir.

J'ai pensé à ces films sur les prisons où l'on s'apprête à électrocuter un prisonnier – accusé à tort, bien sûr –, la caméra ne cessant d'aller et venir entre le pauvre homme en sueur dans sa cellule et l'aiguille de l'horloge approchant de minuit.

Je suis allée me rasseoir sur le coffre en cèdre.

Des pas ont résonné sur le plancher du couloir, des pas précis, tranquilles. Le pas d'August. Je me suis redressée, et mon cœur s'est mis à battre si fort que je l'entendais dans mes tympans.

— Je me disais bien que je te trouverais ici, a-t-elle annoncé en entrant dans la chambre.

J'ai été prise d'une envie de bondir vers la porte, de sauter par la fenêtre. Tu n'es pas obligée de faire ça, je me répétais, mais le manque gagnait. Il fallait que je sache.

— Vous vous rappelez quand…

Ma voix était à peine un murmure. Je me suis éclairci la gorge.

— Vous vous rappelez quand vous m'avez dit que nous devrions avoir une conversation ?

Elle a fermé la porte. Un son définitif. Pas de retour en arrière. Le moment était venu.

— Je m'en souviens très bien.

J'ai posé la photo de ma mère sur le coffre en cèdre.

August a pris la photo.

— Tu es son portrait craché.

Elle a posé ses yeux sur moi, ses grands yeux scintillants brûlant d'un feu cuivré. J'aurais bien aimé voir le monde à travers, rien qu'une fois.

— C'est ma mère.

— Je sais, chérie. Ta mère s'appelait Deborah Fontanel Owens.

Je l'ai regardée en clignant des yeux. Elle s'est approchée de moi, et le reflet de la lampe jaune dans ses lunettes m'a empêchée de bien distinguer son regard. J'ai changé de position.

Elle a tiré le fauteuil devant sa coiffeuse près du coffre en cèdre et elle s'est assise face à moi.

— Je suis si contente que nous finissions par en parler.

Son genou frôlait le mien. Une bonne minute s'est écoulée sans que nous prononcions une seule parole. Elle tenait la photo et je savais qu'elle attendait que je rompe le silence.

— Vous avez toujours su que c'était ma mère, ai-je dit, sans bien savoir si j'étais en colère, si je me sentais trahie, ou si j'étais seulement surprise.

Elle a posé sa main sur la mienne et l'a caressée du pouce.

— Le jour de ton arrivée, quand je t'ai regardée, j'ai revu Deborah à ton âge. Je savais que Deborah avait une fille, mais je me suis dit que non, ce n'était pas possible; je n'arrivais pas à croire que la fille de Deborah puisse débarquer dans mon salon. Ensuite tu as prétendu t'appeler Lily et j'ai aussitôt su qui tu étais.

J'aurais peut-être dû m'attendre à ça. J'ai senti les larmes monter dans ma gorge, et je ne savais même pas pourquoi.

— Mais... mais... vous n'avez jamais rien dit. Comment se fait-il que vous ne me l'ayez pas dit?

— Parce que tu n'étais pas prête à entendre parler d'elle. Je ne voulais pas courir le risque que tu t'enfuies de nouveau. Je voulais te donner le temps de reprendre pied, de retrouver le moral. Il y a un temps pour chaque chose, Lily. Il faut savoir quand insister et se taire, quand laisser les choses suivre leur cours. Voilà ce que j'ai essayé de faire.

Il y eut un grand silence. Comment lui en vouloir? J'avais fait exactement pareil. J'avais tu ce que je savais, et mes raisons étaient loin d'être aussi nobles que les siennes.

— May m'a dit.
— May t'a dit quoi?
— Je l'ai vue fabriquer un sentier de crackers et de guimauve pour les cafards. Mon père m'a raconté un jour que ma mère faisait la même chose. Je me suis dit qu'elle avait dû l'apprendre de May. Alors je l'ai interrogée et elle a répondu oui, que Deborah dormait dans la maison du miel.

August a secoué la tête.

— Mon Dieu, il y a tant à dire. Tu te souviens que je t'ai raconté que j'avais travaillé comme gouvernante à Richmond, avant d'obtenir mon poste de professeur ? Eh bien, c'était dans la maison de ta mère.

La maison de ma mère. Ça faisait bizarre de songer à elle avec un toit au-dessus de sa tête. Comme un être de chair et de sang qui dormait dans un lit, mangeait à table, prenait des bains dans un tub.

— Vous l'avez connue quand elle était petite ?

— Je m'occupais d'elle. Je repassais ses robes et je préparais son déjeuner pour l'école. Elle adorait le beurre de cacahuète. Elle ne voulait rien d'autre. Du beurre de cacahuète du lundi au vendredi.

J'ai respiré en me rendant compte que je venais de retenir mon souffle.

— Qu'est-ce qu'elle aimait d'autre ?

— Elle aimait ses poupées. Elle leur organisait des thés dans le jardin, et je fabriquais des sandwichs minuscules pour leurs assiettes. (Elle s'est interrompue, comme si elle se souvenait.) Ce qu'elle n'aimait pas, c'étaient les devoirs. Il fallait que je lui coure après pour qu'elle les fasse. Je la poursuivais en épelant des mots. Un jour, elle a grimpé dans un arbre pour ne pas avoir à apprendre un poème de Robert Frost. Je l'ai trouvée, j'ai grimpé auprès d'elle avec le livre et j'ai refusé qu'elle descende tant qu'elle ne saurait pas le poème par cœur.

En fermant les yeux, j'ai vu ma mère perchée à côté d'August sur une branche d'arbre en train d'apprendre les vers de *Stopping by Woods on a Snowy Evening* que j'avais moi-même étudié en anglais. J'ai baissé la tête.

— Lily, avant que nous ne parlions de ta mère, je

veux que tu me racontes comment tu es arrivée ici. D'accord ?

J'ai ouvert les yeux et hoché la tête.

— Tu as dit que ton père était mort.

J'ai jeté un coup d'œil sur sa main toujours posée sur la mienne, terrifiée à l'idée qu'elle la retire.

— Je l'ai inventé. Il n'est pas vraiment mort. Il mérite seulement de l'être.

— Terrence Ray.

— Vous connaissez aussi mon père ?

— Non, je ne l'ai jamais rencontré, j'ai seulement entendu parler de lui par Deborah.

— Je l'appelle T. Ray.

— Pas papa ?

— Il n'est pas du genre papa.

— Qu'est-ce que tu veux dire ?

— Il hurle tout le temps.

— Contre toi.

— Contre tout. Mais ce n'est pas pour ça que je suis partie.

— Alors pourquoi, Lily ?

— T. Ray... il m'a dit que ma mère... (Les larmes montaient et mes mots sortirent en sons aigus que je ne reconnaissais pas.) Il a dit qu'elle m'avait quittée, qu'elle nous avait quittés tous les deux et qu'elle s'était enfuie. (Un mur de verre se brisa dans ma poitrine, un mur dont je ne soupçonnais même pas l'existence.)

August s'est avancée et elle a ouvert les bras, comme elle l'avait fait pour June le jour où elles avaient découvert le mot d'adieu de May. Je me suis penchée et je les ai sentis se refermer sur moi. Il n'y a rien de plus beau au monde : August qui vous prend dans ses bras.

Je me serrais tellement contre elle que je sentais son cœur palpiter doucement contre ma poitrine. Ses mains me frottaient le dos. Elle ne m'a pas dit de m'arrêter de pleurer, que tout allait s'arranger – les mots que sortent automatiquement les gens quand ils préfèrent que vous vous taisiez.

— Cela fait mal, je le sais. Laisse-toi aller. Ouvre les vannes.

C'est ce que j'ai fait. Ma bouche pressée contre la robe d'August, j'ai eu l'impression de déverser tout mon fardeau de chagrin dans sa poitrine, de le déplacer à la force de ma bouche, sans qu'elle bronche.

August était trempée de mes larmes. Au col le coton de sa robe lui collait à la peau. Je voyais sa noirceur briller aux endroits humides. Elle était comme une éponge, elle absorbait tout ce que je ne pouvais plus retenir.

Ses mains étaient chaudes sur mon dos. Et, chaque fois que je m'interrompais pour renifler et aspirer un peu d'air, je l'entendais respirer. Une respiration régulière. Une fois mes pleurs calmés, je me suis laissé bercer par ce rythme paisible.

Lorsque enfin je me suis dégagée et que je l'ai regardée, étourdie par la force de ce qui venait de sortir, elle a passé un doigt sur l'arête de mon nez et elle a eu un sourire triste.

— Je suis désolée.
— Tu n'as pas à t'excuser.

Elle a sorti un mouchoir blanc du tiroir du haut de sa commode. Il était plié, repassé et il portait le monogramme AB brodé en fils argentés. Elle m'a doucement essuyé les joues.

— Il faut que vous sachiez que je n'ai pas cru

T. Ray quand il m'a dit ça. Je sais que jamais elle ne m'aurait quittée. Je voulais découvrir la vérité sur elle et lui prouver à quel point il se trompait.

Elle a passé la main sous ses lunettes et a pincé l'endroit entre ses yeux.

— Et c'est ça qui t'a poussée à partir ?

J'ai acquiescé.

— En plus, Rosaleen et moi on a eu des ennuis en ville et je savais que, si je ne partais pas, T. Ray allait à moitié me tuer et j'en avais marre d'être à moitié tuée.

— Quelle sorte d'ennuis ?

J'aurais aimé ne pas être obligée de poursuivre. J'ai fixé le sol.

— Tu parles de la façon dont Rosaleen a eu les bleus et la coupure sur son front ?

— Elle voulait simplement s'inscrire pour voter.

August a plissé les yeux comme si elle essayait de comprendre.

— Bon, d'accord, commence par le début. Prends ton temps et raconte-moi ce qui s'est passé.

Du mieux que j'ai pu, je lui ai livré la triste histoire, en prenant garde de ne rien omettre : Rosaleen s'exerçant à écrire son nom, les trois hommes qui s'étaient moqués d'elle, Rosaleen qui avait versé son jus de chique sur leurs chaussures.

— Un policier nous a emmenées en prison.

Les mots avaient une sonorité bizarre. Et davantage aux oreilles d'August.

— En prison ? (Ses os parurent un peu se détendre dans son corps.) Ils vous ont jetées en prison ? Pour quelle raison ?

— Le policier a prétendu que Rosaleen avait

agressé les hommes, mais j'étais là, elle ne faisait que se protéger. C'est tout.

August a serré la mâchoire et s'est redressée, raide comme un piquet.

— Combien de temps y êtes-vous restées ?

— Moi, pas longtemps. T. Ray est venu me chercher, mais ils ont refusé de relâcher Rosaleen, et puis les hommes sont revenus et ils l'ont rouée de coups.

— Sainte Vierge !

Les mots ont flotté au-dessus de nos têtes. J'ai pensé à l'esprit de Marie, caché partout. Son cœur, une tasse rouge d'ardeur dissimulée au milieu d'objets ordinaires. N'était-ce pas ce que August avait dit ? Ici, partout. Mais cachée.

— Comment a-t-elle fini par sortir ?

Pour certaines choses, il faut simplement respirer un bon coup et foncer.

— Je suis allée à l'hôpital où ils l'avaient conduite pour qu'on la recouse et euh... je l'ai fait sortir en douce à la barbe du policier.

— Sainte Vierge ! s'est-elle écriée une nouvelle fois.

Elle s'est levée et elle a fait le tour de la pièce.

— Je ne l'aurais jamais fait si T. Ray n'avait pas annoncé qu'il n'y avait pire ennemi des Noirs que l'homme qui avait rossé Rosaleen. Et que cela lui ressemblerait bien de revenir l'achever. Je ne pouvais pas la laisser là-bas.

C'était effrayant, tous mes secrets répandus dans la pièce, comme si un camion poubelle venait de décharger son triste contenu par terre pour qu'August y fasse le tri. Mais ce qui me terrifiait le plus, c'était de voir

August calée dans son fauteuil, les yeux vers la fenêtre, sans connaître le fond de sa pensée.

Un frisson de fièvre m'a parcouru le cou.

— Je ne cherche pas à être mauvaise, ai-je repris en fixant mes mains, jointes comme dans une prière. On dirait que je ne peux pas m'en empêcher.

Je croyais avoir pleuré tout mon soûl, mais les larmes revenaient.

— Je fais tout mal. Je raconte des mensonges, tout le temps. Pas à vous. Enfin, si… mais pour de bonnes raisons. Et je déteste des gens. Pas seulement T. Ray. Des tas de gens. Les filles de l'école – pourtant elles ne m'ont rien fait à part m'ignorer. Je déteste Willifred Marchant, la poétesse de Tiburon – et je ne la connais même pas. Parfois je déteste Rosaleen parce qu'elle me plonge dans l'embarras. Et à mon arrivée ici, je détestais June.

Un flot de silence. Il a gonflé comme une vague. J'ai entendu un rugissement dans ma tête, de la pluie dans mes oreilles.

Regardez-moi. Reposez votre main sur la mienne. Dites quelque chose.

À présent mon nez coulait autant que mes yeux. Je reniflais, je m'essuyais les joues, incapable d'empêcher ma bouche de débiter toutes ces choses horribles à mon sujet et une fois que j'aurais fini… eh bien, si August pouvait m'aimer encore, si elle pouvait me dire « Lily, tu restes une fleur spéciale plantée dans la terre », alors peut-être que je serais capable de regarder dans les miroirs de son salon et voir la rivière scintiller dans mes yeux et continuer à y couler malgré ce qui était mort dedans.

— Mais tout ça, c'est rien.

J'étais debout, j'avais besoin d'aller quelque part, mais je n'avais nulle part où aller. Nous étions sur une île. Une île bleue flottant dans une maison rose où je vidais mon sac. Où j'espérais qu'ensuite, on ne me jetterait pas à l'eau pour que j'y attende mon châtiment.

— Je...

August me regardait. Je ne savais pas si j'arriverais à le dire.

— C'est de ma faute si elle est morte. Je... je l'ai tuée.

J'ai sangloté et je suis tombée à genoux sur le tapis. C'était la première fois que je prononçais ces mots à haute voix et les entendre me brisa le cœur.

Peut-être qu'à une ou deux reprises au cours de sa vie on entend un esprit sombre, un murmure qui sort du centre des choses. Avec des lames pour lèvres, il ne s'arrêtera pas tant qu'il n'aura pas révélé le secret à la base de tout. Agenouillée par terre, incapable de cesser de frissonner, je l'entendais très clairement. Tu n'es pas aimable, Lily Owens, disait-il. Pas aimable. Qui pourrait t'aimer ? Qui au monde pourrait t'aimer ?

Je me suis assise sur mes talons, à peine consciente que je marmonnais les mots – Je ne suis pas aimable.

Quand j'ai levé les yeux, j'ai vu des particules de poussière flotter dans le halo de la lampe et August, debout, qui me contemplait. J'ai cru un instant qu'elle allait m'aider à me relever, mais elle s'est agenouillée à côté de moi et a repoussé les cheveux qui me tombaient sur la figure.

— Oh ! Lily. Mon petit.

— Je l'ai tuée accidentellement, ai-je repris en la regardant droit dans les yeux.

— Écoute-moi maintenant, a poursuivi August en

relevant mon menton. C'est une chose terrible, affreuse avec laquelle vivre. Mais tu n'es pas indigne d'amour. Même si tu l'as tuée accidentellement, tu restes la jeune fille la plus chère, la plus aimable que je connaisse. C'est vrai, Rosaleen t'aime. May t'aimait. Il ne faut pas être sorcier pour comprendre que Zach t'aime. Et toutes les Filles t'aiment. Et June, malgré son attitude, t'aime, elle aussi. Cela lui a simplement demandé un peu plus longtemps parce qu'elle en voulait à ta mère.

— Elle en voulait à ma mère ? Mais pourquoi ? ai-je demandé en comprenant que June aussi devait savoir depuis le début qui j'étais.

— Oh ! c'est compliqué. Comme June. Elle ne pouvait pas accepter que j'aie travaillé comme bonne dans la maison de ta mère. (August secoua la tête.) Je sais que ce n'était pas juste, mais elle s'est vengée sur Deborah et ensuite sur toi. Mais même June a fini par t'aimer, non ?

— Peut-être.

— Surtout je veux que tu saches que moi, je t'aime. Comme j'aimais ta mère.

August s'est relevée, tandis que je demeurais par terre, à savourer ses paroles.

— Donne-moi la main.

En me redressant, j'avais un peu la tête qui tournait.

Tout cet amour qui venait vers moi, et dont je ne savais pas quoi faire.

J'avais envie de lui dire : « Je vous aime, moi aussi. Je vous aime tous. » C'est monté en moi, telle une colonne de vent, mais arrivé à ma bouche, cela n'avait pas de voix, pas de mots. Juste des tonnes d'air et de manque.

— Et si nous nous offrions un répit? a déclaré August avant d'aller dans la cuisine.

*
* *

Elle nous a servi des verres d'eau glacée sortant du réfrigérateur. Dans la véranda, nous avons bu de petites gorgées de fraîcheur en écoutant grincer les chaînes de la balancelle où nous avions pris place. C'est surprenant comme ce bruit peut être réconfortant. Nous n'avions pas pris la peine d'allumer le plafonnier et ça aussi, c'était réconfortant – d'être assises dans le noir.

— Voilà ce que je n'arrive pas à comprendre, Lily... comment as-tu pu savoir qu'il fallait venir ici, a repris August au bout de quelques minutes.

J'ai sorti l'image de la Vierge noire et la lui ai tendue.

— Elle appartenait à ma mère. Je l'ai trouvée dans le grenier, en même temps que sa photo.

— Oh mon Dieu! s'est-elle exclamée en posant la main sur sa joue. Je l'ai donnée à ta mère peu de temps avant sa mort.

Elle a posé son verre par terre et elle a traversé la véranda. Comme je ne savais pas si je devais continuer à parler, j'ai attendu qu'elle dise quelque chose et, voyant qu'elle n'en faisait rien, je suis allée la rejoindre. Les lèvres serrées, elle scrutait la nuit. Les bras ballants, elle serrait l'image dans une main.

Il lui a fallu une bonne minute pour la relever afin que nous puissions la regarder.

— Il y a Tiburon, CduS, écrit au dos.

August l'a retournée.

— Deborah a dû écrire ça. (Une ombre de sourire passa sur son visage.) Cela lui ressemblerait bien. Elle possédait un album plein de photos, et elle notait au dos de chacune d'elles l'endroit où elle avait été prise, même si c'était dans sa propre maison.

Elle m'a tendu l'image. J'ai caressé le mot Tiburon du doigt.

— Qui l'aurait cru ?

Nous sommes allées nous rasseoir et nous nous sommes balancées d'avant en arrière, en poussant légèrement avec nos pieds. August regardait droit devant elle. La bretelle de sa combinaison était tombée sur son coude, et elle semblait ne pas l'avoir remarqué.

June aimait taquiner August sur sa façon de méditer. Elle vous parlait, et la seconde d'après, elle disparaissait dans un univers privé où elle réfléchissait, digérant des choses qui feraient s'étrangler la plupart des gens. « Apprends-moi à faire ça. Apprends-moi à accepter tout ça », avais-je envie de lui dire.

Le tonnerre gronda au-dessus des arbres. Songeant aux thés de ma mère, aux sandwichs minuscules pour une bouche de poupée, j'ai été submergée de tristesse. Sans doute parce que j'aurais adoré assister à une scène pareille. Peut-être parce que tous les sandwichs auraient été au beurre de cacahuète – les préférés de ma mère, et je n'en raffolais même pas. Puis je me suis interrogée sur le poème qu'August lui avait fait apprendre... S'en était-elle souvenue après son mariage ? Allongée dans son lit, au son des ronflements de T. Ray, se le récitait-elle jusqu'à ce qu'elle s'endorme, regrettant de ne pas pouvoir s'enfuir avec Robert Frost ?

J'ai regardé August du coin de l'œil et me suis efforcée de revenir à cet instant où, dans sa chambre, j'avais avoué mes pires péchés. Et elle avait dit : « Je t'aime. Comme j'aimais ta mère. »

— Très bien, a repris August, comme si nous n'avions pas cessé de parler. L'image explique comment tu es venue à Tiburon, mais comment m'as-tu trouvée ?

— Cela n'a pas été difficile. Nous étions à peine arrivées que j'ai repéré votre miel de la Madone noire. C'était la même image que celle de ma mère. La Madone noire de Breznichar de Bohême.

— Excellente prononciation.

— Je me suis exercée.

— Où as-tu vu le miel ?

— Au bazar Frogmore Stew à l'entrée de la ville. J'ai demandé à l'homme au nœud papillon où il l'achetait. C'est lui qui m'a indiqué où vous habitiez.

— Il doit s'agir de M. Grady. (Elle a secoué la tête.) C'est incroyable, c'était ton destin de nous retrouver.

Mon destin, je n'en doutais pas une seconde. J'aurais simplement voulu savoir où j'étais censée échouer. J'ai baissé les yeux. Nous avions toutes les deux les mains sur nos cuisses, paume en l'air, comme si nous attendions que quelque chose tombe dedans.

— Et si nous parlions un peu plus de ta mère ?

J'ai hoché la tête. Tous les os de mon corps craquaient du besoin de parler d'elle.

— Si tu veux faire une pause, tu me le dis.

— D'accord.

Je n'arrivais pas à imaginer ce qui allait venir. Quelque chose qui requérait des pauses... Des pauses pourquoi ? Pour que je danse de joie ? Pour qu'elle me tire de mon évanouissement ? Ou ces pauses devaient-elles servir à mieux digérer les mauvaises nouvelles ?

Un chien a aboyé dans le lointain. August attendit qu'il s'arrête pour enchaîner.

— J'ai commencé à travailler pour la mère de Deborah en 1931. Deborah était une enfant adorable, mais toujours en train de faire des bêtises. Intenable. D'abord, elle marchait dans son sommeil. Une nuit elle est sortie et elle a grimpé sur une échelle que les couvreurs avaient laissée contre la maison. Son somnambulisme a failli rendre sa mère complètement folle. (Elle a ri.)

» Et ta mère avait une amie imaginaire. Tu en as déjà eu une ? (J'ai secoué la tête.) Elle appelait la sienne Tica Tee. Elle lui parlait tout haut comme si elle était devant nous et si j'oubliais de mettre son couvert, Deborah piquait une crise. De temps à autre, je mettais son couvert et elle s'exclamait : « Mais qu'est-ce que tu fais ? Tica Tee n'est pas là. Elle tourne des films. » Ta mère adorait Shirley Temple.

— Tica Tee, ai-je répété, car j'avais envie de sentir les mots sur ma langue.

— C'était quelqu'un cette Tica Tee. Chaque fois que Deborah avait du mal dans un domaine, Tica Tee y excellait. Tica Tee obtenait les meilleures notes à ses devoirs, des étoiles d'or à l'école du dimanche, elle faisait son lit, vidait son assiette. Certains conseillaient à ta grand-mère – qui s'appelait Sarah – de conduire Deborah chez un médecin de Richmond spécialisé dans les enfants à problèmes. Mais je lui ai dit : « Ne vous en faites pas pour elle. Elle règle simplement les choses à sa façon. Elle finira par oublier Tica Tee. » Et c'est ce qui s'est passé.

Mais sur quelle planète avais-je donc vécu pour tout ignorer des amis imaginaires ? J'en voyais très bien l'intérêt. Une partie perdue de vous-même qui apparaît pour vous rappeler ce que vous pourriez devenir avec un peu d'efforts.

— On dirait que ma mère et moi nous ne nous ressemblions pas du tout.

— Oh ! mais si. Elle avait un côté comme toi. Brusquement, elle faisait quelque chose que d'autres enfants n'auraient jamais imaginé.

— Par exemple ?

Les yeux fixés sur un point au-dessus de mon épaule, August a souri.

— Un jour, elle s'est enfuie de la maison. Je ne me rappelle même plus ce qui l'y avait poussée. Nous l'avons cherchée tard dans la nuit. Nous l'avons retrouvée blottie dans un fossé de drainage, dormant à poings fermés.

Le chien s'était remis à aboyer et August s'est tue. Nous avons écouté comme s'il s'agissait d'une sérénade. Les yeux fermés, j'essayais d'imaginer ma mère endormie dans un fossé.

— Combien de temps avez-vous travaillé pour... ma grand-mère ?

— Longtemps. Plus de neuf ans. Jusqu'à ce que j'obtienne ce poste de professeur dont je t'ai parlé. Mais nous sommes restées en contact.

— Je parie qu'ils ont détesté que vous veniez vous installer ici en Caroline du Sud.

— Cette pauvre Deborah a pleuré et pleuré. Elle avait dix-neuf ans à l'époque, mais elle a pleuré comme si elle en avait six.

La balancelle s'était immobilisée et aucune de nous n'a songé à la relancer.

— Comment ma mère est-elle arrivée ici ?
— J'habitais ici depuis deux ans. J'avais commencé mon commerce de miel et June enseignait à l'école, quand elle m'a téléphoné. Elle m'a annoncé en pleurant toutes les larmes de son corps que sa mère était morte. « Je n'ai plus que toi au monde », ne cessait-elle de répéter.
— Et son père ? Où était-il ?
— Oh ! M. Fontanel est mort quand elle n'était qu'un bébé. Je ne l'ai jamais rencontré.
— Elle est donc venue ici pour être avec vous ?
— Deborah avait une amie du lycée qui venait de s'installer à Sylvan. C'est elle qui l'a convaincue que c'était un endroit agréable. Il y avait du travail et des hommes rentrés de la guerre. Deborah a donc déménagé. Mais je crois que c'était à cause de moi. Elle souhaitait me savoir dans les parages.

Je commençais à reconstituer le puzzle.
— Ma mère est venue à Sylvan, a rencontré T. Ray et s'est mariée.
— Voilà.

À notre arrivée dans la véranda, le ciel était constellé d'étoiles, la Voie lactée brillait telle une route à emprunter pour retrouver sa mère qui attendrait au bout, les mains sur les hanches. Un brouillard humide venait de s'abattre sur le jardin. Une minute plus tard, une pluie fine tombait.

— Ce que je ne comprendrai jamais, c'est pourquoi elle l'a épousé, lui.
— Je ne crois pas que ton père ait toujours été comme ça. Deborah m'en a parlé. Elle était fière qu'il ait été décoré pendant la guerre. Il était si courageux. Il la traitait comme une princesse.

J'ai failli lui éclater de rire au nez.

— Il ne doit pas s'agir du même Terrence Ray, ça, je peux vous l'assurer.

— Tu sais, Lily, la vie change les gens. Il aimait ta mère au début, cela ne fait aucun doute. En fait, il la vénérait. Et ta mère s'est imbibée de cette vénération. À l'instar de bien des jeunes femmes, elle avait des penchants romantiques. Mais au bout d'environ six mois, cela a commencé à s'user. Dans une de ses lettres, elle notait que Terrence Ray avait les ongles sales. Et puis elle m'a écrit qu'elle ne savait pas si elle pourrait vivre dans une ferme. Quand il l'a demandée en mariage, elle a dit non.

— Mais elle l'a épousé! me suis-je écriée, sincèrement perdue.

— Plus tard elle a changé d'avis.

— Pourquoi? Pourquoi l'a-t-elle épousé si elle l'aimait déjà moins?

August m'a caressé les cheveux.

— J'ai beaucoup réfléchi pour savoir si je devais te le dire... Peut-être que cela t'aidera à mieux comprendre ce qui s'est passé. Deborah était enceinte, ma chérie, voilà pourquoi.

Juste avant qu'elle ne le dise, j'avais deviné, mais j'ai tout de même eu l'impression de recevoir un coup de marteau sur la tête.

— Elle était enceinte de moi?

La lassitude s'emparait de moi. La vie de ma mère était décidément trop lourde.

— C'est ça. Enceinte de toi. Terrence Ray et elle se sont mariés aux alentours de Noël. Elle m'a téléphoné pour me l'annoncer.

Non désiré. J'étais un bébé non désiré.

Et en plus, ma mère s'était retrouvée coincée avec T. Ray à cause de moi. Je n'étais pas mécontente qu'il fasse noir, comme ça August ne pouvait pas voir mon visage défait. On croit qu'on veut savoir quelque chose et, une fois qu'on le sait, on n'a plus qu'une envie, l'effacer de son esprit. Dorénavant quand on me demanderait ce que je veux être quand je serai grande, je répondrais, amnésique.

J'écoutais le sifflement de la pluie. Les gouttelettes m'embuaient les joues quand j'ai compté sur mes doigts.

— Je suis née sept mois après leur mariage.

— Elle m'a appelée juste après ta naissance. Elle a dit que tu étais si jolie que c'était presque douloureux de te regarder.

Mes yeux se sont mis à piquer comme si du sable venait de voler dedans. Peut-être que ma mère s'était extasiée devant moi finalement. Qu'elle avait bêtifié. Qu'elle m'avait relevé les cheveux en une boucle sur le sommet du crâne. Avec un nœud rose autour. Ce n'était pas parce que je n'étais pas prévue qu'elle ne m'avait pas aimée.

Je n'écoutais plus August ; j'étais de nouveau plongée dans la version de l'histoire que je m'étais toujours répétée, à savoir que ma mère m'aimait à en perdre la raison. J'avais vécu dedans tel un poisson rouge dans son bocal, comme si c'était le seul univers existant. Le quitter sonnerait ma mort.

J'étais là, l'air abattu, les yeux rivés au sol. Je refusais de songer au mot « non désirée ».

— Ça va ? Tu veux aller te coucher maintenant et reprendre notre conversation demain matin ?

Un « non » a jailli de mes lèvres. J'ai respiré un bon coup.

— Ça va, en fait, ai-je dit, en m'efforçant d'afficher un air imperturbable. J'ai juste besoin d'un peu d'eau.

Prenant mon verre, elle est rentrée dans la cuisine non sans se retourner deux fois pour me regarder. Elle est revenue avec un parapluie jaune accroché au poignet.

— Dans un moment, je te raccompagnerai à la maison du miel.

Quand j'ai bu, le verre a tremblé dans ma main et l'eau a presque refusé de passer. Les gargouillis dans ma gorge ont couvert un instant le bruit de la pluie.

— Tu es sûre de ne pas vouloir aller te coucher maintenant ?

— J'en suis sûre. Il faut que je sache...

— Il faut que tu saches quoi, Lily ?

— Tout.

August s'est assise à côté de moi, résignée.

— Très bien. Soit !

— Je sais qu'elle ne s'est mariée avec lui qu'à cause de moi, mais est-ce que vous croyez qu'elle a été un peu heureuse ?

— Je crois qu'elle l'a été un temps. Elle a essayé, je le sais. J'ai reçu une dizaine de lettres et au moins autant de coups de téléphone, les deux premières années, et j'ai compris qu'elle faisait des efforts. Elle parlait surtout de toi, la première fois que tu t'étais assise, tes premiers pas, vos séances de trois petits chats. Puis ses lettres se sont espacées, et quand j'en recevais, je voyais bien qu'elle n'était pas heureuse. Un jour elle m'a téléphoné. C'était fin août ou début septembre – je me le rappelle parce que nous avions fêté le jour de Marie peu avant.

» Elle m'a dit qu'elle quittait T. Ray, qu'il fallait

qu'elle parte de chez elle. Elle voulait savoir si elle pouvait séjourner chez nous quelques mois le temps de décider où aller. Bien entendu, je l'ai invitée à venir. Quand je suis allée la chercher à gare routière, elle était l'ombre d'elle-même. Maigre, avec de grands cernes noirs.

Mon estomac s'est lentement retourné. Je savais que nous arrivions au point de l'histoire que je redoutais le plus. Ma respiration s'est accélérée.

— J'étais avec elle quand vous êtes allée la chercher à la gare routière ? Elle m'avait emmenée avec elle, n'est-ce pas ?

August s'est penchée vers moi et a murmuré dans mes cheveux.

— Non, chérie, elle est venue seule.

Je me suis rendu compte que je venais de me mordre l'intérieur de la joue. Malgré l'envie de cracher que m'a donné le goût du sang, j'ai préféré avaler.

— Pourquoi ? Pourquoi ne m'a-t-elle pas amenée ?

— Tout ce que je sais, Lily, c'est qu'elle était déprimée, elle s'écroulait. Le jour où elle est partie de chez elle, il ne s'est rien passé de particulier. À son réveil, elle s'est simplement dit qu'elle ne pouvait pas rester plus longtemps. Elle a appelé une dame de la ferme voisine pour qu'elle vienne te garder, et elle est partie à la gare routière au volant du camion de Terrence Ray. Jusqu'à son arrivée, je pensais qu'elle serait venue avec toi.

Dans les grognements de la balancelle, nous humions l'odeur de la pluie chaude, du bois mouillé et de l'herbe pourrie. *Ma mère m'avait abandonnée.*

— Je la déteste.

Je voulais hurler, mais j'ai sorti ça d'une voix anormalement calme et grinçante comme le bruit d'une voiture qui roule lentement sur des gravillons.

— Allons, Lily.

— C'est vrai, je la déteste. Elle ne ressemble en rien à ce que je croyais. (J'avais passé ma vie à imaginer toutes ses manières de m'aimer, l'incarnation idéale de la mère. Et tout n'était que mensonges. Je l'avais complètement inventée.) Elle n'a pas eu de mal à m'abandonner parce qu'elle ne m'a jamais désirée.

August a tendu la main vers moi, mais je me suis levée et j'ai poussé la porte. Je l'ai laissée claquer derrière moi. Je me suis assise sur les marches mouillées du perron.

J'ai entendu August traverser la véranda, senti l'air s'épaissir quand elle s'est plantée derrière la porte.

— Je ne vais pas lui chercher des excuses, Lily. Ta mère a fait ce qu'elle a pu.

— Vous appelez ça une mère!

Je me sentais toute dure à l'intérieur. Dure et furieuse.

— Tu veux bien m'écouter une minute? À son arrivée à Tiburon, ta mère n'avait pratiquement que la peau sur les os. May ne parvenait pas à lui faire avaler quoi que ce soit. Pendant une semaine, elle n'a fait que pleurer. Plus tard, on a appelé ça une dépression nerveuse, mais quand cela s'est produit, nous ne savions pas mettre un nom dessus. Je l'ai conduite chez le médecin, qui lui a prescrit de l'huile de foie de morue en lui demandant où était sa famille blanche. Il a décrété qu'il était peut-être nécessaire qu'elle passe un peu de temps à Bull Street. Autant te dire qu'il ne l'a jamais revue.

— Bull Street. L'asile d'aliénés? (L'histoire ne cessait de s'aggraver.) Mais c'est pour les dingues.

— Il ne devait pas trop savoir quoi faire d'elle, mais elle n'était pas folle. Elle était déprimée, pas folle.

— Vous auriez dû le laisser l'interner. Elle aurait croupi à l'asile.

— Lily !

Je l'avais choquée, et j'en étais ravie.

Ma mère avait été en quête d'amour et, à la place, elle était tombée sur T. Ray et sa ferme, puis j'étais apparue et je ne lui avais pas suffi. Elle m'avait laissée avec T. Ray Owens.

Un éclair a zébré le ciel, sans que je bronche pour autant. Mes cheveux partaient dans tous les sens, comme des volutes de fumée. J'ai senti mes yeux se durcir et s'étrécir. Je fixais une merde d'oiseau sur la dernière marche, que la pluie enfonçait dans les fissures du bois.

— Tu m'écoutes maintenant ? (La voix d'August a filtré à travers la moustiquaire, chacun de ses mots hérissé de piquants de barbelés.) Tu m'écoutes ?

— Je vous entends.

— Les gens déprimés font des choses qu'ils ne feraient pas normalement.

— Quoi, par exemple ? Abandonner leurs enfants ?

Je ne pouvais pas m'arrêter. La pluie s'écrasait sur mes sandales, dégoulinait entre mes orteils.

Lâchant un gros soupir, August est repartie s'asseoir sur la balancelle. Peut-être que je l'avais blessée, déçue, et cette idée a creusé un vide en moi. Un peu de mon orgueil s'en est écoulé.

Je suis rentrée dans la véranda. Quand je me suis assise à côté d'August, elle a posé sa main sur la mienne, et sa chaleur a envahi ma peau. J'ai frissonné.

— Viens ici, m'a-t-elle dit en m'attirant contre elle.

J'ai eu l'impression d'être prise sous l'aile d'un oiseau et nous sommes restées comme ça un moment, à nous balancer.

— Qu'est-ce qui l'a rendue aussi déprimée?

— Je ne connais pas toute la réponse, mais c'était dû en partie au fait de vivre à la ferme, isolée de tout, mariée à un homme qu'elle n'avait pas vraiment eu envie d'épouser.

La pluie a redoublé de violence, tombant en grands rideaux argent foncé. J'ai essayé, mais je ne comprenais rien à mon cœur. Une minute je haïssais ma mère, la suivante j'étais triste pour elle.

— D'accord, elle faisait une dépression nerveuse, mais comment a-t-elle pu me laisser comme ça?

— Au bout de trois mois ici, quand elle s'est sentie mieux, elle ne cessait de répéter que tu lui manquais. Finalement elle est rentrée te chercher à Sylvan.

Je me suis redressée et j'ai regardé August, en entendant l'air s'échapper de mes lèvres.

— Elle est repartie me chercher?

— Elle avait l'intention de te ramener ici à Tiburon. Elle a même évoqué une demande de divorce avec Clayton. La dernière fois que je l'ai vue, elle me faisait au revoir de la main à travers la vitre d'un car.

J'ai posé la tête sur l'épaule d'August ; je savais exactement ce qui s'était passé ensuite. J'ai fermé les yeux et tout est apparu. Ce jour sans fin qui ne cessait de me hanter – la valise par terre, dans laquelle elle jetait des vêtements sans les plier. *Vite*, répétait-elle.

T. Ray m'avait dit qu'elle était revenue chercher ses affaires. Mais elle était revenue pour moi aussi. Elle voulait me ramener ici, à Tiburon, chez August.

Si seulement nous avions réussi! Le bruit des

bottes de T. Ray dans l'escalier m'est revenu en mémoire. J'avais envie de bourrer quelque chose de coups de poing, de reprocher à ma mère de s'être fait piéger, de ne pas avoir fait sa valise assez vite, de ne pas être revenue plus tôt.

J'ai levé les yeux vers August.

— Je m'en souviens, ai-je repris, avec un goût amer dans la bouche. Je me souviens qu'elle est revenue me chercher. T. Ray l'a surprise en train de faire sa valise. Ils ont hurlé, se sont disputés. Elle...

Je me suis interrompue; j'entendais leurs voix dans ma tête.

— Continue.

J'ai regardé mes mains. Elles tremblaient.

— Elle a pris une arme dans le placard, mais il la lui a arrachée. Tout s'est passé si vite que cela se mélange dans ma tête. J'ai vu l'arme par terre et je l'ai ramassée. Je ne sais pas pourquoi. Je voulais... me rendre utile. La lui tendre. Pourquoi j'ai fait ça? Pourquoi l'ai-je ramassée?

August s'est glissée au bord de la balancelle et s'est tournée vers moi. Elle avait un air décidé.

— Tu te rappelles ce qui s'est passé après? Après que tu l'as ramassée?

J'ai secoué la tête.

— Seulement le bruit. L'explosion. Si fort.

Les chaînes de la balancelle ont grincé. August fronçait les sourcils.

— Comment avez-vous appris... pour la mort de ma mère?

— Quand Deborah n'est pas revenue comme elle l'avait promis... j'ai voulu savoir ce qui était arrivé, alors j'ai appelé chez toi. Une femme m'a répondu. Elle s'est présentée comme une voisine.

— C'est une voisine qui vous l'a appris ?

— Elle m'a expliqué que Deborah avait été victime d'un accident avec une arme à feu. Elle a refusé d'en dire davantage.

J'ai contemplé la nuit, les branches dégoulinantes d'eau, les ombres qui se déplaçaient dans la véranda.

— Vous ne saviez pas que c'était moi qui... qui l'avais fait ?

— Non, je n'ai jamais imaginé une chose pareille. J'ai encore du mal maintenant. (Elle a croisé les doigts et a posé les mains sur ses genoux.) J'ai essayé d'en savoir plus. J'ai rappelé, et Terrence Ray a répondu, mais il n'a pas voulu aborder le sujet. Il insistait pour savoir qui j'étais. J'ai même appelé la police à Sylvan, mais ils ont refusé de me donner des renseignements, ils se sont contentés de dire que c'était une mort accidentelle. J'ai dû vivre sans savoir. Toutes ces années.

Le silence nous enveloppait. La pluie avait presque cessé, nous laissant avec un calme pesant et un ciel sans lune.

— Allons, viens te coucher.

Nous avons marché dans le chant indistinct des sauterelles, le bruit des gouttes qui s'écrasaient sur le parapluie, tous ces rythmes terribles qui prennent possession de vous dès que vous baissez la garde. *Elle t'a quittée*, tambourinaient-ils, *quittée, quittée.*

Savoir peut être une vraie malédiction. J'avais échangé un lot de mensonges contre un lot de vérité, et j'ignorais lequel était le plus lourd. Lequel exigeait le plus de force ? En fait, c'est ridicule comme question, parce qu'une fois que vous connaissez la vérité, vous ne pouvez pas revenir en arrière pour récupérer votre valise de mensonges. Qu'elle soit ou non plus lourde, la vérité ne vous lâche plus.

Dans la maison du miel, August a attendu que je me glisse dans mon lit pour m'embrasser le front.

— Tous les êtres sur la surface de la terre commettent des erreurs, Lily. Tous. Nous sommes tous si humains. Ta mère a commis une terrible erreur, mais elle a essayé de la réparer.

— Bonne nuit, ai-je dit avant de me retourner.

— La perfection n'est pas de ce monde, m'a lancé August de la porte. On vit, c'est tout.

13

> « Une ouvrière mesure juste un peu plus d'un centimètre et ne pèse qu'environ soixante milligrammes ; pourtant, elle est capable de voler avec une charge plus lourde qu'elle-même. »
> James L. Gould et Carol Grant Gould.

La chaleur s'amassait au creux de mes coudes, derrière mes genoux. Allongée sur les draps, j'ai touché mes paupières. J'avais tellement pleuré qu'elles étaient gonflées et à moitié fermées. Sans elles, je n'aurais peut-être pas cru à ce qui venait de se passer entre August et moi.

Je n'avais pas bougé depuis son départ. J'étais restée là à fixer sur la surface plate du mur la troupe d'insectes nocturnes qui sortent et rampent partout pour le plaisir une fois qu'ils vous croient endormi. Puis, lasse de les observer, j'ai posé un bras sur mes yeux et je me suis ordonné : *Dors, Lily. Je t'en prie, endors-toi.* Mais bien entendu, je n'ai pas pu.

Je me suis assise avec l'impression que mon corps pesait une tonne. Comme si quelqu'un avait reculé jusqu'à la maison du miel avec une bétonnière et ouvert les robinets sur moi. C'était horrible cette sensation d'être un bloc de béton au beau milieu de la nuit.

Plus d'une fois, en fixant le mur, j'avais pensé à Notre-Dame. Je voulais lui parler, lui dire : *Et maintenant je fais quoi ?* Mais en la voyant à mon retour dans la maison du miel, je ne lui ai pas trouvé l'air capable d'aider quiconque, enchaînée comme elle l'était. On a envie que celle qu'on prie ait au moins l'air capable, non ?

Je me suis extirpée du lit et je suis allée la voir quand même. Finalement il n'était peut-être pas essentiel que Marie soit capable à cent pour cent tout le temps. L'important, c'était qu'elle comprenne. Par exemple qu'elle lâche, dans un gros soupir : « Mon pauvre petit, je sais ce que tu ressens. » Si j'avais le choix, je préférais que quelqu'un comprenne ma situation, même s'il ne pouvait pas y remédier, plutôt que l'inverse. Mais ça, c'est tout moi.

Aussitôt j'ai senti la chaîne, sa forte odeur de rouille. J'ai eu l'envie de délivrer la Vierge, mais cela aurait gâché la reconstitution que August et les Filles avaient organisée.

La bougie rouge vacillait aux pieds de Marie. Je me suis assise en tailleur par terre en face d'elle. Dehors, le vent soufflait dans les arbres, une voix mélodieuse qui m'a ramenée en arrière, au temps où le même son m'éveillait en pleine nuit quand, l'esprit embrouillé par le sommeil et le manque, je m'imaginais que c'était ma mère qui chantait son amour infini sous les arbres. Une fois, je m'étais ruée dans la chambre de

T. Ray en hurlant qu'elle se tenait sous ma fenêtre. Il n'avait eu qu'un commentaire : « Arrête tes conneries, Lily. »

Je détestais quand il avait raison. Il n'y avait jamais eu de voix dans le vent. Pas l'ombre d'une mère en train de chanter. Pas d'amour infini.

L'affreux, le plus terrible, c'était la colère qui m'habitait. Cela avait commencé dans la véranda quand l'histoire de ma mère s'était effondrée, comme si le sol s'était dérobé sous mes pieds. Je ne voulais pas être en colère. *Tu n'es pas en colère. Tu n'as pas le droit d'être en colère. Ce que tu as fait à ta mère est bien pire que ce qu'elle t'a fait.* Mais on ne se débarrasse pas de sa colère comme ça. Ou on est en colère, ou on ne l'est pas.

La chaleur et le silence régnaient dans la pièce. Dans une seconde, je serais incapable de respirer à cause de la fureur qui m'oppressait. Mes poumons cognaient contre elle.

Je me suis mise à marcher de long en large dans l'obscurité. Derrière moi, sur l'établi, une demi-douzaine de pots de miel de la Madone noire attendaient que Zach les livre quelque part en ville – chez Clayton, peut-être, au bazar Frogmore Stew, à l'Amen Dollar, ou au Divine Do's, le salon de coiffure pour gens de couleur.

Comment a-t-elle osé ? Comment a-t-elle osé m'abandonner ? J'étais son enfant.

J'ai regardé vers la fenêtre, avec l'envie d'en briser les vitres. J'aurais aimé lancer quelque chose jusqu'au paradis pour faire tomber Dieu de son trône. J'ai pris un pot de miel et je l'ai envoyé valdinguer de toutes mes forces. Il a frôlé la tête de Marie avant de s'écraser sur le mur. J'en ai pris un autre et je l'ai jeté aussi. Il a explosé par terre à côté d'un tas de hausses de ruche. Tous les pots sur la table y sont passés, jusqu'à ce qu'il y ait du miel partout, éparpillé comme de la pâte à gâteau par un batteur électrique. Je me suis retrouvée dans une pièce poisseuse, jonchée de bouts de verre, et je n'en avais rien à fiche. Ma mère m'avait quittée. Quelle importance tout ce miel sur les murs ?

Ensuite j'ai pris un seau en fer-blanc et, avec un grognement, je l'ai balancé avec une telle force qu'il a fait une entaille dans le mur. Malgré mon bras qui fatiguait, j'ai soulevé un plateau de moules à bougie et je l'ai aussi envoyé balader.

Puis, immobile, j'ai regardé le miel glisser le long du mur. Un filet de sang coulait le long de mon bras gauche. Sans que je sache d'où cela venait. Mon cœur battait la chamade. J'avais l'impression d'avoir descendu la fermeture Éclair de ma peau et d'en être sortie, en laissant une folle à la place.

La pièce s'est mise à tourner comme un manège ; mon estomac se soulevait. J'ai éprouvé le besoin de toucher le mur à deux mains pour l'arrêter de bouger. Je me suis retournée vers la table où s'alignaient les pots de miel et j'ai appuyé les mains dessus. Je me sentais perdue. J'étais envahie d'une tristesse infinie, non à cause de ce que je venais de faire, même si c'était mal, mais parce que tout paraissait vidé de son sens – mes sentiments pour ma mère, ce que j'avais cru, toutes ces histoires à son propos dont je m'étais nourrie comme s'il s'agissait d'aliments, d'eau et d'air. Parce que j'étais la fille qu'elle avait abandonnée. Voilà à quoi cela se résumait.

En contemplant les dégâts, je me suis demandé si quelqu'un dans la maison rose avait entendu le vacarme des pots de miel contre le mur. Debout devant la fenêtre, j'ai fixé l'obscurité. Les vitres de la chambre d'August étaient sombres. Je sentais mon cœur dans ma poitrine. Horriblement douloureux. Comme si on venait de le piétiner.

— Comment as-tu pu m'abandonner ? ai-je murmuré, en regardant mon souffle tracer un cercle de buée sur la vitre.

Je suis restée pressée contre la fenêtre un moment, puis j'ai repoussé les bouts de verre éparpillés par terre devant Notre-Dame. Je me suis allongée sur le côté, en ramenant mes genoux contre ma poitrine. La Vierge noire qui me dominait de toute sa taille était mouchetée de miel, mais elle n'en paraissait pas surprise pour un sou. J'étais lasse, vidée – même de ma haine. Il n'y avait plus rien à faire. Nulle part où aller. Rien qu'ici et maintenant où se trouvait la vérité.

Je me suis intimé l'ordre de ne pas me lever pendant la nuit à moins d'avoir envie de me déchiqueter les pieds sur les bouts de verre. Puis j'ai fermé les yeux et j'ai commencé à rassembler les pièces du rêve que je voulais faire. Une petite porte dans la statue de la Madone noire s'ouvrirait, juste au-dessus de son ventre, et je ramperais à l'intérieur dans une pièce secrète. Cela ne sortait pas complètement de mon imagination parce que j'avais vu une image comme ça dans le livre d'August – une statue de Marie avec une porte grande ouverte et, à l'intérieur, une foule de gens cachés dans le monde secret du réconfort.

*
* *

J'ai ouvert les yeux sur une lumière éblouissante. Penchée sur moi, Rosaleen me secouait sans ménagement ; son haleine sentait le café et la gelée de raisins.

— Lily ! hurlait-elle. Au nom du ciel, mais qu'est-ce qui s'est passé ici ?

J'avais oublié qu'il y aurait du sang séché sur mon bras. Un bout de verre, gros comme un éclat de diamant, était fiché dans un morceau de peau ridé. Autour de moi, des bris de bocaux et des flaques de miel. Des gouttes de sang par terre.

Rosaleen me fixait, l'air effaré. Je me suis efforcée de distinguer ses traits.

— Réponds ! Réponds-moi.

J'ai cligné des yeux. Ma bouche n'avait pas l'air capable de s'ouvrir et de former des mots.

— Mais regarde-toi. Tu as saigné.

Ma tête dodelinait d'avant en arrière. Je me sentais embarrassée, ridicule, stupide.

— J'ai... euh... jeté des pots de miel.

— C'est toi qui as fait ça ? s'est-elle exclamée, comme si elle n'arrivait pas à y croire, comme si elle s'attendait à ce que je lui raconte qu'une bande de casseurs avait débarqué pendant la nuit. (Elle a soufflé, si fort que cela lui a soulevé les cheveux, ce qui était un vrai prodige quand on pense à la quantité de laque dont elle ne cessait de s'asperger.) Dieu du ciel !

Je me suis levée, sûre qu'elle allait me chasser, mais avec ses gros doigts elle a retiré le bout de verre de mon bras.

— Faut te badigeonner de Mercurochrome avant que ça s'infecte. Allez, viens !

Elle avait l'air exaspéré ; visiblement elle aurait bien aimé me prendre par les épaules et me secouer jusqu'à ce que mes dents tombent.

*
* *

Assise sur le rebord de la baignoire, j'attendais que Rosaleen ait fini de me tamponner le bras avec un bout de coton glacial.

— Là, au moins tu ne mourras pas d'empoisonnement du sang, a-t-elle conclu en me mettant un pansement.

Elle a fermé l'armoire de pharmacie au-dessus du lavabo, puis la porte de la salle de bains. Elle s'est assise sur la chaise percée et son ventre lui est tombé entre les jambes. Quand Rosaleen s'asseyait sur les toilettes, l'objet disparaissait sous elle. Perchée sur le bord de la baignoire, je n'étais pas mécontente qu'August et June soient encore dans leurs chambres.

— Bon, pourquoi as-tu jeté tout ce miel ?

J'ai regardé la rangée de coquillages sur le rebord de la fenêtre, en me disant qu'ils étaient vraiment à leur place même s'ils se trouvaient à des kilomètres de l'océan. August prétendait qu'il fallait toujours avoir un coquillage dans sa salle de bains pour se rappeler que l'océan était sa maison. Les coquillages sont les objets préférés de la Sainte Vierge, après la lune.

J'ai pris un des coquillages, un joli, blanc, plat avec du jaune sur les bords.

— J'attends, a répété Rosaleen.

— T. Ray avait raison pour ma mère, ai-je commencé, malade en m'entendant prononcer ces mots.

Elle m'a quittée. Tout s'est passé exactement comme il l'a dit. Elle m'a quittée.

Une seconde la colère qui m'avait envahie la veille s'est réveillée et j'ai failli balancer le coquillage dans la baignoire, mais j'ai respiré un grand coup à la place. Piquer des crises n'était pas si satisfaisant que ça finalement.

Rosaleen a bougé et le couvercle des toilettes s'est déplacé en grinçant. Elle s'est gratté le sommet du crâne. Je me suis perdue dans la contemplation du tuyau d'évacuation sous le lavabo, puis d'une tache de rouille sur le lino.

— Alors c'était donc vrai. Seigneur, je le craignais.

J'ai relevé la tête. Je me suis souvenue de cette première nuit après notre fugue, à côté du ru, quand je lui avais rapporté les paroles de T. Ray. J'espérais qu'elle éclaterait de rire à l'idée que ma mère ait pu me quitter, mais elle avait hésité.

— Tu le savais, n'est-ce pas ?
— Je n'en étais pas sûre. J'avais juste entendu des trucs.
— Quoi ?

Elle a lâché un soupir. En fait, plus qu'un soupir.

— Après la mort de ta maman, j'ai entendu T. Ray qui parlait au téléphone à la voisine, Mme Watson. Il lui disait qu'il n'avait plus besoin d'elle pour s'occuper de toi, qu'il avait engagé une des employées du verger. Comme il s'agissait de moi, j'ai écouté.

Dehors, un corbeau a filé devant la fenêtre en croassant comme un dingue et Rosaleen a attendu que le silence revienne.

Je connaissais Mme Watson à cause de l'église, et de toutes les fois où elle s'était arrêtée à l'étal pour m'acheter des pêches. Elle était gentille comme tout, mais, au regard qu'elle posait sur moi, j'avais l'impression qu'un truc incroyablement triste était inscrit sur mon front qu'elle mourait d'envie de frotter pour l'effacer.

J'ai serré le rebord de la baignoire pendant que Rosaleen reprenait, parce que je n'étais pas sûre de vouloir qu'elle le fasse.

— J'ai entendu ton papa dire à Mme Watson : « Janie, vous avez fait plus que votre part en veillant sur Lily ces derniers mois. Je ne sais pas ce que nous aurions fait sans vous. » (Rosaleen a secoué la tête.) Je me suis toujours demandé ce qu'il voulait dire par là. Quand tu m'as appris que T. Ray racontait que ta mère t'avait quittée, c'est là que j'ai compris, je crois.

— Je n'arrive pas à croire que tu ne me l'aies pas dit, ai-je lâché en croisant les bras.

— Comment l'as-tu découvert ?

— Par August.

J'ai songé à tous les pleurs que j'avais versés dans sa chambre. Serrant des bouts de sa robe dans mon poing. Le monogramme sur son mouchoir, rugueux contre ma joue.

— August ?

Rosaleen n'a pas souvent l'air interloqué, mais là c'était le cas.

— Elle connaissait ma mère quand elle était petite en Virginie. Elle a aidé à l'élever.

J'ai attendu quelques secondes, le temps qu'elle enregistre.

— C'est ici que ma mère est venue quand elle est

partie. Quand... Mme Watson s'est occupée de moi. Elle est venue droit ici.

Les yeux de Rosaleen se sont encore plissés, comme si c'était possible.

— Ta mère... et elle s'est interrompue.

C'était visible qu'elle s'efforçait de reconstituer le puzzle. Ma mère partant. Mme Watson s'occupant de moi. Ma mère revenant, pour se faire tuer.

— Ma mère a séjourné ici trois mois avant de rentrer à Sylvan. Un jour, cela a dû lui revenir : Non, mais c'est bien sûr! J'ai une petite fille qui m'attend à la maison. Et si je retournais la chercher?

J'ai perçu l'amertume dans ma voix et j'ai compris que je risquais de conserver ce ton à jamais. Que, dorénavant, quand je songerais à ma mère, je plongerais dans un endroit glacial où la mesquinerie régnerait en maître. J'ai serré le coquillage au point qu'il s'est enfoncé dans ma peau.

Rosaleen s'est levée. Elle paraissait énorme dans la petite salle de bains. Je me suis redressée à mon tour et, une seconde, prises en sandwich entre la baignoire et les toilettes, nous nous sommes dévisagées.

— Je regrette que tu ne m'aies pas dit que tu savais pour ma mère. Pourquoi?

— Oh! Lily, a-t-elle répondu et ses mots étaient empreints de douceur, comme s'ils venaient d'être bercés dans un petit hamac de tendresse au fond de sa gorge. Pourquoi serais-je allée te faire du mal avec un truc comme ça?

*
* *

Nous sommes retournées dans la maison du miel, Rosaleen avec un balai-éponge sur l'épaule et une spatule à la main ; moi avec un seau de serpillières et du Spic. Nous avons utilisé la spatule pour racler le miel. Vous n'imagineriez jamais où il était allé se nicher. Il y en avait jusque sur la calculatrice d'August.

Nous avons lessivé le sol et les murs, avant de nous attaquer à Notre-Dame. Nous avons remis de l'ordre sans échanger un seul mot.

Je travaillais avec un poids à l'intérieur, l'esprit vide. Ma respiration sortait par bouffées de mes narines. Le cœur de Rosaleen souffrait tellement pour moi que cela se voyait sur son visage luisant de sueur. Notre-Dame parlait avec ses yeux, me disait des choses que je ne comprenais pas.

*
* *

Les Filles et Otis sont arrivées à midi, chargées de toutes sortes de plats, comme si nous n'avions pas déjà mangé la veille à nous en faire péter la sous-ventrière. Elles les ont mis au chaud au four et ont entrepris de faucher des morceaux de beignets au maïs en disant qu'elles n'avaient jamais rien goûté de meilleur. Rosaleen se rengorgeait.

— Mais laissez donc ces beignets tranquilles ! a dit June. Ils sont pour notre déjeuner.

— Oh ! ce n'est pas grave, s'est écriée Rosaleen.

Cela m'a soufflée, parce qu'elle me donnait une tape sur la main si je piquais une seule miette de ses beignets avant le dîner. À l'arrivée de Neil et de Zach, il n'y avait presque plus de beignets, et Rosaleen menaçait de ne plus toucher terre.

J'étais paralysée et raide comme un piquet dans un coin de la cuisine. J'avais envie de ramper jusqu'à la maison du miel pour me recroqueviller sur mon lit. J'avais envie que tout le monde se taise et rentre chez soi.

Zach est venu vers moi, mais je me suis détournée pour examiner le tuyau d'évacuation de l'évier. J'ai senti qu'August me regardait. À en juger par sa bouche luisante et brillante, comme pommadée de vaseline, elle aussi avait fait le plein de beignets. Elle s'est approchée et m'a caressé la joue. Elle ne devait pas savoir que j'avais transformé la maison du miel en zone catastrophe, mais elle avait l'art de deviner les choses. Peut-être me faisait-elle comprendre que ce n'était pas grave.

— Je voudrais que vous racontiez à Zach, ma fugue, ma mère, tout.

— Tu ne préfères pas le lui dire toi-même ?

Mes yeux se sont embués de larmes.

— Je ne peux pas. Faites-le, je vous en prie.

— D'accord. Je le lui dirai à la première occasion.

Elle a emmené le groupe dehors pour la dernière cérémonie du jour de Marie. Nous avons défilé dans le jardin, toutes les Filles avec de minuscules taches de graisse à la commissure des lèvres. June jouait du violoncelle, assise sur une chaise de la cuisine. Nous nous sommes regroupées autour d'elle sous le soleil de midi. Elle interprétait une musique du genre à vous transpercer, à pénétrer dans les pièces secrètes de votre cœur pour en libérer la tristesse. En l'écoutant, je voyais ma mère assise dans un car, s'éloignant de Sylvan, pendant qu'âgée de quatre ans, je faisais un somme sur mon lit, sans me douter de ce qui m'attendait au réveil.

La musique de June s'est transformée en particules d'air et les particules d'air, en douleur. Je me dandinais d'un pied sur l'autre en m'efforçant de retenir ma respiration.

J'ai été soulagée quand Neil et Zach sont sortis de la maison du miel en portant Notre-Dame ; cela m'a aidée à oublier le car. Ils la portaient sous le bras comme un tapis roulé, avec les chaînes qui battaient contre son corps. Ils auraient pu la transporter sur le chariot, cela aurait eu un peu plus de dignité. Mais ils ont fait pire ! Ils ont trouvé le moyen de la poser au beau milieu d'une fourmilière, ce qui a provoqué une débandade chez ses occupantes qui ont entrepris de nous grimper sur les pieds. Nous nous sommes toutes mises à sauter sur place pour nous en débarrasser.

Comme la perruque de Bonbon que, pour on ne sait quelle raison, elle s'obstinait à qualifier de « chapeau-perruque » lui était tombée sur les sourcils à force de sautiller, nous avons dû attendre qu'elle aille l'arranger.

— Je t'avais bien dit de pas porter ce truc, lui a crié Otis. Il fait trop chaud pour une perruque. Elle te glisse sur la tête quand tu transpires.

— Si j'ai envie de porter mon chapeau perruque, je le porte, a-t-elle lancé par-dessus son épaule.

— Comme si on ne le savait pas, a-t-il commenté en nous regardant comme si nous prenions son parti, alors que nous étions toutes derrière Bonbon à cent pour cent. Non que nous appréciions sa perruque – c'était difficile de faire plus moche – mais nous avions horreur qu'Otis joue les dictateurs avec elle.

— Eh bien, nous y voilà, a dit August au retour de Bonbon, et voici Notre-Dame.

Je l'ai examinée sur toutes les coutures, fière de la voir si propre.

August a lu les paroles de Marie tirées de la Bible :
« Car regardez, désormais toutes les générations me diront bénie... »

— Marie soit bénie, l'a interrompue Violet. Bénie, bénie soit Marie.

Elle fixait le ciel et nous avons tous levé les yeux en nous demandant si elle n'avait pas aperçu Marie en pleine ascension dans les nuages.

— Que Marie soit bénie, a-t-elle répété.

— Aujourd'hui nous fêtons l'Assomption de Marie, a repris August. Marie qui est sortie de son sommeil pour monter au paradis. Et nous sommes ici pour nous rappeler l'histoire de Notre-Dame des Chaînes, pour nous rappeler que ces chaînes n'ont jamais pu la soumettre. Notre-Dame s'en est toujours libérée.

August a saisi la chaîne qui enveloppait Marie et en a défait une boucle avant de la tendre à Bonbon qui l'a imitée. Chacun d'entre nous a défait une boucle. Ce qui m'a frappée, c'est le cliquètement qu'a produit la chaîne en s'enroulant aux pieds de Marie, un bruit qui semblait prendre le relais de la litanie de Violet. *Bénie, bénie, bénie.*

— Marie s'élève, a dit August dans un murmure. Elle s'élève vers les Cieux.

Les Filles ont levé les bras. Même Otis a fait pareil.

— Notre mère Marie ne sera ni soumise, ni enchaînée, a continué August. Et ses filles non plus. Nous nous élèverons, les Filles. Nous... nous... élèverons.

June a passé son archet sur les cordes de son violoncelle. J'avais envie de lever les bras comme les autres, d'entendre une voix venant du ciel qui me dirait, « Tu t'élèveras », de sentir que c'était possible, mais ils restaient ballants. Chaque fois que je fermais les yeux, je revoyais ce car.

Les bras en l'air, les Filles donnaient l'impression qu'elle s'élevaient avec Marie. Puis August a pris un pot de miel de la Madone noire derrière la chaise de June. Elle a dévissé le couvercle et a renversé le pot sur la tête de Notre-Dame. Cela nous a tous ramenés à la réalité.

Le miel a coulé sur le visage de Marie, sur ses épaules, dans les plis de sa robe. Un bout de rayon est resté coincé au creux de son coude.

J'ai lancé à Rosaleen un regard qui signifiait : « C'était bien la peine qu'on se tue à la nettoyer ! »

Je me suis dit que, décidément, ces femmes ne cesseraient de me surprendre et j'ai su que j'avais raison en voyant les Filles se grouper autour de la Sainte Vierge comme un essaim d'abeilles et lui frotter la tête, les joues, le cou, les épaules et les bras, les seins, le ventre pour faire pénétrer le miel.

— Viens nous aider, Lily, a dit Mabelee.

Rosaleen s'employait déjà à étaler le miel sur les cuisses de Notre-Dame. Je suis restée à l'écart, mais Cressie m'a tirée vers Marie, m'a collé les mains sur la couche de miel chauffée par le soleil, en plein sur le cœur rouge de Notre-Dame.

Je me suis souvenue de ma visite à Notre-Dame au beau milieu de la nuit, quand j'avais mis ma main au même endroit. « Tu es ma mère, lui avais-je dit. Tu es la mère de milliers d'enfants. »

— Pourquoi faites-vous cela ?

— Nous la baignons dans le miel, tous les ans, a répondu Cressie.

— Mais pourquoi ?

August faisait pénétrer le miel sur le visage de Notre-Dame.

— Les églises avaient pour habitude de baigner leurs statues dans de l'eau bénite pour leur rendre hommage. Surtout les statues de la sainte Vierge. Parfois elles la baignaient dans du vin. Nous avons opté pour le miel. (August est passée au cou de Notre-Dame.) Tu vois, Lily, le miel est un conservateur. Il scelle les rayons dans les ruches pour conserver la pureté du miel afin de permettre aux abeilles de survivre à l'hiver. Quand nous en enduisons Notre-Dame, c'est une façon de la préserver pour une autre année, du moins dans notre cœur.

— J'ignorais que le miel était un préservateur, ai-je répondu, en commençant à apprécier son toucher sous mes doigts, qui glissaient comme si je les avais huilés.

— On ne pense pas au miel sous cet angle, mais il est tellement puissant que, jadis, on en enduisait les cadavres pour les embaumer. Les mères enterraient leurs bébés dedans et cela les préservait.

C'était un usage du miel auquel je n'avais pas songé. Je voyais bien les entreprises de pompes funèbres vendre d'énormes pots de miel pour les morts, à la place de cercueils. J'ai essayé d'imaginer ça dans la vitrine accessible aux voitures dans l'entreprise de pompes funèbres.

Je me suis mise à masser le bois, presque gênée par l'intimité de nos gestes.

À un moment, Mabelee s'est tellement collée à la

statue qu'elle s'est couvert les cheveux de miel, mais c'est Lunelle qui a remporté la palme. Le miel lui coulait des coudes. Elle a essayé de les lécher, mais bien entendu elle n'avait pas la langue assez longue.

Attirées par l'odeur de ce nectar, les fourmis se sont mises à monter en file indienne sur un côté de Notre-Dame et, pour ne pas être en reste, une poignée d'éclaireuses a débarqué et a atterri sur sa tête. Il suffit qu'on sorte du miel et le royaume des insectes apparaît en un clin d'œil.

— Bientôt ce sont les ours qui vont débarquer! s'est exclamée Queenie.

J'ai réussi à rire et, repérant un endroit sans miel près de la base de la statue, j'ai entrepris de le couvrir.

Notre-Dame disparaissait sous les mains, de toutes les nuances de brun et de noir, partant chacune dans sa propre direction, quand un truc étrange s'est produit. Progressivement nos mains ont bougé au même rythme, glissant de haut en bas de la statue en longues caresses lentes, avant de partir latéralement, comme un vol d'oiseaux qui change soudain de direction dans le ciel.

Cela a continué pendant je ne sais combien de temps, et nous n'avons pas gâché l'instant par des bavardages. Nous nous employions à préserver Notre-Dame et, pour la première fois depuis que je savais la vérité au sujet de ma mère, j'étais heureuse.

Finalement nous avons toutes reculé d'un pas. Notre-Dame se dressait avec ses chaînes éparpillées sur le gazon, entièrement dorée de miel.

Une à une les Filles ont plongé leurs mains dans un seau d'eau pour les laver. J'ai attendu le tout dernier moment, parce que je voulais garder cette couche de miel sur ma peau le plus longtemps possible. J'avais l'impression de porter des gants dotés de propriétés magiques. Comme si je pouvais préserver ce que je touchais.

*
* *

Pendant le repas, nous avons laissé Notre-Dame dans le jardin, puis nous l'avons rincée aussi lentement que nous l'avions enduite de miel. Après que Neil et Zach l'eurent portée à sa place dans le salon, tout le monde est parti. August, June et Rosaleen se sont mises à la vaisselle pendant que je filais dans ma chambre. Je me suis allongée sur mon lit de camp, en m'efforçant de ne penser à rien.

Vous avez remarqué que, plus on essaye de ne penser à rien, plus vos épisodes de réflexion se compliquent? Tout en m'efforçant de ne penser à rien, j'ai consacré vingt minutes à cette question fascinante : *Si un miracle de la Bible pouvait t'arriver, lequel choisirais-tu?* J'ai éliminé celui de la multiplication des pains et des poissons, parce que je ne voulais plus jamais voir de nourriture. J'ai songé que marcher sur l'eau ne manquerait pas d'intérêt, mais à quoi bon? C'est vrai, marcher sur l'eau, ça vous avance à quoi? Je me suis décidée pour la résurrection d'entre les morts, parce qu'une grande part de moi se sentait à peu près aussi vivante qu'un clou de porte.

Tout cela s'est produit avant que je ne prenne conscience que j'étais en train de penser. Je faisais de nouveau tout pour me vider la tête quand August a frappé à la porte.

— Lily, je peux entrer?

— Bien sûr, ai-je répondu sans prendre la peine de me lever.

Autant pour l'absence de pensées. Essayez un peu de passer cinq secondes en compagnie d'August sans réfléchir…

Elle est entrée avec un carton à chapeau à rayures dorées et blanches. Elle est restée un instant à me regarder ; c'est fou ce qu'elle paraissait grande. Le ventilateur qui tournait sur la petite étagère du mur soulevait son col, le faisait claquer contre son cou.

Elle m'a apporté un chapeau. Peut-être était-elle allée m'acheter un chapeau de paille à l'Amen Dollar pour me remonter le moral. Mais cela ne tenait pas debout. Pourquoi un chapeau de paille me remonterait-il le moral ? Puis j'ai songé une seconde qu'il s'agissait peut-être du chapeau que Lunelle avait promis de me confectionner, mais cela ne tenait pas debout non plus. Lunelle n'aurait pas eu le temps de fabriquer un chapeau aussi vite.

August s'est assise sur l'ancien lit de camp de Rosaleen avec le carton sur les genoux.

— Je t'ai apporté des affaires de ta mère.

J'ai fixé la rondeur parfaite du carton. J'ai aspiré un grand coup et mon souffle est ressorti en bredouillant bizarrement. *Les affaires de ma mère.*

Je n'ai pas bougé. J'ai humé l'air qui arrivait par la fenêtre, agité par le ventilateur. Cela sentait la pluie, mais le ciel résistait encore.

— Tu ne veux pas les voir ?

— Dites-moi simplement ce qu'il y a dedans.

Elle a tapoté le couvercle.

— Je ne suis pas sûre de m'en souvenir. Je ne me suis rappelé l'existence de ce carton que ce matin. Je me suis dit que nous l'ouvririons ensemble. Mais tu n'es pas obligée si tu n'en as pas envie. C'est juste quelques objets que ta mère a laissés ici le jour où elle est partie te chercher à Sylvan. J'ai fini par donner ses vêtements à l'Armée du Salut, mais j'ai gardé le reste de ses affaires, le peu qu'il y avait. Cela doit faire dix ans qu'elles sont dans ce carton.

Je me suis assise. Mon cœur battait la chamade. Je me suis demandé si August l'entendait. *Boum-boum. Boum-boum.* Malgré la panique qui accompagne ce phénomène, cela a quelque chose d'étrangement rassurant d'entendre son cœur battre comme ça.

August a posé le carton sur le lit et a retiré le couvercle. J'ai discrètement tendu le cou pour jeter un coup d'œil à l'intérieur, mais je n'ai aperçu que du papier de soie blanc qui jaunissait sur les bords.

August a déballé un petit paquet.

— Le miroir de poche de ta mère.

Il était ovale et entouré d'un cadre en écaille de tortue, pas plus gros que la paume de ma main.

Je me suis laissée glisser par terre et je me suis assise, le dos contre le lit. Un peu plus près qu'avant. August avait l'air d'attendre que je lui demande de me le donner. Il a pratiquement fallu que je m'assoie sur les mains pour m'empêcher de bouger. Finalement August s'est regardée dedans. Des cercles de lumière ont dansé sur le mur derrière elle.

— Si tu regardes là-dedans, tu verras le visage de ta mère qui te regarde.

Je ne regarderai jamais dans ce miroir.

August l'a posé sur le lit, puis elle a déballé une brosse à cheveux avec un manche en bois. Elle me l'a tendue. Je l'ai prise, sans réfléchir. Le manche était bizarre au toucher, frais et lisse, comme abîmé par un usage excessif. Ma mère se donnait-elle cent coups de brosse par jour ?

J'allais rendre la brosse à August quand j'ai remarqué un long cheveu noir frisé coincé entre les poils. Un cheveu qui avait appartenu à ma mère.

— Eh bien ? a dit August.

Je n'arrivais pas à détacher les yeux de ce cheveu. Il avait poussé sur la tête de ma mère et il était là comme une pensée qu'elle aurait laissée sur la brosse. Je savais qu'on avait beau essayer, qu'on avait beau casser des tas de pots de miel, qu'on avait beau être sûr de tirer un trait sur sa mère, elle ne disparaîtrait jamais des endroits tendres en vous. Je me suis adossée au lit et j'ai senti les larmes monter. La brosse et le cheveu appartenant à Deborah Fontanel Owens sont devenus flous.

J'ai rendu la brosse à August qui a lâché un bijou au creux de ma main. Une broche en or en forme de baleine avec un œil noir minuscule, surmontée d'un jet en strass.

— Elle portait cette broche sur son pull le jour de son arrivée ici.

J'ai refermé les doigts autour de la broche puis je me suis avancée sur les genoux jusqu'au lit de Rosaleen et je l'ai posée à côté du miroir de poche et la brosse, en les déplaçant comme si je travaillais à un collage.

J'avais l'habitude de disposer ainsi mes cadeaux de Noël sur mon lit. Ils se composaient généralement de quatre articles que T. Ray avait prié la dame du bazar de choisir pour moi – un pull, des chaussettes, un pyjama, un filet d'oranges. *Joyeux Noël.* On pouvait parier sa tête sur cette liste de cadeaux. Je les disposais en ligne verticale, en carré, en diagonale, dans n'importe quelle configuration susceptible de m'aider à me convaincre qu'ils étaient un gage d'amour.

August a tiré un livre noir du carton.

— Je l'ai donné à ta mère quand elle était ici. C'est de la poésie anglaise.

J'ai feuilleté le livre ; il y avait des traits de crayon dans les marges, pas des mots, mais d'étranges griffonnages : des tornades en spirales, un vol de V, des gribouillis avec des yeux, des pots avec des couvercles, des pots avec des visages dessus, des pots avec des boucles qui en sortaient, des petites flaques qui se transformaient soudain en une vague impressionnante. J'étais en train de fixer les malheurs intimes de ma mère et j'ai eu envie d'aller enterrer le livre.

Page quarante-deux. Je suis tombée sur huit lignes de William Blake qu'elle avait soulignées, certains mots deux fois.

> *O Rose, thou art sick!*
> *The invisible worm,*
> *That flies in the night,*
> *In the howling storm,*
> *Has found out thy bed*
> *Of crimson joy,*
> *And his dark secret love*
> *Does thy life destroy.*
>
> *Ô rose tu es malade !*
> *le ver invisible*
> *qui vole dans la nuit,*
> *dans les hurlements de la tempête,*
> *a découvert ta couche*

de joie cramoisie,
et son noir amour secret
dévore ta vie.

J'ai refermé le livre. Je voulais oublier ces mots, mais ils venaient de se graver en moi. Ma mère était la rose de William Blake. J'aurais tellement voulu lui dire à quel point j'étais navrée d'être un de ces vers invisibles qui volaient dans la nuit.

J'ai posé le livre sur le lit avec les autres affaires, puis je me suis retournée vers August qui plongeait de nouveau la main à l'intérieur du carton dans un murmure de papier froissé.

— Voilà le dernier objet.

Elle a sorti un petit cadre ovale en argent terni.

Lorsqu'elle me l'a donné, elle a retenu mes mains dans les siennes une seconde. Le cadre renfermait la photo d'une femme de profil, la tête penchée vers une petite fille assise sur une chaise de bébé. Les cheveux de la femme frisaient dans vingt-cinq directions différentes, magnifiques, comme s'ils venaient d'avoir droit à leurs cent coups de brosse. Elle tenait une cuiller de bébé dans sa main droite. La lumière éclairait son visage. La petite fille portait un bavoir avec un ours en peluche dessus. Une mèche sur le sommet de sa tête était entourée d'un nœud. Elle tendait une main vers la femme.

Ma mère et moi.

J'adorais la façon dont son visage était penché vers le mien, nos nez tout proches, son immense sourire superbe, comme des cierges magiques en feu. Elle m'avait nourrie avec une minuscule cuiller. Elle avait frotté son nez contre le mien et m'avait enveloppée de sa lumière.

Par la fenêtre ouverte, l'air embaumait le jasmin, l'odeur de la Caroline du Sud. Je suis allée m'accouder sur le rebord et j'ai respiré le plus profondément possible. Derrière moi, August a fait couiner les pieds du lit de camp en bougeant, puis le silence est revenu.

J'ai regardé la photo et j'ai fermé les yeux. Je me suis dit que May avait dû arriver au paradis et expliquer à ma mère que j'attendais un signe d'elle. Celui qui me ferait savoir qu'elle m'aimait.

14

> « Une colonie sans reine est une communauté pathétique et mélancolique ; une plainte ou des lamentations en jaillissent parfois... Sans intervention, la colonie mourra. Mais introduisez une nouvelle reine et le changement le plus extravagant se produira. »
>
> W. Longgood.

L'inventaire du carton à chapeau terminé, je me suis repliée sur moi-même. Pendant qu'August et Zach s'occupaient des abeilles et du miel, je passais le plus clair de mon temps près du ruisseau, seule. Je ne désirais qu'une chose, rester dans mon coin.

Le mois d'August avait viré à la plaque chauffante sur laquelle grésillaient les journées. M'éventant avec des feuilles de colocase, assise pieds nus dans l'eau, je sentais les brises s'élevant de la surface de l'onde m'envelopper, et pourtant tout en moi était abasourdi et figé par la chaleur, tout sauf mon cœur. Il se dressait telle une statue de glace au centre de ma poitrine. Rien ne pouvait le toucher.

En général, on préfère mourir plutôt que de pardonner. C'est difficile à ce point-là. Si Dieu disait carrément «Je vous donne le choix, pardonnez ou mourez», une foule de gens commanderaient aussitôt leur cercueil.

J'ai enveloppé les affaires de ma mère dans le papier qui partait en lambeaux, je les ai mises dans le carton à chapeau et j'ai replacé le couvercle dessus. À plat ventre par terre, en poussant le carton sous mon lit de camp, j'ai trouvé un minuscule tas d'os de souris. Je les ai récupérés et les ai lavés dans le lavabo. Je me suis mise à constamment les trimballer au fond de ma poche, sans bien savoir pourquoi.

À mon réveil le matin, ma première pensée était pour le carton à chapeau. À croire que ma mère elle-même se cachait sous le lit. Une nuit, il a fallu que je me lève pour le ranger à l'autre bout de la pièce. Puis j'ai pris ma taie d'oreiller, j'ai fourré le carton dedans et j'ai fermé la taie avec un de mes rubans pour les cheveux. Tout ça pour avoir une chance de fermer l'œil.

Je me rendais aux toilettes dans la maison rose et je pensais, *ma mère s'est assise sur ce siège*, et je me haïssais d'avoir une pensée pareille. Qui se souciait de l'endroit où elle faisait pipi ? Elle ne s'était guère souciée de mes habitudes de propreté quand elle m'avait abandonnée à Mme Watson et à T. Ray.

Je me faisais des discours pour me remonter le moral. *Ne pense pas à elle. C'est de l'histoire ancienne.* La seconde d'après, je le jure devant Dieu, je l'imaginais dans la maison rose, ou devant le mur des lamentations, en train de glisser ses chagrins entre les pierres.

J'aurais parié vingt dollars que le nom de T. Ray était là-bas, enfoncé dans les fissures. Peut-être que le nom de Lily s'y trouvait aussi. J'aurais voulu qu'elle ait été assez intelligente ou aimante pour comprendre que tout le monde a des soucis insupportables, mais qu'on n'abandonne pas ses enfants pour autant.

Assez étrangement, je devais aimer ma petite collection de souffrances et de blessures. Elles me valaient une vraie sympathie, me donnaient l'impression d'être exceptionnelle. J'étais la fille que sa mère avait abandonnée. La fille qui s'agenouillait sur du gruau de maïs. Un cas très particulier.

Près du ruisseau, je passais le plus gros de mon temps à chasser les moustiques qui pullulaient en cette saison. Assise dans les ombres pourpres, je sortais les os de souris de ma poche et je les tripotais. J'avais constamment les yeux dans le vague. Comme il m'arrivait d'oublier de rentrer déjeuner, Rosaleen débarquait avec un sandwich à la tomate. Dès qu'elle avait le dos tourné, je le jetais dans le ruisseau.

Parfois je ne pouvais m'empêcher de m'étendre par terre, en imaginant que j'étais à l'intérieur d'une de ces tombes en forme de ruches. J'étais dans le même état qu'après la mort de May, mais à la puissance cent.

August m'avait dit : « Je suppose que tu as besoin de pleurer tout ton soûl. Alors fais-le. » On aurait dit que je ne pouvais plus m'arrêter.

Je savais qu'August avait dû tout expliquer à Zach et aussi à June parce qu'ils marchaient sur la pointe des pieds en ma présence comme si j'étais un cas relevant de la psychiatrie. Et peut-être avaient-ils raison. Peut-être étais-je celle qui était digne de Bull Street, et non ma mère. Au moins personne n'insistait, ne me posait de questions, ne me disait : « Pour l'amour de Dieu, mais tire un trait là-dessus. »

Je me demandais combien de temps s'écoulerait avant qu'August ne soit obligée de prendre des dispositions au sujet de ce que je lui avais raconté – ma fugue, le fait que j'aie aidé Rosaleen à fuir. Rosaleen, une fugitive. August m'accordait du temps pour l'instant, du temps pour m'asseoir près du ruisseau et vaquer à mes occupations, comme elle s'en était accordé après la mort de May. Mais cela ne durerait pas éternellement.

*
* *

C'est dans la nature du monde de continuer à tourner quoi qu'il arrive. June a fixé une date pour son mariage, le samedi 10 octobre. Le frère de Neil, un révérend méthodiste-épiscopalien africain d'Albany en Géorgie, allait les marier dans le jardin sous les myrtes. June nous a décrit tous leurs projets un soir pendant le dîner. Elle foulerait des pétales de rose, vêtue d'un tailleur en rayonne blanche avec des brandebourgs que Mabelee cousait pour elle. Je ne voyais pas à quoi pouvaient ressembler des brandebourgs. June en a dessiné un, mais je ne voyais toujours pas. Lunelle était chargée de lui fabriquer un chapeau de mariage, ce qui était selon moi une grande preuve de courage de la part de June. Personne ne pouvait dire avec quoi elle allait se retrouver sur la tête.

Rosaleen a proposé de faire les génoises du gâteau de mariage que Violet et Queenie décoreraient sur le thème de l'arc-en-ciel. Là aussi June se montrait drôlement courageuse.

Un après-midi, j'ai débarqué dans la cuisine, mourant de soif, pour remplir un pot à eau et je suis tombée sur June et August dans les bras l'une de l'autre.

Je les ai observées du seuil, bien consciente d'être indiscrète. June serrait August contre elle et ses mains tremblaient.

— May aurait adoré ce mariage. Elle a bien dû me dire cent fois que j'étais une vraie tête de mule avec Neil. Mon Dieu, August, pourquoi ne l'ai-je pas fait plus tôt, quand elle était encore vivante?

Se tournant légèrement, August m'a aperçue sur le seuil. Elle tenait June qui fondait en larmes, mais elle me regardait.

— Les regrets ne mènent à rien, tu sais, a-t-elle dit.

*
* *

Le lendemain j'ai eu envie de manger. En débarquant à l'heure du déjeuner, j'ai trouvé Rosaleen vêtue d'une robe neuve et les cheveux fraîchement tressés. Elle était en train de glisser des mouchoirs en papier dans son corsage.

— D'où tiens-tu cette robe?

Elle a viré sur elle-même et, me voyant sourire, a recommencé. C'était ce qu'on appellerait une robe sac – des mètres de tissu tombant tout droit des épaules, sans taille ni pinces. Des fleurs blanches géantes sur un fond rouge vif. Il était visible qu'elle l'adorait.

— August m'a emmenée en ville hier.

C'était fou tout ce qui s'était passé en mon absence.

— Ta robe est jolie, ai-je menti, en remarquant tout à coup qu'il n'y avait pas traces de préparatifs de repas.

Elle a lissé sa robe, a regardé la pendule du poêle et a saisi le vieux sac à main en vinyle blanc qu'elle avait hérité de May.

— Tu vas quelque part?

— Et comment! a dit August qui entrait en souriant.

— Je vais terminer ce que j'ai commencé, a expliqué Rosaleen en relevant le menton. Je vais m'inscrire pour voter.

J'en suis restée bras ballants et bouche bée.

— Mais si… puisque tu es… enfin tu vois…

Rosaleen a plissé les yeux.

— Quoi?

— Tu es en fuite. Et s'ils reconnaissaient ton nom? Et si tu te fais prendre?

Je me suis tournée vers August.

— Oh! je ne crois pas qu'elle aura des problèmes, a dit cette dernière en prenant les clés du camion accrochées au clou en laiton près de la porte. Nous allons au bureau de vote du lycée noir.

— Mais…

— Enfin, je vais juste retirer ma carte d'électrice.

— C'est ce que tu as dit la dernière fois.

Elle n'a pas relevé. Elle a glissé sur son bras le sac de May qui était fendu entre la poignée et le côté.

— Tu veux venir, Lily? a demanda August.

Oui et non. J'ai regardé mes pieds, nus et bronzés.

— Je vais rester ici et me préparer quelque chose à grignoter.

August a haussé les sourcils.

— Cela me fait plaisir que tu aies faim pour une fois.

Elles ont traversé la véranda. Je les ai suivies jusqu'au camion.

— Et ne va pas cracher sur les chaussures de quelqu'un, hein? ai-je lancé à Rosaleen.

Elle est partie d'un grand rire qui a fait trembler tout son corps. On aurait dit qu'un coup de vent agitait toutes les fleurs de sa robe.

Je suis rentrée, j'ai fait bouillir deux saucisses que j'ai mangées sans pain. Puis je suis repartie dans les bois où j'ai cueilli des renoncules qui poussaient dans les trouées de soleil avant de me lasser et de les jeter.

Je me suis assise par terre, m'attendant à replonger dans mes idées noires au sujet de ma mère, mais je n'ai pensé qu'à Rosaleen. Je l'ai imaginée debout dans une queue. Je la voyais presque en train de s'exercer à écrire son nom. Pour qu'il soit parfait. Son grand moment. Soudain j'ai amèrement regretté de ne pas les avoir accompagnées. J'aurais voulu voir son visage quand on lui tendrait sa carte. *Tu sais, Rosaleen, je suis fière de toi.*

Qu'est-ce que je fichais là, assise dans les bois?

*
* *

Je me suis levée et je suis rentrée. En passant devant le téléphone dans l'entrée, j'ai été prise d'une envie d'appeler Zach. Pour refaire partie du monde. J'ai composé son numéro.

— Alors quoi de neuf? ai-je demandé quand il a décroché.

— Qui est à l'appareil ?
— Très drôle.
— Je suis désolé pour... tout. August m'a raconté ce qui s'est passé. (Un silence a flotté entre nous.) Tu vas être obligée de rentrer ?
— Tu veux dire chez mon père ?
Il a hésité.
— Oui.
Dès l'instant où il l'a dit, j'ai eu le sentiment que ce serait exactement ce qui se passerait. Tout dans mon corps le sentait.
— Je suppose.
J'ai enroulé le fil du téléphone autour de mon doigt et j'ai fixé la porte d'entrée. Pendant quelques secondes, j'ai été incapable d'en détourner les yeux, je me voyais la franchir et ne jamais revenir.
— J'irai te rendre visite, a-t-il dit.
Cela m'a donné envie de pleurer.
Zach frappant à la porte de la maison de T. Ray Owens. Impossible !
— Je t'ai demandé s'il y avait du nouveau, tu te souviens ?
Il ne devait rien y avoir de nouveau sous le soleil, mais j'avais besoin de changer de sujet.
— Eh bien, pour commencer, je vais aller au lycée blanc cette année.
J'en suis restée sans voix. J'ai serré le combiné.
— Tu es sûr de vouloir faire ça ?
Je savais comment ça se passait là-bas.
— Il faut bien que quelqu'un le fasse. Autant que ce soit moi.
Apparemment, nous étions tous les deux voués au malheur.

*
* *

Rosaleen est rentrée à la maison, officiellement inscrite sur les listes des électeurs des États-Unis d'Amérique. Ce soir-là, nous avons attendu le dîner un bon moment, le temps qu'elle informe chacune des Filles de la grande nouvelle.

— Je voulais juste te dire que j'ai ma carte d'électrice, disait-elle chaque fois, puis après un silence, elle ajoutait : Le président Johnson et M. Hubert Humphrey, voilà. Je ne vote pas pour M. Goldpisse. Elle riait chaque fois, comme si c'était l'histoire drôle par excellence. Goldwater, Goldpisse, tu piges ?

Et cela a continué après le dîner. On croyait être tiré d'affaire quand, soudain, elle sortait, comme ça :

— Je vais voter pour M. Johnson.

Quand elle a fini par prendre congé pour la nuit, je l'ai regardée monter l'escalier dans sa robe rouge et blanche d'électrice et j'ai de nouveau regretté de ne pas l'avoir accompagnée.

Les regrets ne mènent à rien, avait dit August à June.

J'ai couru dans l'escalier et j'ai attrapé Rosaleen par-derrière. Elle s'est arrêtée avec un pied en l'air. Je lui ai entouré la taille de mes bras.

— Je t'aime, ai-je lâché sans même savoir que j'allais dire ça.

*
* *

Ce soir-là, dans le joyeux tumulte des sauterelles vertes, des rainettes et de toutes les autres créatures musicales, j'ai arpenté la maison du miel, tout excitée. Il était 10 heures du soir et je me sentais l'énergie de tout récurer, du sol au plafond.

J'ai rangé les bocaux sur les étagères, avant de balayer par terre, jusque sous la citerne et le générateur, qui n'avaient pas vu l'ombre d'un balai depuis cinquante ans, apparemment. Comme je n'étais toujours pas fatiguée, j'ai retiré mes draps, je suis allée en chercher des propres dans la maison rose, sur la pointe des pieds pour ne réveiller personne. J'ai embarqué des chiffons à poussière et un détergent en cas de besoin.

À mon retour, sans même m'en rendre compte, j'ai été prise d'une frénésie de ménage. À minuit, tout étincelait de propreté.

J'ai même trié mes affaires et jeté quelques trucs. De vieux crayons, deux histoires que j'avais écrites et que je n'aurais jamais osé faire lire à personne, un short déchiré, un peigne auquel manquait la plupart des dents.

Ensuite j'ai rassemblé les os de souris que je trimballais dans mes poches, soudain consciente que je n'avais plus besoin de me balader avec. Mais comme je savais que je ne pouvais pas non plus les jeter, je les ai entourés d'un ruban à cheveux rouge et je les ai posés sur l'étagère près du ventilateur. Je les ai fixés une minute, en me demandant comment on pouvait s'attacher à des os de souris. On devait parfois avoir besoin de veiller sur quelque chose.

Là je commençais à fatiguer, mais j'ai tout de même sorti les affaires de ma mère du carton à chapeau – son miroir en écaille de tortue, sa brosse, le livre de poèmes, sa broche, notre photo avec nos visages l'un près de l'autre – et je les ai installées sur l'étagère près des os de souris. Je dois avouer que cela changeait complètement l'aspect de la pièce.

En sombrant dans le sommeil, j'ai songé à elle. Personne n'est parfait. Il faut se contenter de fermer les yeux, de souffler et de laisser l'énigme du cœur humain être ce qu'elle est.

*
* *

Le lendemain matin, j'ai débarqué dans la cuisine avec la broche accrochée sur mon haut bleu préféré. Nat King Cole chantait *Unforgettable, that's what you are.* On devait l'avoir mis pour noyer le vacarme de la machine à laver Lady Kenmore dans la véranda. Cette merveilleuse invention produisait un bruit de bétonneuse. Assise, accoudée à la table, August dégustait sa tasse de café en lisant un autre livre du bibliobus.

Lorsqu'elle a levé les yeux, elle a regardé mon visage, puis la broche. Elle a souri avant de se replonger dans sa lecture.

J'ai mis des raisins secs dans mes Rice Krispies.

— Accompagne-moi aux ruches, m'a dit August quand j'ai terminé mon petit déjeuner. Il faut que je te montre quelque chose.

Nous avons enfilé nos uniformes – moi, du moins. August ne mettait jamais rien d'autre que le chapeau et le voile.

En chemin, August a fait une grande enjambée pour éviter d'écraser une fourmi. Cela m'a rappelé May.

— C'est May qui a donné l'idée à ma mère de sauver les cafards, n'est-ce pas ?

— Qui d'autre ? a-t-elle souri. Ta mère était adolescente à l'époque. May l'a surprise en train de tuer un cafard avec une tapette. Elle lui a dit : « Deborah Fontanel, chacune des créatures vivantes au monde est spéciale. Tu tiens à être celle qui met fin à l'une d'elles ? » Puis elle lui a montré comment construire un sentier de bouts de guimauve et de miettes de crackers.

J'ai tripoté la broche sur mon épaule, en imaginant la scène. Puis j'ai regardé autour de moi. C'était une si belle journée qu'on se disait que rien ne pourrait la gâcher.

Selon August, si vous n'aviez jamais vu un groupe de ruches au petit matin, vous aviez raté la huitième merveille du monde. Imaginez ces boîtes blanches sous des pins. Le soleil passe entre les branches, illuminant les gouttes de rosée en train de sécher sur les couvercles. Quelques centaines d'abeilles voltigent autour des ruches, histoire de se mettre en train, mais en fait elles font leur pause toilette, car les abeilles sont si propres qu'elles ne souilleraient jamais leur intérieur. D'une certaine distance, on dirait un grand tableau qu'on pourrait voir dans un musée, mais les musées sont incapables de reproduire le son. À quinze mètres, on l'entend, un bourdonnement qui a l'air venu d'une autre planète. À neuf mètres, votre peau se met à vibrer. Les poils se hérissent sur votre nuque. Votre raison vous dit « Ne va pas plus loin », mais votre cœur vous envoie droit dans le bourdonnement qui vous avalera lentement. Et planté là, vous pensez : Je suis au centre de l'univers, où tout se ranime en chantant.

August a soulevé un couvercle.

— Celle-ci n'a plus sa reine.

J'en avais appris suffisamment en matière d'apiculture pour savoir qu'une ruche sans reine était une condamnation à mort pour les abeilles. Elles cessaient de travailler et se mettaient à errer, complètement démoralisées.

— Que s'est-il passé ?

— Je m'en suis rendu compte hier. Les abeilles étaient là sur la planche d'atterrissage avec l'air triste. Si tu vois des abeilles tourner en rond, l'air lamentable, tu peux être sûre que leur reine est morte. J'ai cherché dans les rayons, et elle était effectivement morte. Je ne sais pas pourquoi. Peut-être que son heure avait sonné.

— Qu'est-ce que vous allez faire ?

— J'ai appelé le bureau du comté où l'on m'a mise en relation avec un homme de Goose Creek qui m'a promis d'apporter une nouvelle reine dans la journée. Je tiens à ce que la ruche ait de nouveau une reine avant que les ouvrières se mettent à pondre. Avec des ouvrières qui pondent, c'est le chaos assuré.

— Je ne savais pas qu'une ouvrière pouvait pondre.

— Elles ne peuvent guère que pondre des œufs de bourdon non fécondés. Elles en remplissent les rayons, et quand les ouvrières meurent, il n'y a personne pour les remplacer. Je voulais juste te montrer à quoi ressemblait une colonie sans reine, a-t-elle conclu en replaçant le couvercle.

Elle a relevé ses voiles, puis les miens. Elle a soutenu mon regard alors que j'étudiais ses yeux tachetés d'or.

— Tu te rappelles l'histoire de Beatrix, la nonne qui s'était enfuie de son couvent ? Tu te rappelles que la Vierge Marie l'a remplacée ?

— Oui. J'ai cru que vous saviez que je m'étais enfuie comme Beatrix. Que vous essayiez de me dire que Marie me remplaçait à la maison, veillant à tout jusqu'à mon retour.

— Oh! non, pas du tout. Tu n'étais pas la fugueuse à laquelle je pensais. Je songeais à ta mère. Je voulais juste planter une petite idée dans ta tête.

— Laquelle?

— Que peut-être la Vierge pouvait remplacer Deborah et jouer les mères de substitution pour toi.

La lumière traçait des motifs sur l'herbe. Je les ai fixés, un peu embarrassée par ce que j'allais dire.

— Un soir, dans la maison rose, j'ai dit à Notre-Dame qu'elle était ma mère. J'ai posé ma main sur son cœur comme vous le faites, les Filles et vous, pendant vos réunions. Je sais que j'ai essayé une fois avant et que je me suis évanouie, mais là je suis restée debout, et pendant un bon moment après, je me suis vraiment sentie plus forte. Puis cela a paru s'estomper. Je crois que j'ai besoin de toucher de nouveau son cœur.

— Écoute-moi maintenant, Lily. Je vais te dire une chose que tu devras ne jamais oublier, d'accord?

Son visage était grave, son regard résolu.

— D'accord, ai-je répondu, et j'ai senti un courant électrique me parcourir la colonne vertébrale.

— Notre-Dame n'est pas un être magique, comme une bonne fée. Elle n'est pas la statue dans le salon. Elle est quelque chose *à l'intérieur* de toi. Tu comprends ce que je veux dire?

— Notre-Dame est à l'intérieur de moi, ai-je répété, sans être sûre de bien comprendre.

— Il faut que tu trouves une mère en toi. Comme nous toutes. Même si nous avons déjà une mère, il faut tout de même que nous découvrions cette partie de nous-mêmes à l'intérieur. Donne-moi ta main.

Je lui ai tendu ma main gauche. Elle l'a placée contre ma poitrine, contre mon cœur battant.

— Il n'est pas nécessaire que tu mettes la main sur le cœur de Marie pour trouver force, réconfort et secours, ainsi que toutes les autres choses dont nous avons besoin dans la vie. Tu peux la mettre là sur ton propre cœur. *Ton propre cœur.*

August s'est rapprochée, la main toujours sur mon cœur.

— Chaque fois que ton père te traitait mal, Notre-Dame était la voix en toi qui te soufflait : « Non, je ne fléchirai pas. Je suis Lily Melissa Owens. Je ne fléchirai pas. » Que tu aies ou non entendu cette voix, elle parlait en toi.

J'ai placé mon autre main sur la sienne, elle a placé la sienne dessus, et je me suis retrouvée avec un tas noir et blanc de mains sur mon cœur.

— Quand tu n'es pas sûre de toi, quand le doute te gagne, elle est celle qui te dit à l'intérieur : « Relève-toi et vis la vie de la fille magnifique que tu es. » Elle est la puissance à l'intérieur de toi, tu comprends ?

La pression de ses mains s'est relâchée.

— Et ce qui élargit ton cœur, c'est Marie aussi, non seulement la puissance en toi, mais l'amour. Et en fait, Lily, c'est le seul objectif digne d'être poursuivi dans une vie. Non seulement aimer – mais *persister* à aimer.

Elle s'est interrompue. Les abeilles faisaient vibrer l'air. August a retiré ses mains, mais j'ai laissé les miennes.

— Cette Marie dont je parle est dans ton cœur

toute la journée et elle te dit : « Lily, tu es ma maison éternelle. N'aie jamais peur. Je te suffis. Nous nous suffisons. »

J'ai fermé les yeux et dans la fraîcheur du matin, au milieu des abeilles, j'ai compris dans une illumination ce qu'August voulait dire.

Quand j'ai rouvert les yeux, elle avait disparu. En me tournant vers la maison, je l'ai vue traverser le jardin, sa robe blanche reflétant la lumière.

*
* *

C'est à 14 heures qu'on a frappé à la porte. Assise dans le salon, j'étais en train d'écrire dans le nouveau carnet que Zach avait laissé devant ma porte, notant tout ce qui m'était arrivé depuis le jour de Marie. Les mots jaillissaient si vite que j'avais du mal à soutenir le rythme et je ne pensais à rien d'autre. Je n'ai pas prêté attention aux coups à la porte. Ensuite je me souviendrais que cela ne ressemblait pas à des coups ordinaires. Plutôt à des coups de poing.

J'ai continué d'écrire, pensant qu'August allait répondre. J'étais sûre que c'était l'homme de Goose Creek qui apportait la nouvelle reine.

On a frappé de nouveau. June était partie avec Neil. Rosaleen était dans la maison du miel en train de laver une nouvelle livraison de bocaux, une de mes tâches, mais elle s'était portée volontaire en voyant à quel point j'avais besoin de tout écrire noir sur blanc. J'ignorais où se trouvait August. Probablement dans la maison du miel, à aider Rosaleen.

Comment n'ai-je pas deviné qui était là ?

La troisième fois, je suis allée ouvrir la porte.

T. Ray me dévisageait, rasé de près, portant une chemise blanche à manches courtes avec des poils qui dépassaient du col. Il souriait. Pas un sourire d'adoration, non, je m'empresse de le dire, mais le rictus satisfait de l'homme qui vient de passer la journée à chasser le lapin pour se rendre compte que sa proie est coincée dans un arbre creux.

— Regardez-moi qui est là !

J'ai soudain été terrifiée qu'il ne me traîne dans son camion et reparte aussitôt à la ferme, d'où personne n'aurait plus jamais de mes nouvelles. J'ai reculé dans l'entrée et, avec une politesse forcée qui m'a surprise et a paru le désarçonner, je l'ai invité à entrer.

Qu'est-ce que je pouvais faire d'autre ? J'ai tourné les talons et j'ai pénétré dans le salon.

Ses bottes ont martelé le sol derrière moi.

— D'accord bordel, a-t-il dit, en s'adressant à l'arrière de mon crâne. Si tu veux faire comme si j'étais en visite de politesse, okay, mais ce n'est pas une putain de visite de politesse, tu m'entends ? J'ai passé la moitié de mon été à te chercher et je vais te ramener gentiment et tranquillement ou dans les hurlements et les coups de pied – c'est comme tu voudras.

Je lui ai indiqué un fauteuil à bascule.

— Assieds-toi.

Malgré l'air détaché que j'affichais, intérieurement je frisais la panique. *Où était donc August ?* Je me suis mise à respirer d'une manière saccadée, comme un chien qui halète.

Il s'est écroulé dans le fauteuil et s'est balancé, avec son sourire triomphant.

— Alors comme ça, tu es ici depuis le début, à habiter avec des femmes de couleur. Nom de Dieu!

Sans m'en rendre compte, j'avais reculé vers la statue de Notre-Dame.

— Qu'est-ce que c'est que ce machin?

— Une statue de Marie. Tu sais, la mère de Jésus, ai-je expliqué d'un ton léger.

Intérieurement, je me creusais la tête pour trouver quelque chose à faire.

— On dirait un truc qui sort de la décharge.

— Comment m'as-tu trouvée?

Il s'est assis au bord du siège canné et, de la poche de son pantalon, a tiré son couteau, celui qu'il utilisait pour se curer les ongles.

— C'est toi qui m'as conduit ici, a-t-il dit, ravi.

— Je n'ai jamais rien fait de tel.

Il a ouvert son couteau, a enfoncé la pointe dans le bras du fauteuil et en a détaché de petits bouts de bois en prenant son temps pour s'expliquer.

— Oh si, tu m'as conduit ici. Hier j'ai reçu la note du téléphone et devine un peu ce que j'y ai découvert? Un appel en PCV venant du cabinet d'un avocat à Tiburon. M. Clayton Forrest. Grosse erreur, Lily, de m'appeler en PCV.

— Tu es allé chez M. Clayton et il t'a dit où j'étais?

— Non, mais il a une vieille secrétaire qui s'est fait un plaisir de tout me raconter. Elle m'a dit que je te trouverais ici.

Cette gourde de Miss Lacy.

— Où est Rosaleen?

— Elle est partie depuis longtemps, ai-je menti.

Il pouvait me kidnapper pour me ramener à

Sylvan, mais il n'avait pas besoin de savoir où était Rosaleen. Je pouvais au moins lui épargner ça.

Il n'a pas fait de commentaire. Il avait l'air heureux de sculpter le bras du fauteuil comme un gamin de onze ans qui grave ses initiales dans un tronc d'arbre. Je pense qu'il n'était pas mécontent de ne pas avoir à s'occuper d'elle. Je me demandais comment je survivrais à Sylvan. Sans Rosaleen.

Soudain il a cessé de se balancer et son sourire écœurant a disparu. Il fixait mon épaule en plissant les yeux. J'ai baissé la tête pour voir ce qui attirait son attention et j'ai compris qu'il s'agissait de la broche.

Il s'est levé, s'est approché et s'est délibérément arrêté à un mètre cinquante, un mètre de moi, comme si la broche était porteuse d'une sorte de malédiction vaudou.

— Où as-tu trouvé ça ?

Ma main s'est involontairement portée sur le petit jet en strass.

— C'est August qui me l'a donnée. La femme qui habite ici.

— Arrête tes mensonges.

— Je ne mens pas. Elle me l'a donnée. Elle m'a dit qu'elle appartenait à…

J'avais peur de continuer. Il ignorait tout d'August et de ma mère.

Sa lèvre supérieure avait blanchi, comme chaque fois qu'il était de mauvais poil.

— J'ai offert cette broche à ta mère pour ses vingt-deux ans. Dis-moi comment cette femme August l'a-t-elle eue ?

— Tu as donné cette broche à ma mère ? Toi ?

— Réponds, bordel.

— C'est ici que ma mère est venue quand elle s'est enfuie de chez nous. August dit qu'elle portait cette broche le jour de son arrivée.

Il est reparti vers le fauteuil, l'air secoué, et s'est assis.

— Nom de Dieu, a-t-il soufflé, si bas que je l'ai à peine entendu.

— August s'occupait d'elle quand elle était petite en Virginie, ai-je repris, dans une tentative d'explication.

Il regardait dans le vague. Par la fenêtre, dans l'été de Caroline, on voyait le soleil taper sur le toit de son camion, éclairer les sommets de la palissade qui disparaissait presque sous le jasmin. Son camion était couvert de boue, comme s'il avait parcouru les marécages dans l'espoir de m'y dénicher.

— J'aurais dû m'en douter. (Il secouait la tête, parlait comme si je n'étais pas là.) Je l'ai cherchée partout. Et elle était là. Bon Dieu, elle était ici.

Cette pensée semblait l'impressionner. Il secouait la tête en regardant autour de lui, comme s'il se disait : *Elle a dû s'asseoir dans ce fauteuil. Fouler ce tapis.* Son menton tremblait légèrement, et pour la première fois j'ai compris à quel point il avait dû l'aimer, à quel point son départ l'avait brisé.

Avant d'arriver ici, ma vie entière n'avait été qu'un trou que ma mère aurait dû combler et ce trou m'avait rendue différente, avait créé un manque en moi, mais je n'avais jamais songé à ce qu'il avait perdu ni en quoi cela avait pu le transformer.

J'ai pensé aux paroles d'August. *La vie change les gens. Il aimait ta mère au début, cela ne fait aucun doute. En fait, il la vénérait.*

Je n'avais jamais vu T. Ray adorer personne d'autre que Snout, l'amour canin de sa vie, mais en le voyant maintenant, j'ai su qu'il avait aimé Deborah Fontanel, et que lorsqu'elle l'avait quitté il s'était enfoncé dans l'amertume.

Il a planté son couteau dans le bois et il s'est levé. J'ai regardé le manche, puis T. Ray faire le tour de la pièce en touchant le piano, le porte-chapeaux, un magazine *Look* sur la table basse.

— On dirait que tu es toute seule ici?

Je la sentais venir. La fin de tout.

Il a marché vers moi et a voulu me prendre le bras. Quand je me suis dégagée, il m'a balancé une claque. T. Ray m'avait giflée très souvent, violemment sur la joue, le genre de coups qui vous coupent le souffle, mais là c'était autre chose, pas une petite gifle. Cette fois il m'avait frappée de toutes ses forces. J'ai entendu le grognement de l'effort s'échapper de ses lèvres, vu ses yeux saillir momentanément. Et j'ai senti l'odeur de la ferme, des pêches sur sa main.

Sous l'impact, j'ai atterri contre Notre-Dame. Elle s'est écroulée par terre une seconde avant moi. Au début, je n'ai pas eu mal, mais en me redressant, en ramenant mes jambes sous moi, la douleur m'a transpercée de l'oreille au menton. Je suis retombée par terre. Je le fixais, les mains serrées contre la poitrine, en me demandant s'il n'allait pas me tirer par les pieds jusqu'à son camion.

Il hurlait.

— Comment as-tu osé me quitter? Tu mérites une bonne leçon!

J'ai respiré un grand coup, dans l'espoir de me calmer. La Vierge noire gisait par terre à côté de moi, dégageant sa puissante odeur de miel. Je me suis rappelé la façon dont nous l'en avions enduite, remplissant la moindre fissure jusqu'à ce que, gavée de miel, elle soit satisfaite. Allongée là, j'avais peur de bouger, consciente de la présence du couteau fiché dans le bras du fauteuil à l'autre bout de la pièce. T. Ray m'a filé un coup de pied dans le mollet, comme si j'étais une vieille canette abandonnée sur la route.

Il me dominait de toute sa taille.

— Deborah, l'ai-je entendu marmonner. Tu ne me quitteras pas de nouveau.

Il avait le regard affolé, terrifié. J'ai cru avoir mal entendu.

— Lève-toi! a-t-il hurlé. Je te ramène à la maison.

Il m'a soulevée d'un bras. Une fois debout, je me suis dégagée et j'ai couru vers la porte. Il m'a rattrapée par les cheveux. En me retournant, j'ai vu qu'il tenait le couteau. Il l'agitait devant mon nez.

— Tu rentres avec moi! a-t-il hurlé. Tu n'aurais jamais dû me quitter.

J'ai compris que ce n'était plus à moi qu'il s'adressait, mais à Deborah. Comme si son esprit avait fait un bond de dix ans en arrière.

— T. Ray. C'est moi... Lily.

Il ne m'a pas entendue. Il me tenait par les cheveux et refusait de lâcher prise.

— Deborah. Foutue salope.

L'air fou d'angoisse, il donnait l'impression de revivre une douleur qu'il avait gardée enfouie en lui tout ce temps, et maintenant qu'elle se manifestait, elle le submergeait. Jusqu'où était-il prêt à aller pour tenter de reprendre Deborah ? Jusqu'au meurtre, certainement.

Je te suffis. Nous nous suffisons.
Il avait le regard étrangement vague.
— Papa ? Papa !

Il a sursauté, puis il m'a regardée en respirant fort. Il a lâché mes cheveux et a laissé tomber le couteau sur le tapis.

J'ai titubé en arrière, puis je me suis rétablie. Je haletais. Le bruit emplissait la pièce. Je ne voulais pas qu'il me voie regarder le couteau, mais je n'ai pas pu m'en empêcher. J'ai jeté un coup d'œil dans sa direction. Quand je me suis retournée vers lui, il me fixait toujours.

Pendant un moment nous n'avons bougé ni l'un ni l'autre. Je n'arrivais pas à déchiffrer son expression. Je tremblais comme une feuille, mais j'ai eu l'intuition qu'il fallait que je continue à parler.

— Je suis désolée d'être partie comme ça, ai-je dit en reculant à petits pas.

La peau au-dessus de ses yeux s'est affaissée sur ses paupières. Il a tourné la tête, vers la fenêtre, comme s'il pensait au chemin qui avait amené ma mère ici.

J'ai entendu une planche craquer dans l'entrée. Je me suis retournée : August et Rosaleen se tenaient sur le seuil. Je leur ai fait signe de s'en aller. Je devais avoir besoin de régler ça toute seule, d'être avec lui jusqu'à ce qu'il reprenne ses esprits. Il avait l'air si inoffensif, planté là.

J'ai cru un instant qu'elles allaient entrer quand même, mais August a posé la main sur le bras de Rosaleen et elles ont disparu.

Quand T. Ray s'est retourné, ses yeux étaient un océan de souffrance. Il a contemplé la broche.

— Tu lui ressembles, a-t-il soufflé. Et j'ai compris que là, il avait tout dit.

J'ai récupéré le couteau par terre, je l'ai refermé et le lui ai tendu.

— Tout va bien.

Mais c'était faux. J'avais eu un aperçu de la pièce sombre cachée en lui, l'endroit affreux qu'il scellerait pour ne jamais y revenir s'il avait le choix. Il avait l'air honteux tout à coup. Il a fait la moue, tentant de retrouver sa fierté, sa colère, cette fureur avec laquelle il avait débarqué. Il n'arrêtait pas de fourrer ses mains dans les poches et de les en ressortir.

— Nous rentrons à la maison.

Sans répondre, je suis allée redresser Notre-Dame. Je sentais la présence d'August et de Rosaleen derrière la porte, j'entendais presque leur respiration. Je me suis touché la joue. Elle enflait à l'endroit où il m'avait frappée.

— Je reste ici. Je ne pars pas.

Les mots sont restés là, en suspens, durs et luisants. Comme des perles que j'aurais passé des semaines à fabriquer dans mon estomac.

— Qu'est-ce que tu viens de dire?
— J'ai dit que je ne partais pas.
— Tu crois que je vais m'en aller en te laissant ici? Je connais même pas ces foutues bonnes femmes.

Il avait l'air de s'efforcer de donner du poids à ses paroles. La colère l'avait quitté lorsqu'il avait lâché le couteau.

— Moi, je les connais. August Boatwright est une femme droite.

— Qu'est-ce qui te fait croire qu'elle veut que tu restes?

— Lily peut rester ici le temps qu'elle voudra, a dit August en entrant dans le salon, suivie par Rosaleen.

Je les ai rejointes. Dehors, la voiture de Queenie s'est s'engagée dans l'allée. Je l'ai reconnue à son pot d'échappement. Apparemment August avait convoqué les Filles.

— Lily a dit que vous étiez partie, a dit T. Ray à Rosaleen.

— Eh bien, je suis revenue.

— Vous faites ce que vous voulez, mais Lily vient avec moi.

Mais c'était visible qu'il ne voulait pas de moi, qu'il ne voulait pas que je rentre à la ferme, que je sois là à lui rappeler ma mère. Une autre part de lui – la bonne, si tant est que cela existait – pensait peut-être même que je serais mieux ici.

Ce n'était plus qu'une question d'orgueil à présent. Comment pourrait-il reculer ?

La porte d'entrée s'est ouverte sur Queenie, Violet, Lunelle et Mabelee, visiblement à cran, qui paraissaient avoir enfilé leurs vêtements devant derrière. Queenie a fixé ma joue.

— Tout le monde va bien ? a-t-elle demandé, à bout de souffle.

— Nous allons bien, a répondu August. Je vous présente M. Owens, le père de Lily. Il est venu nous rendre visite.

— Cela ne répondait pas chez Bonbon et Cressie, a repris Queenie.

Elles se sont toutes les quatre alignées à côté de nous, serrant leur sac contre elles comme si elles s'apprêtaient à taper sur quelqu'un avec.

Je me suis demandé quel effet on faisait à T. Ray. Un groupe de femmes – Mabelee, minuscule, les cheveux de Lunelle dressés sur la tête suppliant qu'on les tresse, Violet marmonnant « Sainte Vierge » et Queenie – cette vieille dure à cuire de Queenie – les mains sur les hanches, la lèvre en avant, tout en elle disant « Essaie un peu d'emmener cette petite ».

T. Ray a reniflé et regardé le plafond. Sa résolution s'effondrait. On la voyait presque partir en lambeaux.

August l'a remarqué, elle aussi. Elle s'est avancée. Je ne sais pas pourquoi, mais j'avais oublié qu'elle était aussi grande.

— Monsieur Owens, vous nous feriez une grande faveur à Lily et à nous en la laissant ici. J'en ai fait mon apprentie, elle s'initie aux ficelles de l'apiculture et elle nous aide grâce à son travail assidu. Nous aimons Lily et nous veillerons sur elle, je vous le promets. Nous allons l'inscrire au lycée.

J'avais entendu August dire plus d'une fois : « Si tu veux obtenir quelque chose de quelqu'un, donne-lui toujours un moyen de te le tendre. » T. Ray avait besoin d'un moyen de me laisser sans perdre la face et August le lui offrait sur un plateau.

Mon cœur battait la chamade. Je l'observais. Il m'a regardée, puis a laissé retomber sa main.

— Bon débarras, a-t-il dit.

Il s'est dirigé vers la porte. Nous avons dû ouvrir notre petite muraille de femmes pour le laisser passer.

La porte d'entrée a claqué contre le mur. Nous nous sommes toutes regardées en silence. À croire que nous avions aspiré tout l'air de la pièce et que nous le retenions dans nos poumons, en attendant d'être sûres de pouvoir le laisser sortir.

J'ai entendu le camion démarrer et, sans réfléchir, je me suis ruée à sa suite.

Rosaleen m'a appelée, mais je n'avais pas le temps de lui expliquer.

Le camion reculait dans l'allée, dans un nuage de poussière. J'ai agité les bras.

— Arrête! Arrête!

Il a freiné, puis il m'a fixée d'un air mauvais à travers le pare-brise. Derrière moi, August, Rosaleen et les Filles s'étaient massées dans la véranda. Je me suis approchée de sa portière.

— Il faut que je te demande.

— Quoi?

— Le jour où ma mère est morte, tu as dit que, lorsque j'avais ramassé l'arme, le coup était parti. (Je le regardais droit dans les yeux.) J'ai besoin de savoir. Est-ce que je l'ai fait?

Les couleurs du jardin ont changé avec les nuages, passant du jaune au vert cru. Il s'est passé la main sur le visage, a baissé les yeux, puis il m'a regardée.

— Je pourrais te dire que c'est moi qui l'ai fait, a-t-il fini par répondre, d'une voix complètement dénuée de dureté. C'est ce que tu as envie d'entendre. Je pourrais te dire qu'elle l'a fait, elle, mais ce serait te mentir. C'est toi qui l'as fait, Lily. Tu ne l'as pas fait exprès, mais c'est toi.

Il m'a regardée encore un moment, puis il a reculé, me laissant dans l'odeur de l'huile de moteur. Les abeilles étaient partout, voletant au-dessus des hortensias et des myrtes sur la pelouse, le jasmin sur la palissade, la citronnelle. Peut-être me disait-il la vérité, mais on ne pouvait jamais être sûr à cent pour cent avec T. Ray.

Il s'est éloigné lentement, pas à fond la caisse comme je m'y attendais. J'ai regardé jusqu'à ce qu'il disparaisse de ma vue puis je me suis tournée vers August, Rosaleen et les Filles dans la véranda. C'est l'instant que je me rappelle le mieux – debout dans l'allée, tournée vers elles. Elles étaient là, elles attendaient. Toutes ces femmes, tout cet amour, qui attendaient.

J'ai jeté un dernier coup d'œil sur la route. Je me rappelle m'être dit qu'il devait m'aimer à sa petite façon mesquine. Il avait renoncé à moi, non ?

Je me dis encore que, lorsqu'il est parti ce jour-là, il ne pensait pas « Bon débarras », il se disait : « Oh ! Lily, tu es mieux ici dans cette maison de femmes de couleur. Tu ne te serais jamais épanouie avec moi comme avec elles. »

Je sais que c'est absurde, mais je crois en la bonté de l'imagination. Parfois je me dis que je vais recevoir un colis de lui à Noël, pas le vieux truc habituel pull-chaussettes-pyjama, mais quelque chose de vraiment bien choisi, comme un bracelet à breloques en or 14 carats, avec une carte sur laquelle il aura écrit « Affectueusement, T. Ray ». Il se servira du mot affection et le monde ne s'arrêtera pas de tourner pour autant, il continuera sur sa lancée, comme le ruisseau, les abeilles et tout le reste. Il ne faut pas mépriser les absurdités. Regardez : moi, par exemple. J'ai plongé d'une absurdité à l'autre, et je suis là dans la maison rose. Je m'en émerveille tous les jours.

À l'automne, la Caroline du Sud a viré au rouge rubis et s'est mise à déborder de folles nuances d'orange. J'observe maintenant le spectacle de ma chambre de l'étage, la chambre que June a laissée en se mariant le mois dernier. Je n'aurais jamais pu rêver une chambre pareille. August m'a acheté un lit neuf et une coiffeuse, en style campagnard français blanc dans le catalogue

Sears et Roebuck. Violet et Queenie m'ont offert un tapis à fleurs qui s'abîmait tout seul dans leur chambre d'amis et Mabelee m'a cousu des rideaux à pois bleus et blancs pour les fenêtres avec des franges de petites boules le long des ourlets. Cressie a fabriqué au crochet quatre poulpes à huit pieds de différentes couleurs à poser sur le lit. Un aurait suffi, mais comme c'est le seul truc que Cressie sache faire, elle n'arrête pas.

Lunelle m'a confectionné un chapeau qui surpassait toutes ses créations précédentes, dont celle destinée à June pour son mariage. Il me rappelle un peu le chapeau du pape. Il est haut, il s'élève dans l'air et s'élève encore. Mais il a davantage de rondeur qu'un chapeau de pape. Je m'attendais à du bleu, mais non, elle l'a cousu dans les tons or et bruns. Je crois que c'est censé être une ruche à l'ancienne mode. Je ne le porte qu'aux réunions des Filles de Marie, puisque partout ailleurs il provoquerait un embouteillage de plusieurs kilomètres.

Clayton vient chaque semaine nous expliquer comment il arrange les choses pour Rosaleen et moi à Sylvan. Il prétend qu'on ne peut pas tabasser quelqu'un dans une prison et espérer s'en tirer comme ça. Pourtant, ils abandonneront toutes les accusations contre Rosaleen et moi vers Thanksgiving.

Parfois Clayton vient avec sa fille Becca. Elle a un an de moins que moi. Je la revois toujours comme sur la photo dans son bureau, lui tenant la main, sautant par-dessus une vague. Je conserve les affaires de ma mère sur une étagère spéciale dans ma chambre et j'autorise Becca à les regarder mais non à les toucher. Un jour je la laisserai faire, puisqu'apparemment c'est ce qu'on fait entre amies. Je commence à moins les considérer comme des objets sacrés. Bientôt je tendrai la brosse de ma mère à Becca en lui disant : « Tiens, tu veux te brosser les cheveux ? » « Tu veux porter cette broche ? »

Becca et moi guettons Zach au réfectoire et nous nous installons avec lui chaque fois que c'est possible. Nous avons la réputation d'aimer les Nègres, et quand les abrutis roulent une feuille de cahier en boule pour la balancer sur Zach dans le couloir, ce qui semble être leur passe-temps préféré entre les cours, Becca et moi risquons autant que lui de la recevoir sur la tête. Zach prétend que nous ne devrions pas marcher à côté de lui. « Pour des boules de papier – tu veux rire ! »

Sur la photo à côté de mon lit, ma mère ne cesse de me sourire. Je pense que j'ai pardonné à elle comme à moi, bien qu'il arrive que la nuit mes rêves ravivent ma tristesse et que je sois obligée de me réveiller pour nous pardonner de nouveau à toutes les deux.

Assise dans ma chambre, je note tout. Mon cœur n'arrête jamais de parler. Je suis la gardienne du mur à présent. Je l'alimente avec des prières et des pierres neuves. Je ne serais pas surprise que le mur des lamentations de May nous survive à tous. À la fin des temps, quand tous les immeubles du monde se seront écroulés, il sera toujours là.

Chaque jour je rends visite à la Vierge noire, qui me contemple avec son visage sage, vieux comme l'éternité et beau dans sa laideur. J'ai l'impression que les fissures dans son corps sont plus profondes chaque fois que je la regarde, que sa peau de bois vieillit sous mes yeux. Je ne me lasse pas d'admirer son bras épais levé, son poing comme un bulbe sur le point d'exploser. Un vrai muscle d'amour, cette Marie.

Je la sens à des moments inattendus, sa montée au

ciel se passe dans des endroits en moi. Elle s'élève soudain, et, quand c'est le cas, elle ne monte pas au ciel, mais s'enfonce de plus en plus profond en moi. August dit qu'elle va dans les trous que la vie a creusés en nous.

C'est l'automne des prodiges, et pourtant, tous les jours, je reviens à cet après-midi d'août quand T. Ray est parti. Je reviens à cet instant où, debout dans l'allée, les pieds dans les petits cailloux, je me tourne vers la véranda. Et elles sont là. Toutes ces mères. J'ai plus de mères que n'importe quelle fille au monde. Elles sont les lunes qui veillent sur moi.

Remerciements

Je tiens à exprimer ma profonde gratitude aux personnes suivantes : mon agent, Virginia Barber, pour son immense sagesse, son soutien et ses compétences. Mon éditrice, Pamela Dorman, dont les conseils éclairés et le travail de relecture m'ont permis de progresser. L'équipe de Viking qui n'a pas ménagé ses efforts pour ce livre : Susan Petersen Kennedy, Clare Ferraro, Nancy Sheppard, Carolyn Coleburn, Paul Slovak, Leigh Butler, Hal Fessenden, Carla Bolte, Paul Buckley, Roseanne Serra, Bruce Giffords, Maureen Sugden, Ann Mah, ainsi que tout le service commercial qui a toujours cru en moi. David et Janice Green, apiculteurs passionnés de la Pot O'Gold Honey Company à Hemingway en Caroline du Sud, qui m'ont fait entrer dans leur monde des abeilles et m'ont apporté une aide inestimable. Poets & Writers, Inc., qui ont su me tendre la main au moment le plus opportun pour ce roman. *Nimrod*, la revue littéraire qui a publié ma nouvelle « The Secret Lives of Bees » (automne/hiver 1993) dont s'inspire le premier chapitre, et qui m'a encouragé à transformer cette nouvelle en un roman. Debbie Daniel, écrivain et amie, qui a lu les premiers jets et m'a fait part de ses commentaires.

Ann Kidd Taylor qui a lu le manuscrit pendant sa rédaction et m'a aidée et conseillée. Terry Helwig, Trisha Harrell, Carolyn Rivers, Susan Hull, Carol Graf, Donna Farmer et Lynne Ravenel : des femmes extraordinaires qui m'ont permis d'aller jusqu'au bout. Ma merveilleuse famille dont le soutien ne s'est jamais démenti : Bob, Ann, Scott, Kellie, mes parents (qui n'ont rien à voir avec les parents du roman). Et surtout, mon mari, Sandy, pour plus de raisons que je ne saurais énumérer.

Bibliographie

Voici mes sources, qui m'ont non seulement apporté une masse de renseignements sur les abeilles, l'apiculture et la fabrication du miel, mais m'ont également fourni une épigraphe pour chaque chapitre : *The Dancing Bees* de Karl Von Frisch, *The Honey Bee* de James L. Gould et Carol Grant Gould, *The Queen Must Die : And Other Affairs of Bees and Men* de William Longgood, *Man and Insects* de L. H. Newman, *Bees of the World* de Christopher O'Toole et Anthony Raw, et *Exploring the World of Social Insects* de Hilda Simon.

7812

*Achevé d'imprimer en Slovaquie
par* NOVOPRINT
le 31 mai 2016.

EAN 978290342671
1er dépôt légal dans la collection : septembre 2005

ÉDITIONS J'AI LU
87, quai Panhard-et-Levassor, 75013 Paris

Diffusion France et étranger : Flammarion